Algún día nos reiremos de esto

GEMA DEL CASTILLO

Algún día nos reiremos de esto

Grijalbo

Papel certificado por el Forest Stewardship Council®

MIXTO
Papel | Apoyando la silvicultura responsable
FSC® C117695

Penguin Random House Grupo Editorial

Primera edición: mayo de 2025

Printed in Spain – Impreso en España

ISBN: 978-84-253-7015-1
Depósito legal: B-4.565-2025

Compuesto en Llibresimes

Impreso en Liberdúplex
Sant Llorenç d'Hortons (Barcelona)

GR 7 0 1 5 1

A todas las chicas
que no encuentran el momento
de llamarse a sí mismas mujeres

A veces lo bello aparece cuando ya no sé quién soy.

AMAIA

Prólogo

—¡Abrid la puta puerta o la echo abajo! —exclama el casero desde el rellano.

—¡No solo no vamos a salir! —grita Mery—. ¡Tampoco te vamos a pagar!

Sorprendida ante su actitud combativa, Amaia se viene arriba y olvida el argumentario político. Le apetece bronca.

—Eso, ¡cabrón!

Coral trata de poner orden. Es cierto que la primera victoria es suya: tras volver al piso de madrugada, cambiaron la cerradura para que Adolfo no pudiera entrar. ¿Quién se ha creído? El problema es que no pensaron demasiado en lo que vendría después y ahora, por la mañana, se están sosteniendo en la euforia de haberse rebelado contra su enemigo número uno.

—Queremos negociar nuestras condiciones —propone Coral.

Para que nos hagamos una idea, nuestras chicas están en la entrada del piso. Amaia y Coral, de pie frente a la puerta, ojeando por la mirilla; Mery, sentada en el suelo y tirándose de los pelos del flequillo, y Júlia, apoyada en la pared, con ganas de tirarla abajo. Al otro lado, Adolfo, furioso ante la tomadura de pelo que ha sufrido por parte de cuatro niñatas. Cayetano intenta mediar de manera poco fructífera; él puede defenderlas todo lo que quiera, pero es sabido que la equidistancia no lleva a ningún lado.

—Voy a llamar a la policía, va a ser más rápido —amenaza Adolfo.

—Llámala —dice Amaia provocadora—. Y a *Espejo Público* también. Que venga todo el mundo a vernos.

Las chicas deberían estar preocupadas porque no saben cómo se resolverán los acontecimientos, pero se han sucedido tan rápido que solo son capaces de recapitular y preguntarse en qué momento han llegado hasta este extremo.

1

Ocho meses antes

Todas las chicas sueñan con ser queridas, pero cada una quiere a su manera. Sueñan con el amor de una amiga, de una madre, de una pareja, de la sociedad. Ninguna de pequeña ha esperado con ilusión la rutina, ni la calma de una vida contemplativa. Todas han tenido grandes expectativas. Cuando crecen, la realidad las invita al cinismo, aunque siempre hay alguna que se empeña en seguir soñando a pesar de que estas fantasías tengan una vida breve, como la capacidad de atención o los nuevos partidos de izquierda. Por desgracia, no podemos asomarnos a los sueños de todas ellas, pero tenemos un privilegio: observar la vida secreta de unas pocas.

Coral se encuentra en esa fase donde precisamente tienen lugar los sueños. Está acostada en su cama de metro diez, enroscada en unas sábanas rosas con una hilera de flores de lis estampada. Lleva unas bragas menstruales y una camiseta de propaganda. Ha llegado tan cansada del trabajo que ha olvidado soltarse la coleta, larga y negra, que cubre toda la almohada. Un ventilador giratorio mueve esos *baby hair* que tanto detesta. Son las diez de la mañana, pero allá donde esté en este momento, son las cuatro de la tarde: Entra en una de esas cafeterías que dejan a la vista los muros de carga y que atenúan la luz de manera deliberada. Adora esos sitios. Adora tener dinero para comprar cafés caros y adora la forma en la que, al sentarse, se integra en la propia decoración. Es otoño. Viste con unos pantalones cargo, un top blanco ceñido y mucha bisutería.

Se da cuenta de que no atienden en la mesa, así que se levanta y fija la mirada en sus crocs de trabajo. Se descalza rápidamente, se pone cómoda y se levanta para acercarse al mostrador.

—¿Me pones un matcha con leche de avena, por favor? —le pide al camarero—. Y un vaso con hielo. Gracias.

—Son siete euros —dice él.

—Con tarjeta.

—Cuando quieras.

Coral pasa la tarjeta; el lector la rechaza. Prueba de nuevo con la misma suerte.

—Nada —dice el camarero—. ¿Llevas efectivo?

—No, pero tengo dinero en la tarjeta —le asegura Coral—. Acabo de cobrar.

—Cariño, no tienes dinero. —El camarero empieza a perder la paciencia.

—No siempre he tenido dinero, pero ahora sí.

—Mmm, si tú lo dices...

—¿Me estás juzgando? —salta Coral—. No me juzgues.

—Reina, me das igual.

—¿Qué se supone que tengo que hacer ahora?

—¿Por qué me lo preguntas a mí?

—¿A quién si no?

—Chica, es tu sueño. —La mira como si le hubiera dicho una obviedad.

—¿Puedo llevármelo sin pagar? —intenta Coral.

El camarero se encoge de hombros.

—Pregunta a esa mujer de allí —señala.

Matcha en mano, Coral se da la vuelta y se fija en la silueta. Está de espaldas, lleva el pelo muy largo y viste con un jersey de lana burdeos. Le resulta familiar, así que se acerca a ella.

—¿Mama? —se sorprende—. ¿Qué haces en Granada?

—Cuando me quedé embarazada, no podía beber cafeína —afirma la mujer con indiferencia mientras ojea una revista de costura.

Coral se mira la tripa y se da cuenta de que el top se le ha estirado hasta una talla premamá de seis meses. Se horroriza.

—¡Ah! No puedo estar embarazada. Que no —se repite—, que no.

Se sienta, agobiada, frente a su madre, que tiene los labios perfilados y lleva unas argollas doradas en las orejas.

—Mama, hazme caso —le suplica—. Es imposible.

Su madre cierra la revista y la mira fijamente. Sus ojos, del mismo azul intenso que los de Coral, se clavan en su hija.

—¿A mí qué me cuentas? —le reprocha—. ¿Tú no me dijiste que querías ser madre?

—Sí, pero todavía no. Que solo tengo veinticinco años.

—Con esa edad, yo ya te había parío —sentencia—. ¿Qué llevas puesto?

—Ropa del rollo, así... muy indie.

—Coral, por el amor de Dios, ten dignidad. Nadie se llama a sí mismo «indie».

—No eres mi madre —dice entonces Coral, frunciendo el ceño—. Mi madre nunca me diría eso.

—¿Con quién has quedado? —pregunta la mujer cambiando de tema.

—Con un chico muy guapo —responde Coral, desafiante.

—Mentira —resopla ella—, solo quedas con payos feos.

De repente, el local se ha convertido en un bar de jazz. El empapelado de las paredes simula madera oscura. Un chico con rastas finge tocar el piano. Otro tararea una canción de Hakuna. Y el de más allá, con un cuerpo atlético y una camisa entallada de lino, lee *Los hermanos Karamazov*. Por la estancia también anda su profesor de Biología de bachillerato, aquel con el hoyuelo en el mentón y el brazo derecho más musculoso que el izquierdo. Coral los conoce a todos. Se tapa la cara, más por bochorno que por pasar desapercibida. El historial de chicos que le han gustado es su Vietnam.

—Son feos intelectuales... —intenta explicarse.

—Tú eres tonta —dice la mujer.

—¡Ya lo sé! ¡Mierda! Y ahora estoy embarazada. Mami, ayúdame.

Una voz masculina resuena: «Eso tiene fácil arreglo». Coral busca el origen de la voz. En otro tiempo, en otro lugar —en su presente—, presumiría de ser independiente, porque a ella no le importa que la vida se ponga cuesta arriba, no necesita ayuda. Es capaz de sacarse las castañas del fuego. Pero en su sueño puede ser ella misma. En él puede echar de menos a su madre, puede fantasear abiertamente con chicos problemáticos a los que ve como proyectos. Qué coño, en su sueño puede quedarse embarazada, aunque haga siglos que no se acuesta con nadie. Coral se arrodilla en la silla y trata de vislumbrar en la penumbra quién repite la frase: «Eso tiene fácil arreglo». La voz se aproxima a Coral, que vuelve a sentarse. El chico que lee a Dostoievski se levanta y se acerca a ella.

—¡Eso tiene fácil arreglo! —grita mientras se prepara para darle un fuerte golpe en el abdomen con el libro.

—¡No! —chilla Coral al tiempo que cierra los ojos y se protege a sí misma.

Nada ocurre. Abre los ojos con miedo. Ha vuelto a la cafetería industrial. Su matcha sigue intacto. Ya no está embarazada. Su madre ha desaparecido, como el resto de sus fantasmas. Ahora, frente a ella, está Adolfo, su casero, con el móvil en la oreja.

—¡Cógeme el teléfono! —le ordena.

Coral lo observa, abrumada. ¿Qué?

—Carolina, ¡cógeme el teléfono!

—No me llamo Carolina...

Si se despertase ahora, recordaría lo soñado unos segundos. A los cinco minutos ya habría olvidado la mitad de lo ocurrido. A la media hora, el noventa por ciento. Lo vio en TikTok. Quizá guardaría el recuerdo del encuentro con el casero, no por tratarse de algo especial, sino porque está sucediendo. Ahora. La está llamando en la vida real. A las 10.02 de la mañana del 21 de septiembre de 2024. El iPhone de Coral vibra. Una melodía creada por el mismísimo satanás inunda el dormitorio. Coral se desperezа con parsimonia. Luego, en un acto casi reflejo, coge el móvil y acepta la llamada.

—¿¡Mama!? Ah... Adolfo —alcanza a decir con voz dormida, pero igualmente dulce.

—¿Te he despertado? —le pregunta el hombre con amabilidad.

—Estoy de saliente, acabo de terminar una guardia —le explica ella.

—Siempre de guardia, os tienen explotadas a las enfermeras —se indigna Adolfo. Se conocieron en el hospital donde ambos trabajan. Él, como médico—. Puedo llamarte más tarde.

—No, no, dime.

Mientras su casero le habla, Coral se queda absorta ante uno de los dibujos que cercan el espejo de pie frente a su cama. Es un campo lleno de amapolas pintado en ceras pastel. No es especialmente bueno ni técnico. No sigue la teoría básica de la luz ni del color, pero le tiene cariño. Se lo regaló Amaia, una de sus compañeras de piso.

—¿Hola? —insisten desde el otro lado.

—Sí. —Coral vuelve a la realidad e intenta despertarse del todo—. Perdona.

Se recuesta y coloca la almohada contra la pared de gotelé. Apoya la espalda contra ella y respira hondo. Más bien gime y enseguida carraspea. El casero sigue hablando, pero a ella se le cierran los ojos. Además, no siente las piernas después de la guardia. Tampoco quiere sentirlas. Solo que su cuerpo descanse y que la dejen tranquila.

El casero le está explicando con cierta afabilidad que está pasando un mal momento. Ha cambiado el tono de voz, grave y gangoso, por uno más claro y paternal. Ahora es un trovador que recita una historia llena de digresiones. Su madre está muy malita, a punto de fallecer, y es una pena porque trabajó mucho en vida. Por lo visto, fue la única que lo hizo. Su exmujer le reclama una pensión más alta porque la hija —que tienen en común— va a entrar la universidad. Tiene que ejercer de padre de nuevo, pero ¡si ya se encargó del primero, que además ahora se ha trasladado a un piso suyo! Debe algo a todos sus posesivos y se ha hartado. ¡Basta! No es justo para él, cada vez más viejo —usa ese término para referirse a sí mismo—, con lo que eso conlleva: acarrea la jubilación anticipada y, a su vez, una bajada de salario. El panorama no ayuda. La inflación, cercana a la argentina, las pensiones en peligro y un lunar en la espalda que no le gusta un pelo. No le queda más remedio que subirles el alquiler.

Ahí es cuando Coral, finalmente, se despierta.

—¿Entiendes, Coral? —pregunta Adolfo para asegurarse de que lo sigue, de que le comprende. Claro que lo entiende: quiere joderla viva, pero en plan empático.

Coral asiente en automático y vuelve a mirar ese campo de amapolas. Ahora que lo piensa, parece sacado de una película de terror. Es un dibujo horrible, análogo a los cuadros de payasos que han encabezado las camas de tantas generaciones de niños. Algunos de ellos han crecido, se han comprado una cuarta vivienda y pretenden rentabilizarla a toda costa, a su costa, por ejemplo. Quizá no esté despierta, quizá esa llamada sea su parálisis del sueño.

—Entonces ¿qué me dices? —insiste Adolfo.

Debería contestarle lo mismo que le ha dicho su madre en el sueño: «¿Y a mí qué me cuentas?». Pero Coral es demasiado buena como para ignorar el dolor ajeno, aunque este sea fingido. Decide posponer la conversación.

—No puedo pensar —responde al fin—. Estoy muerta.

—Pero llámame hoy —le advierte él.

—Sí.

Cuelga la llamada y deja el móvil, aún desbloqueado, sobre el pecho. Se duerme. Quizá unos segundos, no más de un par de minutos, pero se despierta, sobresaltada, creyendo que han pasado varias horas. ¿Dónde está? ¿En una camilla del hospital? ¿Sigue de guardia? No. En general, le preocupa su percepción de la realidad y del tiempo porque es síntoma de que la vida se le escapa. No decide nada, no controla nada. Para cuando empieza a espabilarse, ha pasado por tres episodios de amnesia, un ataque de ansiedad no tratado y varias horas perdidas en YouTube. Después, mira al techo y contempla sus últimos días como si formaran parte de una película sobre la vida de otra chica, una desconocida.

Se levanta de un salto, tienea el hierro en el subsuelo, y camina hacia el salón, convencida de que se encontrará con alguna de sus compañeras.

Efectivamente, ahí está Júlia, sentada en una silla estilo provenzal con acabado brillante.

—Lávate la cara, marrana —le regaña cuando la ve entrar. Sus papeles de trabajo ocupan una mesa de seis comensales del mismo estilo que la silla. La cámara de su portátil apunta hacia un fondo blanco y aséptico.

—No me has dado tiempo —dice Coral.

—Que yo sepa, el baño está antes de llegar al salón. —Júlia no la mira, solo teclea, concentrada—. Ahí, en mitad del pasillo.

Coral hace caso omiso, se le acerca y la abraza por la espalda, restregándole las legañas en la camisa azul recién planchada. Júlia intenta zafarse sin éxito.

—Venga, para —se queja—. Ya has hecho la broma.

Entre risas, Coral cede y se sienta. Acodada en la mesa, observa a su amiga. Así es como mejor se entienden, en silencio.

Júlia la mira de reojo y sonríe vagamente. Es una mueca casi imperceptible. No soporta que sus emociones la delaten, pero eso no significa que no sienta ni padezca. Al contrario que Coral, recuerda con claridad los momentos climáticos de su propia película. Lo sabe porque los dibujó en una línea de vida que le mandó hacer su psicóloga. Momentos traumáticos, como cuando, con trece años, no quería probar bocado, su abuela la forzó a comer, Júlia vomitó encima de la mesa y la mujer la obligó a seguir comiendo. También recuerda las alegrías, como cuando se graduó del doble grado de Derecho y ADE por la Pompeu Fabra y recibió el premio extraordinario Fin de Carrera. Siempre había sido la mejor de la clase, en su objetivo personal de vencer intelectualmente a todos los chicos que se jactaban de ser mejores que las chicas, aunque no lo hacía en plan combativo, sino más bien por simple vanidad. Aquello no fue un alegato feminista para ella, pero se convirtió en su primer gran logro y le hizo pensar que sí, el futuro podía ser incierto, pero no se colarían. Ella rompería todos los techos de cristal. Con su esfuerzo, fundaría una *start-up* puntera en la que combinaría tecnología y conciencia climática, aunque el medio ambiente no se la pudiera traer más al pairo. Saldría en la revista *Forbes* como una de las jóvenes promesas del mundo empresarial en Cataluña y su familia se sentiría muy orgullosa. El inconveniente llegó cuando sus padres no pudieron apoyarla financieramente porque se les habían agotado todos los ahorros. Entonces la realidad le dio una patada en los morros.

Ahora, a sus veintisiete, es una mártir, una asalariada más que se ha visto obligada a aceptar un puesto, menos importante de lo que le gustaría, en la sede de una gran consultora en una ciudad a miles de kilómetros de casa, y que comparte mesa de oficina con cuatro compañeros más en la planta número cinco de un edificio donde pasa más horas que en su propio piso.

Júlia sabe que es temporal. Sabe que algún día dejará de ser una simple junior —elegida, ¡ojo!, entre más de doscientos candidatos para el puesto— para convertirse en junior dos. Entonces, la trasladarán a la sede de su querida Barcelona, liderará un equipo y cambiará su categoría en LinkedIn a «sénior mánager». Sigue soñando con tener su propia empresa, pero hasta que eso ocurra, se conforma con llegar a CEO.

—¿Vas a pasarte toda la mañana mirándome? —le pregunta a Coral—. Vete a dormir.

Su amiga suspira.

—Me ha llamao el casero —le dice—. Se nos acaba el contrato este mes.

—Dios —se sorprende Júlia—. ¿Ya llevamos un año aquí? ¿En este puto sitio de mierda?

—Hala... —Coral echa un vistazo al piso como si le preocupara que hubiera oído el insulto de su compañera. Tiene razón, no es ninguna maravilla: muebles viejos, electrodomésticos que dejan de funcionar cada dos por tres, ventanas que permiten el paso del frío en invierno y del calor en verano... Pero es amplio y tiene bastantes horas de luz y, al fin y al cabo, es su hogar.

—Si tenemos que renovar, habrá que firmar... y yo tengo la semana superapretada. —Júlia echa un vistazo a su agenda, llena de *checks* pendientes de completar.

—Nos sube el alquiler —anuncia Coral de sopetón—. Un montón, Júlia.

Esta se queda mirándola por unos segundos hasta que cierra de pronto la tapa del Mac.

—¿Cuánto es un montón?

—Doscientos cincuenta por persona.

—¿¡Doscientos cincuenta más!? Eso es literalmente el doble... Cojones —suelta. Luego se toca la barbilla y la frente, inescrutable—. No es verdad. Se la está marcando.

—¿Tú crees? —pregunta Coral, esperanzada.

—Obvio. Es majo y nosotras somos como sus hijas —sentencia—. Solo hay que hablar con él.

La seguridad de Júlia relaja a su amiga.

—Eso espero —dice—. Me he abierto a las listas de varios hospitales, pero voy justísima este mes.

Coral no quiere contarle todas sus penurias a Júlia. La quiere y eso, pero también, a veces, la odia un poco. Este hecho le provoca una culpabilidad tremenda porque no entraba en sus planes odiar a nadie. Llevan un año viviendo juntas y, aunque la considera su amiga, siente que en realidad apenas la conoce, como si jamás bajara la guardia, como si estuviera por encima del bien y del mal, como si existiera una frontera entre ambas. Así, han aprendido a convivir entre lagunas, entre vacíos de conocimiento. Se aferran a la percepción. Coral piensa de ella que no se puede ser más paya. «¿Cuánto cobrará?», se pregunta. Seguro que no más del SMI y, sin embargo, cree formar parte de una élite con la que, a decir verdad, no tiene nada que ver.

—Ya te las apañarás —dice Júlia con toda la ternura que le es posible.

Una ternura postiza, pero es de valorar porque cualquier esfuerzo emocional la agota, así que lejos de catalogarse como hipócrita, siente que ese gesto la convierte en una buena amiga: supera sus propias limitaciones. Nadie le exigiría un abrazo a una persona que detesta el contacto físico.

—Verás como, dentro de poco, te van a ofrecer un contrato de, por lo menos... ¡seis meses! —añade con optimismo.

Júlia piensa que Coral es una manirrota que malgasta el dinero que nunca ha tenido. «¿A dónde se le irá el sueldo si cobra el doble que yo?», se pregunta.

—Dios te oiga —suspira Coral—. Con que sea de dos meses,

me conformo. Que me sirva para comprar las entradas del concierto de Oasis.

Ninguna de las dos se equivoca respecto a la otra. Si Coral es una triste indie, Júlia es una triste *wannabe*.

—Por cierto, no le comentes a Amaia que el casero ha llamado —advierte Júlia—. Se va a volver loca y va a empeorar la situación.

—Quilla —dice Coral entre risas nerviosas—, claro que se lo voy a contar. Le afecta a ella igual que a nosotras.

—Como veas, pero va a armar un escándalo y no nos conviene llevarnos mal con Adolfo. Mejor habla tú con él, que eres más diplomática. Me voy, que tengo reunión presencial en la oficina. —Júlia se levanta y le toca la coleta a Coral—. Qué envidia de pelo.

—¿Te has comprado el champú en pastilla que te recomendé? —le pregunta ella.

—No.

—Era un poco caro, ¿no? —dice Coral con cierto retintín.

—No, no es por eso. El dinero no es problema —asegura Júlia, que está cansada de que la consideren una rata, aunque lo sea—. Es la genética lo que me falta.

Coral sonríe por el halago y acerca la cabeza al cuerpo de Júlia, que ya ha recogido sus papeles y los ha guardado en su bolso de Bimba y Lola. Esta le da un beso fugaz en la frente, como si fuera un ritual. Coral vuelve a sonreír, satisfecha. Júlia se despide y recorre a tientas el pasillo, cuya oscuridad contrasta con la luminosidad del salón. Deja a la derecha el baño, la cocina y su dormitorio, y a la izquierda, los otros dos, junto a una pequeña habitación que usan como trastero y que serviría perfectamente como uno de los zulos de ETA.

—¡Enciende la luz! —grita Coral—. Te vas a caer.

—Da igual, da igual.

—¡Vas muy guapa!

Júlia abre la puerta y se marcha dejando en el aire un liviano *merci*.

2

En el ascensor, Júlia saca el móvil para hacerse una foto en el espejo. Es lo que llamaríamos «guapa natural»: rubia, ojos miel, labios carnosos, piel tersa, uno setenta y cinco de altura, talla L. Su belleza se debe en parte a una rutina de *skincare* completa para el cuidado de una piel morena por la que, unos siglos atrás, la habrían tachado de esclava o de campesina, pero que en la actualidad goza de popularidad porque significa que se tiene el tiempo suficiente como para tumbarse bajo el sol a escuchar pódcast con palabras como «vitamina» o «cosmos» en el título.

Aunque la realidad es otra: Júlia apenas ha tenido vacaciones. Lo que ocurre es que la sesión de rayos UVA está a cinco euros en su centro de confianza. Puede resultar perjudicial para la piel, pero ¡qué importancia tienen esos pequeños melanomas cuando la ropa sienta tan bien con ese bronceado!

Le salta una notificación de Vinted. Una francesa quiere su falda plisada negra un cuarenta por ciento más barata. La entiende, pero no. Chica, la calidad hay que pagarla.

Sale al portal, sube la calle Tablas y camina por Mesones a toda prisa, como si acabara de terminar una clase de zumba en la que, por fin, le hubiese seguido el ritmo a un grupo de mujeres de mediana edad. Lleva unos cascos inalámbricos por los que suena Dua Lipa. Se contonea porque sabe que aparenta ser una mujer poderosa: cabeza alta, gafas de sol enormes, americana beige abierta, vaqueros mom y unas sandalias de tacón. Le encanta que la miren, le encanta destacar, le encanta que no parezca encajar con el resto de muertos de hambre, aunque ella sea la más muerta de hambre y le regatee siete euros a una parisina implacable.

Los obreros que trabajan en las mejoras del alcantarillado le gritan algo que no llega a escuchar. Probablemente se trate de alguna frase obscena referida a la mujerona que es, así que actúa de forma aún más diva y, al pisar con fuerza, se resbala en uno de los pequeños arroyos que se han formado en la acera. Cae de rodillas. Ambos cascos salen volando en direcciones opuestas; uno de ellos opta por la alcantarilla. Todo el mundo la observa y ella se quiere morir. «Tierra, trágame y lánzame a un lugar del mundo donde pueda iniciar mi vida de nuevo sin que nadie me reconozca».

Un trabajador se acerca a ayudarla.

—¿Estás bien? —le oye decir mientras la levanta—. Eso te pasa por no ponerte zapatillas y perpetuar el patriarcado.

Claro que no le ha dicho eso.

—¿Estás bien? Menudo golpe. Mira que te hemos avisado. «¡Cuidao, cuidao!». Y nada. Si es que vais por la vida que no sabéis ni a dónde os dirigís.

Esa frase se le queda grabada en la mente, ahora nublada, y comprueba, alelada, que el tacón derecho ha muerto en combate. El obrero le devuelve el casco menos intrépido, mojado e inútil. Ella lo inspecciona rotándolo entre el pulgar y el índice y, resignada, se lo guarda en el bolsillo del pantalón.

La oficina es amplia y diáfana, un gran cuadrado atravesado por varias filas de mesas alargadas de PVC donde destaca el cableado, una gran tonalidad de tonos grisáceos y multitud de subrayadores gastados. Júlia deja el bolso en su esquina de la mesa, claramente más ordenada que la del resto, y saluda a Úrsula, una becaria recién llegada que apenas aparta la vista del ordenador. En general, Júlia admira a las personas comprometidas con sus tareas, pero este no es el caso. Es cierto que sus ojos son grandes y a la vez rasgados, y que la definición de sus cejas merece mención especial, pero tiene algo que no soporta. ¿Es la papada tan enorme? Además, no hay vez que la vea y no piense en el nombre tan antiguo que tiene. Mira el reloj y comprueba que llega temprano a la reunión, así que aprovecha para agacharse y abrir la cajonera en busca de unos documentos.

—¡Dulceida! —grita alguien unos metros a su espalda. Júlia, hasta el moño, entorna los ojos. Sabe perfectamente de quién se trata—. ¡Dulceida! ¿Eres tú?

Tras cerrar el cajón de un golpe, respira hondo. Se incorpora, se da la vuelta y, con su mejor sonrisa —que equivale al gesto afligido y melancólico de una persona promedio— emite un sencillo «sí». Ya ha aprendido que a Dani es mejor seguirle la corriente, y que intentar que deje de bromear con su supuesta homosexualidad llamándola por los nombres de distintas lesbianas famosas es perder el tiempo.

—¿Qué haces este finde? —le pregunta él, animado.

Dani es un treintañero gay que no supera el año que trabajó de *au pair* porque fue la época en la que salió del armario y pudo transitar su segunda adolescencia sin la culpa cristiana a cuestas. La nostalgia invade cada célula de su cuerpo atlético, forjado a fuego en el arte del crossfit. Se acerca a la mesa de Júlia y se sienta encima con despreocupación. Las piernas no le llegan al suelo. Es bajito y calvo, dos de las características físicas de las que siempre se burlaba Júlia cuando llevaba unas copas de más hasta que un calvo bajito la llamó gorda bollera. A partir de entonces, decidió juzgar a los demás solo en base a su estricta moralidad y no a su físico.

—Todavía no lo sé —dice mientras apila unos papeles en un movimiento claramente mecánico—. Saldré a correr, me quedaré en el piso viendo una serie y poco más.

—Vida sana, ¿eh?

—Total —afirma, huidiza, y se mete el pelo detrás de la oreja.

—¡Pues eso no puede ser! —exclama Dani—. Hija, somos jóvenes. Algo nos tendremos que inventar. —Gesticula en exceso hasta que cae en la cuenta de que empieza a atraer miradas de reproche de otros empleados. Baja el volumen de la voz—. Date cuenta de que acaba de empezar el curso. Hay carne fresca.

«Tiene treinta y ocho años», piensa Júlia.

—Han abierto un local nuevo —continúa él—, al lado del Six Colors. Es rollo techno.

Hace poco que Dani se ha dado cuenta de que con quien más posibilidades tiene de ligar es con capillitas como él, porque la espiritualidad es un terreno muy queer donde abundan las camisas verdes de lino, las cruces de madera colgadas al pecho y los flequillos que salen desde la coronilla para esconder esas primeras y tímidas entradas.

—Odio el techno —responde Júlia con rotundidad.

—Eso es porque no has salido con la gente adecuada a escucharlo.

Lo que quiere decir es que no se ha metido las mismas rayas que él mientras escucha techno.

No soporta su acento cerrado ni su descaro, pero Dani es uno de sus mánagers, uno de los tantos que se toman demasiadas confianzas con ella. Le jode que lo haga delante de Úrsula, la pobre chica básica que se cree un personaje de *The Bold Type* por haber salido de un pueblo de Jaén de trescientos habitantes y trabajar en un sitio con ventanas. ¿Qué cree que conseguirá calentando silla? No es tan guapa como para que se haga la interesante con tanto silencio. Si tan andaluza es, ¿por qué no habla? Y sobre todo, ¿por qué lleva el pantalón doblado por el bajo? ¿Acaso forma parte del colectivo? No. Es sosa hasta para eso. La compadece. Qué coño, en realidad le da igual. ¿Es la indiferencia, piensa, la peor sensación que puede transmitir alguien? Vuelve a Dani.

—Todavía estamos a martes —le dice—. ¿Cómo tienes ganas de fiesta?

—¿Cómo no las tienes tú?

En eso tiene razón. Las andanzas de una monja de clausura son más interesantes que cualquier día en la vida de Júlia, quien, cada septiembre, se compromete a socializar más, a ocupar su agenda con planes de todo tipo y a renovar el feed de su Instagram para que luzca acorde a su marca personal. Ahora bien, definirla se ha convertido en una de esas clásicas cuestiones metafísicas, en su mayoría abducidas o condicionadas por el capitalismo más salvaje. Su ventaja sobre el resto reside en su autoestima, alta e implacable —solo comparable a la de un hombre blanco heterosexual, amante del fútbol y votante de izquierdas que bromea con los motes inventados por Jiménez Losantos—, que no le permite ni un segundo de bajón. La incertidumbre nunca la carcome. No le interesa descubrir quién es ella, sino que los demás aprecien el éxito que le espera. Para ello, debe ser, respirar y comportarse en lenguaje *aesthetic*, y pararse a fotografiar cada momento. El problema es que estos cuestan dinero. En especial, los *aesthetic*. Esos gastos extra le rompen el mes y le provocan a su economía el mismo daño que cualquier match en Tinder a su estabilidad emocional.

Elige la huida hacia delante como técnica de supervivencia.

—Este finde, no, pero te prometo que el próximo salimos.

—Salimos y la liamos. Y la Úrsula se viene también —añade Dani en voz alta, para que esta le escuche—. La invitamos.

Ambos miran a la becaria, con una piel tan tersa que parece una estudiante de bachillerato. Esta se limita a asentir con una sonrisa amable para proseguir con su trabajo en Excel. Un pensamiento intrusivo atraviesa la mente de Júlia, no manifiestamente asesino o suicida, solo ególatra: ¿por qué no la mira? ¿Es que le da igual? Úrsula debería estudiar los gestos, coletillas y manías de su jefa directa —ella— como si del cisne negro se tratase. La rabia la corroe. ¿Qué se cree?

—Oye, nena —dice Dani, llamando de nuevo la atención de Úrsula—. ¿Tú qué crema facial te echas?

Aprovechando que deja de ser el foco de atención, Júlia trata de librarse de Dani. Se aleja unos pasos. Pocos.

—¿A dónde vas?

—A la reunión con Raúl.

—No vayas, quédate aquí hablando —le suplica su mánager.

—Tengo que ir —se justifica ella—. Si no, voy a quedar fatal y, la verdad, me quiero enterar de la estrategia que vamos a seguir con el nuevo cliente.

—Yo te cubro. Va, ¿quién crees que cojea de los becarios?

«Treinta y ocho años», vuelve a pensar Júlia. «Tiene treinta y ocho».

3

Las oficinas pueden resultar lugares hostiles. Sobre todo, durante los días en los que el sol calienta pero no quema o cuando el viento sopla fresco pero no helado. Nadie merece no disfrutar de uno de esos momentos por quedarse encerrado a cambio de un salario exiguo, aunque por desgracia las chicas no pueden alterar las dinámicas sistémicas. ¿O sí? Sobre esto reflexiona Amaia, que vive enamorada de la idea de septiembre en Granada. En realidad, de cualquier mes siempre que transcurra aquí. Si nos la cruzáramos ahora por la calle San Matías, veríamos que camina de puntillas con un aura algo infantil, que no mide más de metro sesenta, que su pecho es ínfimo y que no sabe combinar la ropa. Vaqueros cortos, camiseta de tirantes verde pistacho y sandalias de guiri. Se aferra a una tote bag donde se lee una frase de Lorca, a pesar de que nunca ha leído a Lorca. Las gafas de sol en forma de ojos de gata le aportan un toque misterioso, enseguida desvelado por ese gesto suyo tan prosaico de recolocárselas presionando con el dedo índice el puente contra el entrecejo. *A priori*, ignoramos que ama su cuerpo y que no conoce la sensación de tortura al verse reflejada en un espejo. Durante un año tomó Accutane para el acné. No le quedan granos, pero sí persisten las marcas en las mejillas, tan esponjosas que le quitan todo el protagonismo al rostro, a los ojos rasgados y verdes, a su discreta y bonita nariz, chata, levemente elevada. Exhibe la parte justa, sexy y precisa de orificio nasal como para que pensemos que se la ha operado. Odia echarse crema solar y depilarse el labio superior. Odia no ser capaz de llamarlo bigote, como también odia no permitirse a sí misma odiar más. Debería estar en clase, porque es su primer día en el máster, pero le ha dado pereza subir en autobús hasta el Campus de Cartuja. ¿Por qué desaprovechar un día tan maravilloso? ¿Qué crimen ha cometido para pagar ese precio?

En su paseo, se encuentra con nuevos estudiantes a los que la ciudad universitaria da la bienvenida. Como en la película *Chicas malas*, la personalidad de los futuros egresados cambiará en función de una serie de factores como el origen, la carrera elegida, la ideología o el tipo de ocio. Una suerte de determinismo limitado a los cuatro años del grado. Amaia ya lo vivió hace cinco, cuando decidió mudarse a Granada desde Vitoria para explorar las raíces andaluzas de su abuela, cuando pisó la facultad de Psicología con una ilusión desbordante y la mochila cargada de empatía, una lista de reproducción de Spotify titulada «Buen rollito» y una petición firmada en el marco de una campaña publicitaria de Coca-Cola para que la RAE incluyera «positivismo» como sinónimo de optimismo.

Siempre había sido una niña muy ilusa. La primera vez que se dio cuenta de que el mundo podía ser un lugar hostil fue cuando su madre le pidió que no tirara las latas de conservas abiertas a la basura porque había personas que hurgarían en ella buscando comida y se cortarían. Durante su adolescencia, se desarrolló de manera más o menos natural. Veía Disney Channel a diario, se dio su primer beso a los quince y le quedó Matemáticas en tercero de la ESO. Cuando por fin se decidió a depilarse las piernas con cera, estalló la ola feminista y al final no lo hizo. Más por vaga que por feminista. Las consecuencias de una crianza respetuosa y de una cuadrilla formada por amistades sanas la perpetuaron como una chica ingenua, a pesar de sus empeños por «salir de su zona de confort». ¡No tenía nada que reprocharle a su entorno! ¿Por qué no le dejaron ningún trauma? Hijos de puta. Todos sus compañeros de carrera hablaban pestes de su padre ausente o de las *red flags* de sus novios, mientras que ella sencillamente había sido feliz. Descubrió que también podía encajar no gracias a una infancia traumática, sino a una personalidad única y espontánea, así que decidió exagerarla. Su trabajada ingenuidad podía llevar a pensar que vivía en otro plano de la realidad al comportarse como una absoluta pirada ante los padecimientos de la vida. Luego ocurrió algo que cambiaría el rumbo de su vida para siempre.

Se enamoró de un comunista.

Conoció a Iván, el susodicho, en tercero de carrera. Ella había salido con sus amigos a la mítica Pedro Antonio, una calle que reúne música alternativa, cierta nostalgia ochentera y un cándido espíritu combativo. Habían elegido ir a La Marisma, un pub que les gustaba porque podían hablar a gritos mientras bebían cerveza y comían pipas cuya cáscara debía ir a parar, obligatoriamente, al suelo. Sonó «Elegiré», de La Raíz, y en mitad de la canción, Amaia cruzó la mirada con él, que hacía cola junto a un colega para pillar un par de jarras. Ella se ruborizó y le dio la espalda porque se le revolvieron todos los instintos. Estaban a varios metros de distancia, pero podía oler su aroma a sencillez varonil a la perfección. Él no aguantó las ganas de conocerla, por lo que dejó a su amigo en la barra y caminó hacia ella con decisión. Una chica de su grupo le dio a Amaia con el codo sin ninguna clase de disimulo. Ella respiró hondo —sabía que se trataba de él— y se dio la vuelta para enfrentarlo. Se miraron, ella se mordió el labio e Iván le dijo algo al oído que la hizo estallar de risa. Una vez que empezaron a hablar, ya no pudieron parar, sobre todo él. Tenía mucho que decir sobre todos los aspectos de la vida, y Amaia sintió que podría pasarse horas escuchando sus complejas opiniones argumentadas.

A raíz de este encuentro tan especial, tuvo un despertar de la conciencia y durante meses se dirigió a todas las personas que tenían un piso en propiedad como «egoístas de clase media» a pesar de que, bajo su definición, ella misma formaba parte de ese grupo.

—¡La clase media la inventó el PSOE! —gritaba Iván mientras bebían unos tercios en Aparejadores, la facultad más barata.

Ella se quedaba obnubilada, por una parte, porque bebía

como una cosaca —tenía el estómago de un soldado del ejército rojo— y por otra, porque estar cerca de Iván era estar en presencia de un dios griego, un Paul Mescal accesible. Le ocurría lo mismo con los amigos de este. Chicos con barba incipiente, aro en la oreja izquierda y olor a desodorante propio de un prepúber que escuchaban a Silvio Rodríguez pero que se ruborizaban como niños cuando ella les sonreía. Memorizó el discurso como lo había hecho con las desamortizaciones para Selectividad, más por un sentido del deber que por una comprensión absoluta. No sabía exactamente cómo, pero se sentía cómoda analizando el mundo desde ese prisma, que era como un sueño alcanzable, una propuesta justa. Quizá el mundo feliz que había habitado de niña no tenía por qué ser una mentira, después de todo.

Al principio, Amaia no se enamoró tanto de Iván como de sus ideas, que habían llegado a ella como una premonición, como si el destino hubiera estado esperando el instante preciso para brotar y romperle los esquemas. Ahora podía ser enteramente ella: él era la pieza que le faltaba. Cuando volvía a su casa en vacaciones, Amaia repetía: «¡La clase media la inventó el PSOE!», mientras su abuela se atragantaba con una raspa de brótola en la cena de Nochevieja. Sus padres de clase media se sentían eufóricos por su despertar. Qué niña tan lista y crítica habían educado. «¡La clase media la inventó el PSOE!». Su abuelo, un carlista en la sombra, la miraba desconcertado, casi con inquina, mientras evitaba que su mujer se ahogase dándole un trozo de pan. Amaia enseguida corría a escribirle a Iván. «¡Iván, mira lo que he dicho! ¡Iván, mira lo que he hecho!». Y él le respondía con un *sticker* de dos perros mojados, tapados por una toalla bajo el título: «Tú, yo: la cobija del amor». Amaia se derretía con ese lenguaje únicamente suyo.

Han pasado casi dos años desde aquella Navidad en la que formalizaron lo suyo, dos años en los que el mundo de Amaia se ha ido desmoronando y lo único certero, lo único que resiste, es su relación. Única entre todas. Auténtica. Basada en bromas de geopolítica que nadie comprende, ni siquiera ella hasta hace bien poco. Nada puede robarle la alegría del amor, a través del que todo lo ve más bello, aunque no le evita las injusticias. Todavía no es consciente, pero mientras pasea por las calles semipeatonales del Realejo, mientras se detiene y mitiga su sed en una fuente de agua proveniente de Sierra Nevada, la fiebre del rentista está a punto de tocar a su puerta como en un programa de televisión americano.

Por ahora, dejémosla tranquila.

Los pies la llevan hasta un mirador muy especial para ella, no concurrido por los turistas por no aparecer en Google Maps. Se sienta en el muro y deja caer las piernas, cortas y peludas. Saca el tabaco, el papel y los filtros. Se lía un cigarro. Comprueba que el mechero que robó hace una semana se agota. Enciende el pitillo y da una calada. Vuelve a pensar en Iván. Cuánto lo quiere. Qué pena que esté trabajando y no pueda compartir esa estampa a su lado. Le escribe para decirle que le gustaría follar con él delante de la Alhambra, de día, para que los vieran desde la Torre de la Vela. Luego le vuelve a escribir y le aclara que follaría con él en cualquier lugar del mundo. Le escribe un tercer mensaje para recalcarle que está más salida que el pico de una mesa. Mira a su alrededor. Las hojas de los arbustos siguen verdes, como si el verano no acabara. Se fija en las casas blancas encaladas; han perdido parte de su encanto desde que han cambiado los timbres por cerraduras inteligentes con código de entrada.

Le vibra el móvil. Es Coral.

Ya no estamos en ese lugar idílico. Hemos vuelto al salón del piso porque el casero ha preferido hablar con nuestras chicas, las inquilinas, en persona. Hasta la hora acordada, Amaia se ha echado la siesta mientras Coral limpiaba el polvo como una desquiciada. Júlia sigue en el trabajo, así que sus compañeras se enfrentan sin ella a su enemigo, sentadas en el sofá. Adolfo ocupa el sillón con el que se forma una L.

—Dime la verdad. —Amaia se inclina hacia él con dramatismo—. ¿Eres un fondo buitre?

El casero ignora la pregunta y se dirige a Coral, que permanece callada.

—Coral, por el amor de Dios, trabajo en el mismo hospital que tú.

—Contéstame —insiste Amaia—. ¿Eres un fondo buitre o no?

—No. —Ahora sí, el casero la mira—. No lo soy.

—No me lo creo —salta ella.

—¿Sabes lo que es un fondo buitre, niña?

—Lo tengo delante.

Amaia se cruza de brazos y lo mira, desafiante. El casero suspira como lo haría un caballo. Exagera el gesto para mostrar condescendencia. Amaia sabe lo que piensa de ella, que es solo una cría con mechas rosas en el pelo que juega a ser socialista mientras alarga la etapa universitaria costeada por sus padres unos cuantos años más. Pero está equivocado en algo. No es socialista, es marxista.

—Mirad, chicas —Adolfo decide empezar de nuevo—. ¿Qué haríais vosotras si tuvierais un piso en alquiler? Sacarle el mayor beneficio, ¿no? Podría, por ejemplo, no haceros contrato y convertir el piso en un Airbnb. O cobrarles un pastizal a los estudiantes Erasmus.

—Qué hijos de puta los Erasmus —le dice Amaia a Coral por lo bajo.

—Cállate —contesta ella. Luego respira hondo, se yergue y prepara su discurso más diplomático—. Mira, Adolfo... —Coral piensa que es un hombre difícil. ¿Quién lo habrá criado? ¿Tendrá hijos? ¿Disfrutará de su familia? ¿Habrá sido feliz antes de decidir joder a tres chicas que recién se adentran en la vida adulta? Tiene pinta de reciclar para limpiar su conciencia—. Yo no me quiero ir del piso. Prácticamente, me he pasao toda la carrera viviendo aquí y lo he cuidao y mejorao como si fuera mío.

—De eso no hay duda —responde él.

—Entonces ¿no crees que te renta más tener como inquilina a alguien de tu confianza que a otra persona que pueda destrozártelo a base de botellones?

Adolfo se acoda en la mesa, se toca la barba y finge reflexionar. Las contempla. Posa la mirada en los ojos de una y de otra.

En los ojos de una... y en las tetas de otra. Exhala con la boca abierta. Coral hace una mueca involuntaria por el tufo a café. No puede bajar la ceja. Amaia también lo huele. Piensa que es una putada ser tan subnormal. Adolfo no es un «Joker», no tiene ningún trauma al que aferrarse, algo por lo que ellas pudieran sentir cierta empatía. Posee todos los atributos para ser uno de los memes nacionales: un rentista henchido de sí mismo por dedicarse a la Medicina que se jacta de moderno por ser republicano.

—No sé. Imagínate que somos tus hijas —prosigue Coral.

—Mi hija no me habla.

Se hace un silencio entre ellos enturbiado por el ruido mundanal de la calle que se cuela por las ventanas de aluminio barato.

—Con más motivo, Adolfo —dice Amaia mientras le aprieta la mano para reconfortarlo.

Él mueve el brazo, incómodo, y desparrama parte del café. Está confuso, como si acabara de ser consciente de que apenas había dado dos sorbos. «Quizá sí es un Joker con *issues*», piensa Amaia y se fija en que, a pesar de sus diferencias irreconciliables, es un hombre de mediana edad muy atractivo, parecido al Noam Chomsky de los setenta. Alguien con una gran ventaja: unas entradas dignas. ¿Se está poniendo un poco cachonda?

—Bueno, ya —dice él, que se ha hartado de negociar o se ha dado cuenta de que no tiene por qué hacerlo—. O firmáis con estas condiciones o el piso pasa a otras inquilinas.

—A ver —dice Amaia tras despertar de su ensimismamiento—. ¿Cómo te lo explico? Creo que estás siendo discriminatorio.

Coral gira la cabeza con brusquedad y abre los ojos. Su mirada dice: «Cállate». Pero Amaia continúa:

—Un racista, vaya.

Su amiga se tapa la cara, en parte para que el casero vea que aquello no está planeado, que ella no está de acuerdo con las formas.

—O sea, Coral es gitana y yo soy vasca. Podríamos denunciarte.

El casero responde que no tenía constancia de ninguna de las dos circunstancias porque no es evidente. Esto molesta mucho a Amaia. Ser vasca es parte de su identidad. Coral la interrumpe varias veces para pedirle que no hable en su nombre. Amaia la amonesta. ¿De qué lado está? ¡Están todas en el mismo, en el que ella dicta! Coral, como una madre harta de parir retoños, deja que su pequeña se pegue la hostia sola. Comienza así una pelea dialéctica para dilucidar cuál de las comunidades autónomas es la más desfavorecida. Para cuando Amaia le explica que el *cispassing* aplicado a la etnia no le exime de ser un xenófobo, el casero ya se ha levantado del sofá. No les ofrece una rebaja, sino un ultimátum. Coral asiente con presteza y le promete que mañana mismo lo llamará. Adolfo se remanga la camisa, atraviesa el pasillo y se marcha.

—Échale una maldición —le susurra Amaia a su compañera.

—Pero bueno, ¿tú eres gilipollas o qué?

—¡Que no se va a reír de nosotras así, hombre ya!

—Ya se ha reído, Amaia. En toda nuestra cara. —Coral se levanta, desalentada—. Puto payo mal dolor le entre...

—Total, puto payo.

—¡Y tú otra igual! —salta Coral—, pero ¿¡pa qué le tocas el brazo!?

—¡Yo qué sé! Estoy ovulando.

4

El 23 de septiembre de 1959, Alejandra Pizarnik escribe en su diario: «No puedo leer ni escribir ni hacer nada. Estoy tensa y hambrienta y deseosa de aniquilarme. Adiós a la poesía y todo. Que me golpeen para decirme que no soy la única que existe. Quiero morir. Que me pase algo. Que me acuchillen. Que me pongan ventanas y puertas y que las abran. Me asfixio dentro de mí. Me peso».

El 23 de septiembre de 2024, Mery González escribe en su bloc de notas del móvil: «O dejo la oposición o me acabaré tirando por el balcón». Repasa diferentes formas de quitarse de en medio mientras, encerrada en la pequeña biblioteca de su pequeño pueblo un día más, estudia una unidad didáctica denominada «El discurso literario como producto lingüístico, estético y social». Pasa las hojas subrayadas en colores pastel y piensa en la carta de despedida que Virginia Woolf dejó escrita a su marido, Leonard Woolf, antes de ahogarse en el río Ousse con los bolsillos del abrigo llenos de piedras. «Me cago en Dios —piensa—, es que está escrita de locos». Le jode pensar que ella jamás escribiría desde ese estado de desesperación porque está demasiado cansada para desquiciarse. Piensa en meter la cabeza en un horno, en lanzarse al mar desde una roca, en engullir centenas de somníferos, en tirarse a las vías de un tren. Automáticamente, no sabe muy bien por qué —quizá por aquello que dijo un hijo de puta de que el amor nos salva de la vida—, le viene a la mente otra carta. La que le escribió Alex Turner a Alexa Chung: «My mouth hasn't shut up about you since you kissed it». Desde sus anhelos más íntimos, Mery ansía un gran beso. Añora que la quieran fervientemente. Que alguien entre en esa biblioteca donde el bibliotecario nunca está del todo en silencio, que se acerque a su mesa verde de parvulitos, hacia esa silla que cojea y a la que siempre tiene que colocar una cuña para que no le entre la manía, y le confiese que ha luchado en vano y ya no puede dominarse más; que la ama, la ama y la ama. Desde sus anhelos algo más superficiales, quiere desaparecer. No morir en sí, sino dejar de existir. La desidia ha conquistado su ánimo y no sabe cómo cambiarlo o si acaso quiere hacerlo. Hay algo placentero en regodearse en el dolor, en la desesperanza. Podría haber tenido una vida de libro. Una maldita, quizá, pero una que recordar. Ya fuera como escritora o como personaje; como creadora o como musa. ¿Qué clase de libro de mierda es su vida? ¿Está a tiempo de romantizar su existencia?

Trata de concentrarse. Son las 7.35 de la mañana. A menos que entre alguien con una bomba dispuesto a hacer implosionar la sala, le toca seguir estudiando. Respira hondo y mira a su alrededor. La estancia tiene un aforo para veinte personas. Más que suficiente, porque solo un par de jubiladas comparten el paso del tiempo cada mañana y cada tarde con ella. Hace meses que no renuevan el catálogo de libros. Las estanterías desordenadas que deberían esconder lenguajes extraterrestres, autoficción feminista y dramas familiares, realistas y mágicos solo son teselas amarillentas de un mosaico abigarrado en una localidad donde Amazon llega, pero el estado de bienestar, no.

Hoy Mery está especialmente triste. Es su cumpleaños. Jose, el bibliotecario, lo sabe y se acerca a ella. Tararea el cumpleaños feliz entre susurros. Pronto las dos jubiladas lo siguen. Enseguida se pasan a la letra y a los aplausos. El volumen aumenta. Mery sonríe y al hacerlo, se le marca el hoyuelo derecho, su orgullo secreto. Termina por unirse a los cánticos porque ella ha venido a este mundo para complacer a los demás.

—¡Muchas felicidades, Mery!

—Gracias, de verdad. Gracias.

Sigue sonriendo mientras se fija en los pelos que sobresalen de la nariz de Jose.

—¿Estás contenta? —le pregunta él—. ¿Cuántos cumples?

—¡Veinticuatro ya!

Aunque se siente como si tuviera setenta y cuatro.

—Eres muy joven todavía, te queda mucho por vivir —contesta una jubilada.

«Ojalá no. Ojalá me resbale y me quede en el sitio, pero que encuentren el manuscrito que sutilmente he guardado en el canapé bajo la rúbrica: *excitación y decadencia. la obra inédita de mery g.p.* (todo en minúsculas, ahora se lleva así)».

Mery jamás ha escrito más de diez páginas seguidas. De haberlo hecho, no sabe de qué tratarían. Solo ha elegido el título y el nombre con el que firmaría. Esconde los apellidos para sonar inglesa. «g. p.» tiene más marketing que «González Pérez». Asiente.

—¿Cómo lo vas a celebrar?

—Voy a cenar con Manu —dice ella—. Poca cosa.

—¡Anda! Deberías irte al río a pasar el día —exclama el bibliotecario y las jubiladas asienten—. Tómatelo de descanso.

—¡Ya me gustaría a mí! Vamos, si pudiera, os invitaría a todos.

Lo que a Mery le gustaría es estar todo el día acostada y que nadie la molestase. Ni Manu ni su padre ni Jose. Abrir la ventana, bajar la persiana, tumbarse en la cama, estirarse, mover el brazo derecho para entrar desde el ordenador en el catálogo de Filmin, ver media película, dormirse, despertarse, beber agua fresca, masturbarse porque las grandes escritoras disfrutaban de un sexo increíble con ellas mismas —eran genias, unas máquinas, ¿quién las iba a tocar mejor?—, volver a masturbarse a los tres minutos porque el segundo orgasmo, si sucede en el momento correcto, es más potente que el primero, dormirse, alcanzar un libro que ya ha leído y releerlo por el puro placer de recrearse en lo ya conocido, escribir unos versos usando las palabras «hambre», «amor» y «madre» y acabar la película. Solo levantarse para tomar helados del congelador. Un Maxibon, un Calipo, un cono de fresa. Guarradas con mucho azúcar. En parte porque lo disfruta; en parte porque quiere fastidiar a su novio, que fue uno de los primeros adeptos del movimiento *real fooding* y sigue a rajatabla todos sus dictados.

—Por un día no vas a suspender la oposición.

—Ojalá —musita Mery.

—¿Eh?

—O sea —rectifica ella rápidamente— que ojalá me pudiera permitir no estudiar por un día.

—Bueno, mujer, eso como tú veas —dice Jose—. Por cierto, si quieres leer algún libro, sabes que puedes proponer sugerencias.

—¿¡Vais a hacer pedido!? —se entusiasma ella.

—No, pero puedes proponer.

Mery suele estudiar hasta la una. Hoy ha decidido cortar a las doce y media. Apenas ha logrado concentrarse. Se ha distraído demasiado con las notificaciones del móvil. No suenan ni vibran, pero provocan que la pantalla se ilumine y, contra eso, no puede hacer nada. Wasaps de antiguas compañeras de colegio, de amigos que hizo en la universidad. También una felicitación de Coral; sí, nuestra Coral. Se conocieron de Erasmus y se hicieron íntimas, aunque ahora hace tiempo que no se ven. Nostálgica, le contesta y después entra en Facebook. Aparece una hilera de comentarios felicitándola en una foto. La pregunta lógica aquí es: ¿qué clase de persona sigue usando Facebook? Sin duda, alguien que sigue desayunando tostadas de aguacate, que se subió al carro de la terapia cognitivo-conductual y todavía no se ha bajado. La foto la ha subido Manu en su honor. En el título se lee: «Por muchos años más juntos, te quiero mi reina mora». Mery sale con un abrigo negro de paño largo, una gran bufanda al cuello que alcanza hasta la rodilla y un maquillaje muy comedido. Lleva el flequillo recto tan largo que apenas se le aprecian los ojos, marrones, como su pelo. Manu viste unas deportivas blancas, unos vaqueros pitillo verdaderamente estrechos y un chaquetón rojo de esas marcas «quiero y no puedo» cuyo logo, diseñado por un grupo de jóvenes emprendedores, cabalga entre un supuesto símbolo patrio y una cruz cuasi gamada. Manu sonríe; ella se recoloca el pelo. El estanque del Retiro los observa al fondo. Mery recuerda lo que sintió cuando se hizo la foto: cómo la muchedumbre la observaba y ella era capaz de adivinar sus conjeturas; la percepción de sí misma desde fuera; el desdoblamiento por el que se sintió avergonzada por vivir una vida que no quería; el bochorno de compartir horas con alguien al que un día lejano admiró, pero de cuya admiración apenas quedan migajas; la pérdida absoluta de su dignidad al no poner remedio a esta situación. Pero ¿por qué dejarlo? Manu es muy buen chico. Lo comprueba también al leer los comentarios. «¡Qué buena pareja hacéis!», «¡Mery, felicidades por partida doble! ¡No lo sueltes!». O en su versión 2.0, «¡No la dejes escapar!». Acabar con la relación sería absurdo. Todo su pueblo la odiaría, su padre la odiaría, ella misma se odiaría por hacer daño deliberadamente a alguien que la quiere de verdad. Prefiere hundirse en su propia miseria. Al fin y al cabo, no se está tan mal en ella.

Cuando se marcha, Mery le deja una nota al bibliotecario, que ha salido a tomarse un descanso: esta tarde no estudiará, seguirá su consejo. Se despide con un gesto tímido, pero encantador, de las dos jubiladas y sale. Desde la plazoleta se puede observar gran parte de su pueblo debido a la altitud en la que está situada y a que apenas hay construcciones de más de dos plantas. Predomina el color anaranjado de las fachadas de los 2000, el olor a puchero que sale de un comedor para mezclarse con el olor a cuajadera procedente de otra cocina y, sobre todo, el silencio. Camina por las calles desoladas y piensa. Piensa en que se le daría muy bien pintar, por ejemplo. La misma opinión le merece la cerámica. También el bordado o la botánica. Mery quiere hacerlo todo y quiere hacerlo ya. Sabe que es especial y que está destinada a vivir grandes gestas, pero nada se le da particularmente bien. Salvo escribir, claro. Sabe escribir, pero envidia la buena escritura como a quien se ha criado con una madre y ha podido preguntarle: «¿Aguanta más un tampón o una compresa?», «¿Combina esta chaqueta con este pantalón?», «¿Qué es el amor?».

Su padre apenas habla. Cuando ocurre, lo hace con acento argentino. Mery nació en Buenos Aires, pero emigró a España cuando tenía seis años. Solo le sale el acento cuando conversa con él: es su forma de ser familia, de acercarse la una al otro.

Se detiene en la tienda de ultramarinos y se mira en el reflejo del escaparate. Se queda así un buen rato, inmersa en la intensidad de la emoción que experimenta. Sabe que las palabras que se teclean en su mente son dignas de un premio Pulitzer, pero luego llega a su casa y, ay, es que el lenguaje no le alcanza. ¡Qué insuficiente es el lenguaje!

Cuando Matías, el padre de Mery, vuelve a casa, se la encuentra en el suelo con lágrimas en los ojos, el rímel corrido y las gafas de pasta empañadas. No sabe qué decir, nunca ha sido lo que se dice bueno con las palabras. Ella lo mira, solloza, inspirando y espirando en intervalos dobles y moquea. Se limpia con el puño y continúa sollozando. Cumplir años significa envejecer y envejecer significa acercarse a la muerte. Por mucho que piense en ella, por más veces que repita que anhela que un coche la quite del tabaco, no quiere morirse. Máxime cuando no ha conseguido nada importante en la vida. Mery Shelley escribió *Frankenstein* a los dieciocho años. Carmen Laforet ganó el Primer Premio Nadal con veintitrés, misma edad con la que Lena Dunham creó, dirigió y protagonizó *Girls*. Incluso Ana Frank, una chiquilla, dio testimonio de algo importante. Ella no ha vivido un genocidio más que deslizando vídeos cortos a través de apps que funcionan con algoritmo. Sin embargo, no tiene fuerzas para levantarse y fingir cierta dignidad delante de su padre, quien, al comprender su estado, se acerca y se sienta a su lado. Le pasa el brazo por encima y Mery se refugia en él. Durante un rato, vuelve a tener seis años. Se lo toma como un respiro de la vida adulta, como un regalo de cumpleaños.

—Traje velas —dice él, al fin.

Mery asiente. Mueve la cabeza sin parar, como si fuera el brazo del gato chino de la suerte y ella, un cuerpo inerte.

Manu juega al fútbol en el equipo local, así que Mery, tres días a la semana, termina de estudiar y se marcha al entrenamiento. Por mucho que sea su cumpleaños, el deporte no perdona. Entra en la grada, constituida por ancianos fumadores de puros, y se queda de pie, al margen. La diferencia es que hoy no ha estudiado. Ha dedicado toda su tarde a ver *En el camino, de cuando en cuando, vislumbré breves momentos de belleza*, de Jonas Mekas, y le ha ganado cierto aliento a la tristeza. Acude puntual y reconfortada a su cita. Manu, objetivamente atractivo y evidentemente enamorado, la saluda con una sonrisa antinatural, recién blanqueada. Sus compañeros lo empujan y en un tono —por supuesto— inocente, lo llaman «maricón». Él lo admite sin tapujos: sí, es que Mery es tan especial que ningún insulto puede afectar a su masculinidad. Ella no escucha nada de esto, está demasiado ocupada evitando las miradas lascivas de los viejos.

Le vibra el móvil. Es Coral, que le escribe de nuevo: «Me acuerdo de ti cada día. Ojalá volver a Florencia y no echarte tanto de menos». Contiene las lágrimas y espera a que Manu termine el entreno. Entonces, pasean hasta la casa de este.

—He estado hablando con Coral —dice Mery.

—¿Coral? —Extrañado, Manu se acomoda el macuto que porta a la espalda.

—Mi mejor amiga del Erasmus.

—La gitana —recuerda entonces él.

—Sí —dice Mery en un tono de cierta hartura.

—¿Qué quería?

—Teniendo en cuenta que es mi cumpleaños, felicitarme.

—Joder, claro, qué tonto soy.

—No, no. Como nunca me escribe ninguna amiga... —afirma mientras se detiene—. Soy patética.

—Amor, no te escriben porque saben que estás opositando —dice él.

—¡Justo por eso deberían hacerme más caso! —se queja Mery, aunque sabe que Manu tiene razón.

—Ya lo verás. —La abraza—. Todo esfuerzo tiene su...

—Su recompensa, sí. —Lo aparta—. No quiero sonar borde, pero estoy hasta el coño de la frasecita. La repites todo el rato y ya cansa. Hostia, con la puta frasecita.

Mery aligera el paso y lo deja atrás.

—¡Perdona por motivarte, eh!

«Estás perdonado», musita ella para sí. Manu, lejos de enfadarse, la sigue y la rodea por la espalda. Le da un beso tierno en la nuca.

—Venga, enfadosa, no te pongas así. He comprado los *gnocchi* que te gustan. ¡Y pesto!

—¿No supera ese plato el cinco por ciento de ultraprocesados de tu semana? —pregunta con sarcasmo.

—Oye, pero ¿y lo guapa que estás? —Manu sonríe, imperturbable ante sus intentos de pelea—. ¡Se habla muy poco de eso!

—Sí, muy guapa. —Mery no puede evitar sonreír un poco también.

—Guapísima.

Un collar dorado con la letra M en medio. Es lo que encuentra Mery cuando desenvuelve un estuche menudo. Eso y la cara de ilusión de Manu, que está sentado junto a ella a los pies de su cama.

—¿Te gusta? Por nuestras iniciales.

—Un montón —miente—. Gracias, amor. Me encanta. —Le da un beso fugaz en la mejilla a la vez que cierra el puño, guardando el collar en él—. Eres tan bueno conmigo.

—Pero póntelo.

Se lo quita, se sitúa tras ella y le aparta el pelo con delicadeza. A continuación, procede a encadenar ambos lados del collar. Después, le sujeta la cara y la vuelve hacia él antes de fundirse en un beso encantador deseado unilateralmente. Mery, al ver la efusividad del gesto —no le suelta la cara—, extiende la duración. A veces se besan como una pareja que no se divorcia porque cree que la separación afectará a sus hijos. Otras, como hoy, deciden dejarse llevar por la imaginación y lo hacen de manera más apasionada. Mery trata de aferrarse a lo que sentía durante el primer año de relación. Si consigue conectar con ese recuerdo feliz, podrá crear otro igual. Así, Manu le levanta la camiseta negra y ella le quita los pantalones. Ambos se quedan en ropa interior mientras sus cuerpos, apoyados sobre las rodillas respectivamente, se balancean como en un columpio. Se mueven con la torpeza cómoda que solo una relación estable es capaz de propiciar. Mery se pregunta entonces si la comodidad tiene, por cojones, que ser aburrida. Se tumban. Manu se desliza en dirección a sus caderas y, de un bocado, le baja las bragas. Ella lo frena.

—No bajes hoy.

—¿Por? —pregunta, extrañado, temiendo haber hecho algo mal.

—Mejor bajo yo.

Manu asiente, no muy aliviado, pero satisfecho con la alternativa propuesta. Invierten las posiciones. Ahora Mery es quien está arriba, quien domina. Le lame el abdomen hasta llegar a la pelvis. Manu apoya la cabeza entre las manos cruzadas e intenta relajarse. Mery comienza a chupársela sin llegar a buen puerto.

—Se te ha bajado. ¿Es que no te gusta?

—Claro que sí. Ya volverá.

—¿O no te gusto yo?

—Eres preciosa. Sigue, por favor.

—¿Lo hago de otra manera? —pregunta, distanciándose—. ¿Prefieres que te la toque con la mano? —Ante el silencio, Mery continúa hablando porque es lo que hace cuando se pone nerviosa o siente que con sus actos u omisiones ha hecho daño. Llenar el vacío con paja. En sentido figurado—. Di algo, Manu.

—Es que prefiero comértelo yo a ti.

—Ya.

—En fin, amor. ¿Te apetece ver una peli buena?

Mery asiente y observa cómo Manu la aparta y se levanta. Saca el portátil de la funda y lo abre. Le da la espalda. Ella se fija en sus piernas hercúleas, en los pelos rizados que las pueblan, en su culo respingón y en sus calzoncillos grises. Son los mismos que cuando empezaron. Solo que le han salido bolas de tanto lavado.

—¿Vemos *Pearl Harbor*? —pregunta él.

Mery se encoge de hombros. Es ese momento en el que te das cuenta: ya no quieres estar ahí.

5

—Sal ya.

—Tengo miedo.

En el piso, Coral y Júlia se acercan a la puerta del baño en un intento por lograr que Amaia, quien lleva un buen rato dentro, abra la puerta. Son sus primeras palabras desde que han discutido.

—¿De qué? —pregunta Coral.

—De Júlia.

—¿Ves? —le reprocha Coral a la aludida en el pasillo—. Si sabes lo sensible que es, ¿por qué lo pagas con ella? Es como una niña.

—Pues que no lo sea tanto, ¡que ya ha crecido y tiene que asumir las consecuencias de sus actos! —grita Júlia para que Amaia la escuche bien. Después da un golpe en la puerta. Amaia, dentro, se asusta—. Tú la has liado y tú lo vas a arreglar.

—¡Yo no tengo culpa de que el casero sea un cerdo fascista! —protesta.

—¿Y yo sí? —contraataca Júlia—. Hay que saber negociar. No todo es blanco o negro.

—¡Te crees que soy tonta, pero aquí la única ingenua que hay eres tú!

—Cariño, sal —Coral intenta mediar—, tengo clases de pintura en media hora y me tengo que duchar.

—¿Clases de pintura? —pregunta inquisitiva Júlia—. ¿Cómo te da la vida para todo?

—Tampoco hago tanto… —Baja la mirada. Inmediatamente después, algo le sube por el cuerpo, quizá es la tiroides fluyendo de nuevo, y se le agota la paciencia—. Quilla, o sales o tiro la puerta abajo.

Amaia abre con el moño deshecho y algunos mechones cayéndole sobre la frente. Como pijama lleva una camiseta falsa del Galatasaray, un equipo de fútbol turco. Se la dejó una noche Iván y ella se la apropió. Júlia se contiene, se cruza de brazos y mira para otro lado.

—¿Podemos sentarnos las tres a hablar? —pregunta Coral.

—¿¡No tenías que ducharte!? —responde Amaia.

—En verdad, la clase empieza dentro de dos horas. —Coral respira hondo—. ¿Vamos?

En el salón aún está el tendedero abierto con la ropa de colores neutros de Júlia. Ocupa un tercio del espacio. Amaia, contenta de poder echarle algo en cara, carraspea, pero como no surte efecto, dice:

—Hay que ver, el tendedero aquí en medio…

—Tú no metas más mierda, que tengo ojos en la cara —la corta Coral.

Júlia se hace la desentendida y se queda de pie, con la pierna izquierda apoyada en la repisa del sofá, donde descansan unos libros de tapa dura a medio leer y un par de plantas artificiales. Naturaleza muerta. Coral se sienta en un sofá, enfrente de ella. Amaia se tumba de un salto en el otro, pegado a la pared, desde donde las ve desde una perspectiva casi horizontal.

—Yo os lo avisé cuando llegué: no estoy dispuesta a pagar tanto. —Júlia ha sido la última en llegar al piso. El año más largo de su existencia—. Es simple, si este hombre no nos quiere mantener el precio de siempre, nos toca irnos y buscar otro sitio más barato.

—¿Y quién crees que será el casero del próximo piso al que vayamos? —ironiza Amaia—. ¿Gandhi?

—Yo no quiero irme —dice Coral—. Llevo aquí casi toda la carrera y ponerme a buscar otro… es un embarque.

—¿Y cómo lo gestionamos? —pregunta Júlia—. No hay más opciones.

—Odio esa palabra. —Amaia suele entrecomillar las palabras con los dedos—. «Gestionar».

—¡Qué más dará! Uf, Amaia... Es un poco cansado remar a contracorriente —protesta Júlia, tratando de regularse a sí misma—. Vosotras diréis. Yo no pienso firmar esas condiciones.

—¿No te habían hecho indefinida? —pregunta Coral.

Júlia asiente, pero Amaia no la deja explayarse.

—Vaya, vaya. Parece que alguien se ha beneficiado de la labor de cierta ministra de Trabajo gallega.

—Y míranos, estamos estupendamente —responde la catalana con sarcasmo.

—Bueno, ya. —Coral se da cuenta de que no van a llegar a ningún acuerdo—. Dejadme que piense hoy en algo. Y si no..., tendremos que irnos.

Las tres callan. A pesar de sus rifirrafes, esos setenta metros cuadrados las han cobijado en muchos estadios de su vida. Como una *sitcom* cuyo presupuesto va en aumento, cada temporada ha sido un poco mejor que la anterior, con la cancelación de ciertas actrices y la incorporación de otras, pero este espacio, les guste más o menos, se ha convertido en su hogar.

—Ahora sí, voy a ducharme. —Coral se levanta—. Júlia, haz el favor de recoger la ropa porque va a criar aquí. Amaia, el horno forma parte de la cocina, por lo que, cuando te toque hacerla, también te toca limpiarlo. Escuchadme las dos: no quiero coger el papel de madre en esta casa, to el día detrás de vosotras pa que hagáis las tareas.

Ambas se acogen a ojeadas huidizas como cachorros de beagle hacia los diferentes ángulos del salón mientras Coral se dirige al baño.

—¡Ah! Y hay que comprar aceite —añade desde el pasillo—. La última vez fui yo.

—A mí me pilla fatal —argumenta Júlia—, aún no he cobrado.

Mira a Amaia, que ha desbloqueado el móvil y está jugando un sudoku. El silencio la incomoda, así que le devuelve la mirada.

—¿Qué? Ah, no. ¡Yo ni siquiera tengo trabajo!

Al dormitorio de Júlia no entra luz natural porque no tiene ventanas, ni siquiera a un patio interior, como es el caso de los de Amaia y Coral. Para compensar, es el más grande de la casa, con cama doble y un gran escritorio azul y serpenteado acoplado a la pared que hace esquina. Tiene una librería y varias tablas, a modo de estante individual, dispuestas por todo el cuarto. Por las paredes, se exhibe alguna que otra pintura de arte lineal e impersonal. Al entrar, como siempre, no puede abrir la puerta del todo porque choca con su enorme armario, lleno de americanas y blazers —aún con su correspondiente etiqueta— que va comprando y devolviendo a Zara sin que se enteren ni Amancio ni sus compañeras de piso. Huele a ropa limpia y a velas perfumadas no demasiado pesadas. Nada de vainilla o canela. Es la *clean girl* perfecta.

Se desnuda y, sin mirarse al espejo, se cambia el sujetador de encaje rosa por uno deportivo. Se embute en unas mallas moradas de neopreno falso y se calza. Esas New Balance grises han sido su mejor adquisición de Vinted. Desenchufa el cargador del móvil y saca del bolso del trabajo los cascos inalámbricos.

Calienta estirando los brazos y haciendo movimientos rotatorios mientras recorre el pasillo. Se detiene, de pronto, al pasar por el trastero. Se quita los cascos y abre la puerta: ha tenido una revelación.

—¡Chicas! ¡Venid!

No obtiene respuesta de sus compañeras, así que repite la frase con más fuerza en la voz, como si estuviese frente a un hallazgo valioso.

—¡Coral está duchándose! —le grita Amaia desde el salón.

—Pues ven tú.

Con un gruñido, Amaia acude al trastero, donde Júlia ya está sacando las maletas que residen ahí, llenas de polvo.

—¡¿Qué haces, loca?! —exclama su compañera—. ¿Qué buscas?

Júlia la mira con una sonrisa de villana.

—¿Y si jugamos con sus mismas reglas? —dice.

—¿Las reglas de quién? Desarrolla —le pide Amaia, que está totalmente perdida.

—Este es el plan: alquilamos esta habitación. Nos sacamos un dinero extra y la subida para nosotras será mínima —propone—. El casero no tiene por qué enterarse. Que se fastidie.

—El casero va a seguir lucrándose —dice Amaia, poco convencida.

—Si no somos nosotras, se aprovechará de otras —asegura Júlia—. Al menos, nos podremos quedar aquí.

—A ver, intento de Robin Hood, ese plan no es el arcoíris que crees que es. Conste que no lo digo refiriéndome a tu orientación sexual, de la cual no hemos hablado nunca, pero que es evidente que... —Amaia, muy cercana a desarrollar un trastorno de conducta, pero todavía consciente de que sus comentarios sin filtro pueden herir a los demás, se da cuenta de que este tema violenta a Júlia—. En fin, lo que quiero decir es que este zulo no tiene cédula de habitabilidad —sentencia.

—¿Te fías de mí? —dice Júlia.

—No.

—Soy capaz de convertir esto en un dormitorio superbonito —afirma con total seguridad—.Tengo un sexto sentido para el diseño de interiores.

En ese momento Coral sale del baño, enfundada en una toalla y unas pantuflas de ositos y con el vapor del baño tras ella como si fuera una aparición.

—No podemos subarrendar —dice—. Lo pone en el contrato. Además, ¿quién va a querer vivir así?

Júlia insiste en defender su idea:

—Con unas compañeras de piso estupendas —prosigue como si fuera la publicista de la cuenta de una inmobiliaria— y en pleno centro de Granada, que está de moda por ser la ciudad del amor juvenil y las tapas baratas, ¿quién no querría?

Amaia y Coral se miran, conscientes de una verdad inapelable: no tienen ninguna idea mejor. Finalmente, acuerdan —casi coaccionadas— confeccionar una lista de personas conocidas con potencial para convertirse en la futura compañera del piso. Una vez se ha vestido y se dirige a su clase de pintura, a Coral se le enciende la bombilla: puede que tenga a la persona ideal.

6

Amaia aún no ha ido a las clases del máster, por lo que no conoce a nadie que esté interesado en el alquiler. Tampoco puede anunciarlo a los cuatro vientos por motivos evidentes. Piensa en la ironía dramática que supone su situación. El precio de la vivienda fue uno de los motivos que la llevó a quedarse en Granada cuando todos sus amigos de la carrera decidieron marcharse a trabajar a Madrid o a Barcelona, pero la realidad es que se miente a sí misma en su lógica. Sí, le preocupa especular con un tema tan delicado, pero fue el amor lo que la hizo quedarse. El amor por una ciudad cuyo espíritu se va desmenuzando como una infancia maldita y el amor por un hombre. Ha quedado con él ahora. Cierra la puerta con llave y sale al rellano. Enciende la luz y pulsa el botón de bajada del ascensor, que tarda más de la cuenta. Impaciente, decide ir por las escaleras. La luz se apaga y la oscuridad la pilla en un ángulo muerto, así que tantea el suelo con cuidado. Alguien sube. Ella sigue bajando. En la primera planta, antes de que pueda pulsar el interruptor, se choca con un chico. Apenas le da tiempo a verlo, pero sus manos se rozan. Amaia siente un calambre, una especie de conexión. Ambos se detienen. Se escuchan varios «¡Uy!», seguidos de un «¡Disculpa!». Esa voz profunda en el oído de Amaia la hace suspirar. Definitivamente, un tono de voz así de grave podría arruinarle la vida.

—Espera. —El chico palpa la pared con la mano hasta dar con el botón—. Voy a encender…

En su lugar, suena un timbre que los sobresalta con brusquedad. Ríen.

—Creo que no vas bien encaminado —dice Amaia.

—Ahora sí.

Las lámparas de pared sacadas del atrezo de *Cuéntame* los iluminan. El encuentro a ciegas, como las citas en *Una cuestión de tiempo*, apenas ha durado unos segundos y, sin embargo, Amaia estaba preparada para mostrar su sonrisa más amable, como si en ese intervalo hubiese entrado en otra dimensión y se hubiese olvidado por completo de que está enamorada. Lo que se encuentra al volver al presente es a un chico con el pelo oscuro y rizado extremadamente parecido al bajista del que se enamora Hannah Montana y al personaje de Seth Cohen de *The OC*, alguien con una sonrisa encantadora, el yerno perfecto, el hoyuelo de España. Él no diría de sí mismo que es un cayetano, pero para desilusión de Amaia, ella lo ve como lo que es: un pijo. Se siente mal, culpable por haber imaginado toda una narrativa a su lado por un simple roce, pero se refugia en la certeza de que, de haberlo visto desde el principio, ni se le habría pasado por la cabeza. El chico se despide cordial y sigue subiendo las escaleras manoseando un juego de llaves. Amaia piensa en lo evidente: es atractivo. Se pregunta si él será consciente de todas las burlas que pasan por la cabeza de chicas como ella —chicas normales—, que lo contemplan como un meme disfrazado del que ni siquiera merece la pena compadecerse haciendo poshumor. Seguro que es el típico hombre que busca una mujer con la que llevar un estilo de vida tradicional. Familia numerosa, recetas de cocina con ingredientes naturales y buenas homilías que expíen la culpa de haber follado por detrás. Piensa en Iván, en que ahora mismo ambos se estarían riendo de él. Cuánto admira a su chico.

La plaza de los Lobos suele estar vacía. Si acaso, ocupada por algunas palomas que se han desorientado en su camino a plaza Trinidad. A Amaia esos animalitos le provocan compasión, tan sucios, tan incomprendidos. Iván y ella son dos palomas más, allí sentados mientras comparten un litro de cerveza. Han quedado esta tarde, cuando él se ha despertado. Como Amaia, no tiene muy claro lo que hacer ahora que ha terminado la universidad, así que va pillando trabajos temporales en festivales y conciertos mientras lo decide. Ayer no se acostó hasta las ocho de la mañana.

—Pero cuéntame más —le pide ella.

—Es que no sé mucho. —Iván da un trago y le pasa la botella—. Simplemente lo han dejado. Él está muy triste. Imagino que ella también.

—¿Te han contado el motivo?

—¡Qué importa!

—Joder, Iván, no importa nada, pero quiero saber el chisme. No me puedo creer que no lo sepas.

—Hemos estado un rato hablando, pero no me acuerdo bien —se excusa él.

Amaia deja caer su espalda sobre el respaldo del banco. Piensa: ¿cómo no puede acordarse de los detalles de una ruptura que se lleva por delante los sentimientos de su mejor amigo?

—¿Y cómo le caí? —dice, cambiando de tema.

—Muy bien —responde Iván sin entrar en detalles.

—Pero ¿te dijo algo?

—Sí. Que eras muy simpática.

—¿Nada más?

Es posible que Iván se sienta en una encerrona, porque cualquier respuesta es incorrecta. Si asiente, a Amaia le sentará fatal. Si continúa alargando dicha opinión, notará que es mentira. Su capacidad de inventiva es tan limitada como su cajón de recuerdos emocionales. No es excusa: no le debemos ninguna piedad a un hombre sin memoria. Seamos honestas, queremos saber qué coño opina el mejor amigo de Iván —ese que vive en Lugo y que se dedica al e-commerce de productos sospechosos en términos de legalidad— sobre nuestra Amaia, la novia, a la que por fin conoce después de muchos meses, aunque es probable que apenas vea un par de veces más. También nos interesa la historia sobre por qué lo ha dejado con su chica, aunque no la conozcamos en persona.

—En plan, ¿no te dijo que era divertida, graciosa, ocurrente, combativa, inteligente...? —insiste Amaia—. ¿No te dijo algo así como que se notaba que era el amor de tu vida? ¿No te dijo que era muy guapa?

—No, solo eso. Muy simpática.

Amaia mira hacia el lado opuesto y se fija en una pareja que camina de la mano por las calles empedradas.

—Bueno —prosigue él para intentar arreglarlo—, en verdad me dijo que le habías caído muy bien.

—¿Solo eso?

—¡Tía, Amaia! Acababa de dejarlo con la novia, me estaba contando todo el drama, ¿qué querías que me dijera?

—Entonces ¡sí que sabes qué les pasó! —salta ella.

Iván eructa por toda respuesta y Amaia le da un golpe en el hombro.

—Gilipollas.

—Pero me quieres. —Iván le sonríe y ella no puede evitar encontrarlo adorable.

—A veces, no. —Amaia muestra una arrogancia impropia de ella cuando está con él, como si estuviera constantemente a la defensiva. Pronto recula: le entra un miedo súbito a perderlo—. Es broma, te quiero siempre.

Se quedan callados, habitando el silencio un rato. La cerveza ya está caliente.

—No le contaste a Marco que soy la chica más maravillosa que has conocido nunca porque no querías presumir de lo mucho que nos queremos. Es eso, ¿verdad? —termina por decir Amaia.

Iván asiente.

—Qué lista soy. Oye... —La cabeza le va en mil direcciones a la vez, en parte por las anfetaminas que se ha tomado esta mañana—, ¿cómo acabaste el concierto?

—Cansado. Muy cansado —dice Iván, al que parece que se le han acabado las ganas de hablar.

De nuevo, esa sensación de hastío en él la pone cachonda.

—¿Sí? —pregunta con un ánimo libidinoso mientras se le acerca—. ¿Y sigues cansado?

Por las persianas bajadas del dormitorio de Iván apenas se cuela la luz. Desde la cama donde hacen el amor, se puede ver una estantería llena de libros de Žižek dispuestos por orden alfabético. Acaban. Se abrazan, exhaustos. Él le besa la cabeza y ella, el pecho peludo.

—A ver, ¿quién es el presidente de Turkmenistán?

—No sé. —Amaia ríe porque en realidad quiere contestar esa clase de preguntas, pero nunca atina. Le cuesta memorizar algo que no ha experimentado en primera persona, por lo que no guarda vínculo alguno más que a través de la curiosidad de Iván. Él no recuerda el día que se dijeron «te quiero» por primera vez (la tercera noche que durmieron juntos) o los detalles más tontos y a la vez trascendentales de su relación, pero podría citar todas las desembocaduras del océano pacífico borracho de vodka barato.

—Sí lo sabes, lo hemos repetido muchas veces.

—Que no.

—Di uno.

—Es que el que diga no va a ser. —Iván hace un gesto invitándola a proponer una respuesta—. Al-Ásad.

—¿¡Cómo va a ser al-Ásad!? —la reprende como un serbio ante una bosnia—. Piensa un poco, sabes bien de qué país es presidente al-Ásad.

—¿De Siria?

—Bien. Bien. No todo está perdido. Va, céntrate. Turkmenistán.

—Que no lo sé, mierda.

—¿Ni la capital?

Amaia se da la vuelta, enfadada. Iván se quita el preservativo, saca un pañuelo del cajón de las pajas y se limpia. Luego pasa por encima de su cuerpo para estar frente a ella. Le hace cosquillas por el vientre. Ella patalea y ríe hasta quedarse sin fuerzas.

—Asjabad. Para que luego se te olvide...

—¿Ese es el presidente?

Iván vuelve a hacerle cosquillas. Esta vez, Amaia mueve también los brazos tratando de apartarlo. En una mala sacudida, le propina un golpe en el ojo. Iván para, se sienta al borde de la cama y se tapa el ojo con la mano.

—Ay, amor, perdona. —Él calla. Ella se levanta y lo abraza por el cuello—. ¿Te he hecho daño?

—Déjalo.

—Perdóname. No lo he hecho a propósito.

—No pasa nada.

Y de verdad no pasa nada. Amaia preferiría que la situación detonara en una pelea con gritos y reproches, pero él es demasiado tranquilo y su relación, sana.

—¡Ah! —exclama él cambiando de tema, como si solo hubiese querido inculcar a su novia un grado muy pequeño de culpabilidad—. He tomado una decisión. —Amaia no se sorprende ante sus frases siempre rotundas. La mayoría de las veces a estas les sigue un «Voy a estar contigo el resto de mi vida»—. Voy a dejar el mundo de los festivales y la noche... Quiero tener más estabilidad, ¿sabes?

—Si es lo que necesitas, me parece genial —dice ella con cautela.

—Voy a ser profesor de sonido —explica—. Vaya, cuando acabe el máster.

Amaia no entiende nada. ¿Desde cuándo Iván está haciendo un máster?

—Pero ¿ya te has matriculado o...?

—Lo hice en junio, pero me acaban de admitir —dice él sin darle importancia.

—¿Y cuándo pensabas decírmelo? —Conforme salen de su boca esas palabras, con esa entonación concreta, con ese tono acusatorio, Amaia se arrepiente—. O sea... —Quiere encontrar la manera de no parecer una novia tóxica, pero está tan fuera de sí que acaba dándole igual—. ¿Por qué no me lo has dicho antes?

—Porque no era seguro.

—Ya, pero era una posibilidad. Las posibilidades se comentan en pareja.

—Lo siento, ¿vale? Te lo estoy diciendo ahora. —Iván no suele pedir perdón porque nunca cree que deba hacerlo. Tampoco cree que Amaia deba—. Y tienes razón. Es algo que nos afecta a los dos. Deberíamos ir tomando decisiones de cara al futuro que queremos juntos.

—Eso es bonito —sonríe Amaia—. ¿Qué futuro queremos juntos?

—Pues lo que quiere todo el mundo: una familia, una casa y un trabajo fijo.

A ella se le detiene el cerebro por un breve lapso. Un escalofrío le recorre el cuerpo. ¿Cómo que familia? ¿Cómo que casa? ¿Cómo que trabajo fijo? Así, con la noradrenalina por las nubes, lo exclama.

—¡Cómo que familia, casa y trabajo fijo! —Y ríe, porque lo más probable es que esa respuesta sea una broma y la haya pillado tarde.

—Amor, hablo en serio —dice Iván con el ceño fruncido.

—¿Tú no querías derrocar al sistema?

—Destruir al capitalismo está muy bien, pero no creo que tengamos esa suerte —le explica con un suspiro, como si fuera algo que Amaia ya debería saber—. Y hasta que eso pase, me gustaría vivir contigo, tranquilitos, en una casa en el campo, con un huerto y con nuestros hijos correteando por ahí. ¡El buen salvaje de Rousseau!

—¿Una casa en el campo?

—A ver, estoy soñando en voz alta. Me conformo con un techo. Un lugar donde caernos muertos.

—Ya... Sí. —Amaia no quiere impacientarlo, pero le está costando unir la imagen que tiene de Iván con esta propuesta—. Es solo que pensaba que ibas a muerte con la revolución y todo eso.

—Eso es lo verdaderamente revolucionario, amor.

—¿Volver a la vida que tenía mi abuela? —pregunta ella.

—Mejor que la que tenemos ahora, seguro —resopla Iván.

—¡Anda, anda! ¿Tú te estás oyendo?

—La autorrealización a través de la empresa... Me río yo de eso —salta él, aunque Amaia no ha mencionado esas palabras en ningún momento—. ¿Crees que el feminismo de Beauvoir pensó que la emancipación de la mujer llegaría de manos de una consultora? Trabajar doce horas diarias a cambio de una miseria. Y si no, que se lo digan a tu compañera de piso, a Júlia. La vida que le espera. Un día se jubilará y dirá: ¿en qué he malgastado mi juventud?

Amaia se remueve, incómoda. Es cierto que ella critica mucho a Júlia y a sus ideales capitalistas, pero tampoco le parece bien que su novio sentencie cómo será su futuro.

—Yo no quiero su vida, pero... ¿no hay un punto intermedio? —sugiere—. Ni siquiera sé si quiero tener hijos. O sea, ¿tan malo sería quedarnos tú y yo solos?

—Tengo muy claro que quiero ser padre —advierte Iván, como si fuera algo que han hablado miles de veces.

—Claro, como a ti no te cambia el cuerpo —ironiza ella.

—No pretendía sonar egoísta. Sé lo que implica la maternidad para una mujer. —Amaia va a seguir con su desglose, pero Iván la interrumpe—: Pero, *unpopular opinion*, creo que ser madre (y padre) es lo mejor que le puede pasar a una persona.

Amaia no sabe en qué momento la conversación se ha tornado seria, pero detesta tomar decisiones importantes con esperma seco en el ombligo.

—Dijimos que antes de asentarnos, íbamos a viajar y a ver mundo. ¿Dónde quedó lo de vivir en un país de América Latina?

—Yo nunca te he dicho eso.

—No me vengas con putas mierdas, tío.

Amaia quiere decirle que no le haga *gaslighting*, pero sabe que se reiría de ella. Hay un puntito en su relación en el que la autoridad de Amaia se diluye como restos de comida en el fregadero. Iván no ha estudiado Psicología, pero sabe que viene a ser literatura barata para los ciudadanos de a pie, la analogía al *coaching* empresarial. Piensa que, de existir una terapia para adultos con cierto coeficiente intelectual, esa sería el psicoanálisis. Cada vez que se lo comenta a Amaia, esta le contesta que ninguna opinión le hará odiarlo y hacen el amor con más deseo. Entre nosotras, mientras lo hace, él piensa en su madre.

—Amor, es broma —le dice con cara de perro pachón—. Te

prometo que antes de asentarnos —hace comillas al aire—, vamos a viajar, pero no vamos a pensar en eso ahora. Solo alégrate por mí, por haber entrado al máster. ¿No estás feliz por tu novio?

—Siempre estoy feliz por ti, Iván —dice ella, cansada.

—Y, por favor, tú eres una chica lista: no compres el discurso de lo posmoderno. Si un estilo de vida ha funcionado tanto tiempo, es por algo.

Amaia se moja los labios, resecos tras la conversación. Iván se acuesta de nuevo y luego sentencia:

—Desde que cayó el Muro de Berlín, el mundo es un lugar peor.

Amaia se pone las bragas y lo ignora. De pronto, la imagen del cayetano de su edificio le pasa por la mente como una estrella fugaz.

—¿Sabes quién dijo eso? —pregunta Iván—. Al-Ásad.

Lo mira, exasperada. A veces piensa que quiere hacerla enloquecer, pero su cara de niño de veintinueve años adicto a Google Maps la conmueve. Al final, se rinde y se lanza a sus brazos de nuevo, en busca de más dopamina.

7

Las cafeterías de la España vaciada no se parecen al Café de Luke. Es una de las razones por las que Mery no soporta *Las chicas Gilmore*, por la falta de verosimilitud y el protagonismo de una madre, dos cosas que ella no ha tenido el lujo de disfrutar. En su pueblo no hay un cuarentón —se resiste a pensar en términos generacionales que lo categorizan como *boomer*— atractivo que le sirva pancakes con sirope de arce y café aguado en una taza que necesariamente haya que agarrar con las dos manos. La decoración municipal siempre es la misma. Nada de calabazas en Halloween. Si acaso, la delegación pastoral instala un alumbrado por Navidad. Pero ¡eso no tiene nada de *cozy*! ¡Cómo va a ser entrañable si ninguno de sus vecinos menciona a Patti Smith en las conversaciones o conoce a Donna Reed! Si una serie no la representa íntegramente, no le interesa. «Qué serie tan terrorífica y menuda hija de puta eres, Lorelai Gilmore», piensa para sí mientras, sentada a la barra del bar del pueblo, se bebe un café solo de una máquina que lleva años acumulando mierda. Le da un sorbo y se estremece: no se acostumbra a lo ácido del sabor. Lleva todo el día estudiando, lo mínimo que podría tener es la oportunidad de tomarse un café decente. Abre Instagram y mira stories sin ton ni son. Se detiene en una de Coral, que muestra una taza de cerámica con forma de tulipán, recién horneada, bajo la rúbrica en cursiva: «*Un taller increíble*». Piensa que podría colar como parte del atrezo de *Las chicas Gilmore* y eso la petrifica: es como si Meta se le hubiera metido en la cabeza y estuviera proyectando un holograma. Como sea, da me gusta a la historia para que el algoritmo sepa que quiere ver más de ese contenido. Por otra parte, ¿cómo no hacerlo? Le da me gusta a todo lo que sube Coral. Justo entonces, como si también le hubiera leído la mente, esta decide videollamarla. Sale del bar y se apoya en la fachada. Junto a ella, un hombre fuma un cigarro. Le pide uno.

—¿Por qué no dejas las opos? —pregunta Coral sin saludar siquiera.

—Eso, tú anímame —responde Mery.

—Quilla, tú no estás bien.

—Me quiero morir —admite ella.

—Y nunca te ha gustao dar clase —sigue Coral.

—En serio, ojalá no me despertara mañana.

—Lo sé. ¡Eres una chica intensa! ¿Se dice PAS? —confirma su amiga en un intento por adecuarse a su nivel de dramatismo.

—Sí —suspira Mery—. Y no tiene cura.

—Mándalo todo a tomar por culo y dedícate a escribir.

—¿Te imaginas? —Mery ríe, triste.

—¿Cuántas veces me leíste en Italia a Sarah Kane? O a la Sally Rooney esa que en vez de sangre tiene horchata en las venas.

—¿Te acuerdas?

—Claro que me acuerdo. Aprendí un montón de ti —le asegura Coral, y Mery casi puede oír su sonrisa a través del teléfono.

—No te voy a mentir —admite entonces—. He mirado algunas escuelas de escritura creativa y eso, pero no tengo dinero para irme a una gran ciudad.

—No vayas a una gran ciudad. Vente a Granada.

—¿Eh? ¿Qué hay allí?

—Estoy yo.

—Me refiero..., ¿qué oportunidades hay para mí?

—Mery, se trata de que escapes de la «nada». Es una huida hacia delante, un desbloqueo. Aquí hay... cosas. Hay cultura. Hay inspiración. Puedes trabajar de lo que sea. Y en mi piso... sobra una habitación.

—No sé. —Mery le da una larga calada al cigarro. El sabor amargo en el paladar hace que se arrepienta de haber vuelto a fumar—. No lo creo. He ordenado mi vida.

—El factor Manu te afecta, ¿no? Implicaría tener una relación a distancia.

Tira el cigarro al suelo y lo pisa. Mira un monovolumen aparcado con dos sillitas de niño en los asientos traseros. Se retoca el flequillo y le pregunta a Coral si objetivamente cree que su escritura puede convertirse en el estandarte de su generación. La fe de una amiga basta para conformar una nueva corriente literaria.

Mientras Coral intenta convencer a Mery de que cambie todos sus planes vitales, a unos cuantos kilómetros de ella un cuerpo agotado sale de un gran edificio. Júlia se cuelga la gabardina como una abuela se coloca un abrigo con hombreras y broches dorados, con un aire clásico, sin meter los brazos. Mientras espera en la parada del autobús mira vídeos de *japanese head spa* para relajarse, aunque hoy solo ha regalado dos horas extra de su vida a la empresa. No es para tanto. Se imagina que es ella la que recibe el masaje: entra en una sala de tonos beige, se acuesta en una camilla y una decena de chorros de agua de arroz inundan su cuero cabelludo mientras una mujer le explica todo el proceso, que finaliza con una bebida de cortesía. Es justo lo que necesita. O quizá a alguien que se lo haga. Una persona que le acaricie el cuello, que la peine, que la arrope hasta dejarla dormida. El vídeo se acaba y da paso a otro sobre recomendaciones de series *true crime*. Bloquea el móvil y se apoya en la marquesina de cristal. Siente un vacío sereno pero enloquecedor. Trata de no pensar demasiado, y la idea de que está sola en el mundo la embarga. Nostálgica de su casa, decide llamar a su abuela, que no tarda en contestar.

—¡Que no te voy a contagiar la vejez! —dice a modo de saludo. Da igual que Júlia la llame mucho o poco, siempre se queja de que no es suficiente.

—Hola, *iaia*. —Sonríe—. ¿Cómo estás?

—Aquí, esperando a que me pinte Murillo.

—Entonces estupenda.

—¿Y tú?

Júlia hace un puchero. El silencio pone en guardia a su abuela.

—Hija, si vas a llorar otra vez, avísame, que tengo la cena del abuelo en la lumbre.

El bus llega y Júlia se sube mientras le cuenta a su abuela que odia la impertinencia de los andaluces, que echa de menos a su familia y que ha adelgazado dos kilos. Su abuela le recomienda que incluya semillas de lino trituradas en sus comidas y después le recuerda que toda esta etapa merecerá la pena. En la era de las relaciones líquidas y de los vínculos baldíos, una llamada telefónica es un momento feliz.

Cuando llega al piso, encuentra un orden poco habitual en él. Ve a sus compañeras en el salón; Coral ha llegado justo antes que ella, pero al parecer Amaia no la ha dejado ir a su cuarto. La mesa del comedor está tan llena de comida que parece que vayan a ofrecer un banquete.

—Como veis —dice Amaia a sus compañeras, alzando los brazos como si estuviera presentando un powerpoint a un grupo de hombres en traje de Cortefiel—, alguien ha limpiado el salón y ha llenado la mesa con vuestros manjares favoritos.

—¿Quién? —pregunta Coral.

—Yo, joder. Para pediros perdón por lo de Adolfo y eso.

Coral y Júlia se miran confusas. Amaia, un poco ofendida por lo mucho que les sorprende su acto de amabilidad, procede a explicar las motivaciones que la llevaron a no negociar con el casero: no se negocia con terroristas. No les está pidiendo perdón por eso, porque no cree que tenga que hacerlo a causa de ese razonamiento que, en última instancia, iba a redundar en un beneficio colectivo. Sin embargo, reconoce que algo sí hizo mal.

—Quiero disculparme por hablar en tu nombre, Coral. No quería sonar imperialista de tu propia identidad ni nada que te pudiera molestar. Y… bueno, estoy muy bien en este piso. No querría que tuviéramos que irnos por mi culpa.

—No te rayes tanto —la tranquiliza Coral—. Con que hayas limpiao, yo ya me doy por satisfecha.

Amaia sonríe y se vuelve hacia Júlia.

—Y para ti he hecho pan tumaca.

—Así no se hace —responde Júlia atendiendo al cuenco con tomate rallado—. Tienes que restregar el tomate directamente en el pan.

—La próxima vez lo haces tú con el coño de princesa —le responde Amaia, acabando con el momento mágico de buen rollo.

Coral pellizca a Júlia, que al final le da las gracias por haber tenido ese detalle. Las chicas se sientan y Coral aprovecha para darles la buena nueva: la cuarta inquilina es una realidad.

—Es Mery, mi mejor amiga del Erasmus.

—No hables otra vez del Erasmus, por favor —ruega Júlia—. Con ella, tampoco. Queda absolutamente prohibido.

Coral no puede evitar rememorar su año en Italia, y en esta ocasión enumera también las proezas de Mery allí. Brillaba tanto, se lio con una decena de napolitanos y, sin embargo, qué apagada está ahora. Ha hecho bien en convencerla.

—Vive en un pueblo dejado de la mano de Dios y está saliendo con un chico que, sinceramente, no le pega nada —les explica—. Necesita escapar de ahí.

Lo cierto es que también necesita convencerse a sí misma de que le está haciendo un favor a su amiga, porque si tiene en cuenta la «habitación» que le va a tocar, se siente como si le estuviera tendiendo una trampa.

—¿Le has hecho *house tour*? —pregunta Amaia.

—Conoce el piso de sobra, ha venío alguna vez de visita.

—¿También la cueva de Liliput?

Coral pincha un mejillón en escabeche con un palillo y se lo lleva a la boca. Una gota de aceite cae y le recorre la rodilla.

—Cuando intervenga en la cueva... —dice Júlia.

—No la llaméis cueva delante de Mery —suplica Coral.

—... va a ser lo mejor del piso —prosigue—. ¡Se va a revalorizar! Confiad en mí. Yo entiendo de arte.

—Claro, a ti se te da bien el bricolaje, las herramientas y todo eso —dice Amaia.

—¿Qué insinúas? —Ante la negativa de esta a contestar,

Júlia respira profundamente y le da un mordisco a su trozo de pan. Comer la relaja—. En fin, hay que ponerse manos a la obra. Tenemos que pensar en positivo. —Todavía sentada en la silla, baila de manera ridícula, acercando y alejando los brazos en círculos irregulares—. ¡La subida se queda en nada! ¿Le echamos aceite de trufa a la pizza para celebrarlo? —pregunta con la mirada iluminada.

Coral se levanta, entusiasmada, como si le hubieran hecho la propuesta de su vida.

—¡Creo que aún queda del que compramos juntas! Voy a por él.

—Para mí, no. —Amaia se cruza de brazos con seriedad—. El aceite de trufa es un invento posmoderno.

8

Las discusiones entre Júlia y Amaia casi nunca se deben a temas trascendentales, por lo que quizá el origen de estas radique en la incompatibilidad de sus signos. La primera vez que se conocieron fue un shock para ambas. Viajemos hasta entonces, cuando el salón solo tenía un sofá y todavía no estaba ese *print* horrible con la frase «But first, coffee» colgado de la pared.

—Soy consultora de IT —dice Júlia.

—No sé qué es eso —contesta Amaia.

—Da igual. —La catalana le quita importancia, como si fuera demasiado complicado para explicárselo sin más.

—Entonces eres de derechas —asume Amaia.

—Soy liberal.

—Pero no puedes ser liberal y gorda.

—¿Perdona? —responde Júlia con los ojos como platos—. Yo no estoy gorda.

—No pasa nada, ¿eh? —dice su compañera, que no pretendía juzgar, sino señalar una realidad evidente.

—O sea —titubea Júlia—, no estoy delgada, pero tampoco estoy gorda.

—La gordura es bonita. No lo decía como un insulto —asegura Amaia.

—Lo que quieras. Pero me parece un poco maleducado por tu parte.

Júlia se recuesta en el sofá, desbloquea el móvil, carraspea y finge escribir un mensaje, pero se incorpora a los pocos segundos.

—Y, además, ¿una gorda no puede ser de derechas? —continúa.

—Liberal, ¿no?

—¡Lo que sea!

—A ver —dice Amaia—. Tengo mis propias teorías. Ya me irás conociendo. Prácticamente, todas las gordas son activistas del *body positive*. Y si eres una activista... no puedes votar a Junts.

—¿Quién te ha dicho que voto a Junts? —se exaspera Júlia, que efectivamente los votó en las últimas elecciones—. Mira, voy a ordenar la ropa.

Se levanta del sofá y camina hacia el pasillo, aunque al cabo de unos segundos cambia de idea y deshace lo andado.

—Además, no tiene sentido —dice—. Por esa regla de tres, Estados Unidos sería comunista porque es el país con más obesidad del mundo.

—Tú no estás obesa, Júlia —responde Amaia, alarmada—. No quería provocarte un trastorno de alimentación ni nada. Es que no estoy acostumbrada a tratar con personas liberales. Mucho menos liberales catalanas. Perdona. Y tienes razón. Hay muchas gordas republicanas en Estados Unidos.

Júlia se cruza de brazos y se apoya en la pared. Trata de observar la singularidad de Amaia.

—¿Y tú a qué te dedicas? —le pregunta.

—Estudio el último año de Psicología.

—¿La salud mental sigue de moda?

Ahora, un año después, apoyadas en el quicio de la puerta, contemplan La Cueva.

—Esto no es habitable —sentencia Amaia.

—Pues tenemos cinco horas para acondicionarlo antes de que llegue la nueva. ¿Has visto el PDF que te envié? —le pregunta Júlia. La otra niega con la cabeza—. Joder, Amaia, me pasé tres horas editando en Canva y buscando inspiración en Pinterest.

—¿Qué es eso?

—Entonces no has comprado nada, ¿no? ¿Cómo pensabas ayudarme a redecorar?

—Es que yo no sé de bricolaje. No soy lesbiana. —Amaia se tropieza con sus propias palabras y comienza a tartamudear—. O sea...

—Cállate y baja al chino.

—Se dice «bazar».

—Compra masilla, marcos blancos, algún jarrón y lucecitas de las que funcionan con pilas. —Amaia asiente, y añade—: ¿Tan lesbiana parezco?

—¿Lo eres?

—¿Lo aparento?

—Uf, tú necesitas terapia —dice Amaia antes de salir del cuartito.

—Deja de psicoanalizarme —protesta Júlia a su espalda.

—Yo no psicoanalizo, pero tienes un problema.

—Mira, baja de una vez. Yo voy a ir sacando los trastos.

Unas horas más tarde, a la entrada de la ciudad, el coche de Manu se detiene en un semáforo. Aprovecha para posar una mano sobre la pierna de Mery y la va subiendo poco a poco hacia su entrepierna; espera alguna clase de reacción, pero Mery no responde, demasiado nerviosa por la expectativa de su nueva vida. Se ha pasado todo el viaje mirando por la ventana, observando cómo los paisajes se vuelven cada vez más áridos. Ha ignorado el «Top 50 España» que sonaba a todo volumen y, ahora, sigue con la misma actitud hacia esos intentos vacuos de Manu que lo único que van a provocar es que se autodefina como asexual. Pero ya está en Granada y por más que trate de aparentar indiferencia, no lo consigue. La ilusión le brota por los poros, la promesa del cambio le influye de la misma manera que otras circunstancias mínimas, como el gorjeo de un pájaro o la muerte de un personaje ficticio en *Downton Abbey*. No puede evitar sentirse también un poco estúpida: ¿solo necesitaba una huida hacia delante para reconocerse al fin en el espejo retrovisor? ¿Qué la encadenaba a la apatía? ¿Por qué no lo hizo antes? Manu ejerce presión en su clítoris hasta que Mery le avisa de que el semáforo ya está en verde.

Para cuando Coral llega al piso, Amaia se ha ido al cine con Iván a ver *El 47*, una película sobre las conquistas de la lucha colectiva, y Júlia está terminando de instalar, sola, las pequeñas luces a lo largo de la cornisa, pajiza y desgastada. El dormitorio va cogiendo forma.

—¡Ah, hola! —saluda Júlia a su compañera cuando la ve aparecer. Tiene el pelo revuelto y la piel brillante por el sudor, pero parece feliz de estar inmersa en su proyecto creativo—. Sujeta la escalera.

—Voy. —Coral la obedece mientras la culpabilidad por no haber estado presente en la reforma también se moldea en su interior. Se manifiesta en una leve taquicardia y cierta rigidez en el cuello—. ¿Y el armario?

—Casi no cabe la cama... —se excusa Júlia, señalando el catre de noventa centímetros cubierto con la colcha estampada en colores chillones que Amaia ha comprado a toda prisa hace unas horas, antes de que su compañera recordase que carece de gusto para estas cuestiones.

—Puede guardar su ropa en el mío —ofrece Coral enseguida—. No me importa compartir.

—Bien por ti. —Júlia deja de concentrarse y clava el último clip a desgana; ahora que ha terminado vuelve a enfadarse al recordar que Amaia la ha dejado tirada a la mitad—. Oye, estoy hasta los cojones de Amaia. No hace nada. Es como tener un perro al que no puedes duchar.

—Sí se ducha... —dice Coral, que odia verse en mitad de sus rencillas.

—Toda la casa huele a porro —sigue quejándose Júlia.

—¿¡Ha fumao dentro otra vez!?

—Se trae el olor de fuera —admite la otra—. Y si fuera únicamente esto, todavía tiene un pase. Es su actitud, su pasotismo.

Coral no la escucha con claridad porque está pensando en

ese medio Orfidal que dejó anoche en el cajón de la ropa interior. ¿O se quedó en...? Va hacia la cocina y abre el armario de las especias. Junto a ellas, está El Joyero, una especie de maletín de plástico transparente donde guardan todas las medicinas que han ido necesitando y de las que saben que, por las contingencias del sistema económico autorregulador en el que han nacido, seguirán echando mano: antibióticos para la infección de orina causada por no mear después de mantener relaciones sexuales; cápsulas de hierro para luchar contra la anemia crónica de las tres; antiviral comprado para el herpes vaginal que le brotó a Amaia por tener, en teoría, las defensas bajas y, *voilà*, benzodiacepinas para las jornadas laborales extenuantes que, mezcladas con un par de tragos de verdejo, son el mejor remedio para prolongar la displicencia de Coral. Se coloca una debajo de la lengua.

—¿¡Puedo ayudarte yo en algo!? —grita después desde la cocina.

—No —se oye decir a Júlia—. ¡Bueno, sí! ¿Hay alguna chocolatina que le guste? Para dejársela encima de la cama a modo de bienvenida, como en los hoteles.

A Coral le sorprenden esos arrebatos de amabilidad de su amiga.

—Es vegana —le advierte.

—Pues menudo muermo nos has colado en el piso. —Júlia se recoge el pelo en un moño y deja al descubierto unas axilas perfectamente depiladas y un pecho bien recogido, incluso para estar por casa.

—¡Muermo tú! Que no sales a la calle na más que pa trabajar. —Coral regresa a La Cueva—. Nunca te apuntas a nuestros planes, y seguro que si hiciéramos más vida de piso, nos iría mejor la convivencia. No tenemos la lepra, ¿sabes?

Júlia escurre rápido el bulto.

—Es que mis días no tienen cuarenta y ocho horas como los tuyos, que no se te acaba nunca la pila. Pero este finde hacemos algo todas juntas —promete con poco convencimiento y apaga la luz—. ¿Qué me dices? Espera. Le falta algo. ¿Y si le cogemos una planta al vecino?

—Olvídate. Paso de que llame a Adolfo —dice Coral—. Nos conviene llevarnos bien con él.

Ambas dan un último vistazo a La Cueva. No es el dormitorio que nadie elegiría para hacer un *house tour*, pero es acogedor (el eufemismo preferido de las inmobiliarias) y le han sacado todo su potencial. Júlia lanza un sutil «pobrecita» que da rienda suelta a todos los pensamientos intrusivos de Coral: «Qué mala amiga y qué aprovechada, haciendo realidad los estereotipos por los que tradicionalmente la han rechazado». Piensa en qué consejo le daría su madre si quisiera hablar con ella. Con seguridad, le diría que no se fustigue demasiado porque la vida ya es dura de por sí y que los nervios la están dejando más delgada que una raspa de pescao. Se acoge a esta especulación, que la alivia más que cualquier pastilla, y a la idea de que ahora es ella la madre del piso de la calle Tablas. Y una madre asume las consecuencias de sus actos: si le tiene que dar la vuelta a la tortilla para que estos se zanjen a su favor, se la da.

—Esto no lo he hecho por mí —responde al final.

—Obviamente —le da la razón Júlia, aunque está claro que no se lo cree del todo.

—Para mí es importante que sepas que no soy una puta rata que vende a su amiga a cambio de no pagar un poco más de alquiler. Yo sí que podía hacerme cargo de la subida. Es verdad que iba a pasarme todo el mes comiendo arroz con tomate frito, pero podía. Ella necesitaba escapar y nosotras, a alguien que ocupara este lugar. —Coral va a callarse, pero no se contiene—. A veces somos insufribles, pero en general nos llevamos bien y quiero que eso siga siendo así.

—No prometo nada —dice Júlia en broma.

—Déjate de tonterías. Hablo muy en serio.

—Y yo. —Júlia se cruza de brazos—. Mira, sois mis compañeras, no mis amigas. Casi no os conozco.

—¡Llevamos un año viviendo juntas! —exclama Coral—. ¡Claro que somos amigas!

—Tienes un concepto erróneo de la amistad.

—¿Cuánto tiempo tiene que pasar pa ti? ¿Y qué tengo que hacer pa que me lo convalides? ¿Aprender catalán?

—Ja, ja.

—No conozco a tu gente, pero sí sé que está en el quinto coño. Asume de una vez que ahora esta es tu familia, la que tienes aquí, en Graná. Solo nos tenemos a nosotras —sentencia Coral.

—Díselo a Amaia —resopla Júlia—. Ella es la niña.

—Lo haré.

—Y, por cierto, tú tampoco eres miss gitana perfecta —añade Júlia con retintín.

—Hija, pues dímelo. Comunícate. —Coral le pellizca la mejilla con una mezcla entre dulzura y regañina y la otra, por una vez, se deja hacer.

En ese momento, suena el timbre. Coral corre al interfono para abrir la puerta.

—¿Por qué has dicho que Mery necesitaba escapar? —dice entonces Júlia, pero Coral, presa del entusiasmo por ver de nuevo a su amiga, ya no la escucha.

Ante la ausencia de respuesta, Júlia se mete en su dormitorio. No le apetece ser testigo de reencuentros lacrimógenos.

9

Iván tira las palomitas que han sobrado al contenedor. Amaia le coge de la mano. La incandescencia del centro comercial los convierte en una de esas parejas cuyo estímulo para la supervivencia es la compra de fungibles para Halloween. Solo que ellos no son así, en absoluto. Es la idea que la reconforta cuando el mundo se vuelve hostil —esto es, a diario—. Amaia se acerca las manos entrelazadas y las besa. Iván sonríe con timidez, sin mirarla.

—¿Te ha gustado? —pregunta él.

—Muchísimo. Me ha emocionado el final, cuando canta la hija.

—Además, la actuación de él… tremenda. Don Eduard Fernández Parera.

—Te sabes hasta el segundo apellido —se maravilla Amaia—. Eres fan total.

—¿Es en serio? —Iván le hace una mueca—. Llevo meses haciéndote ese chiste.

—¿Chiste? ¿Cuál?

—¿No sabes por qué es?

—¡El qué! —Amaia empieza a exasperarse.

—Nada. —Él lo deja correr y, con una sonrisa, musita—: Qué tonta.

—No me llames tonta —dice en voz baja—. No me hagas sentir idiota.

—Amor, no tergiverses las cosas. Sabes perfectamente cómo

digo lo de «tonta». —Amaia se suelta la mano—. Y cuando te decía «don Hugo Rafael Chávez Parera», ¿a qué creías que me refería?

—Pensaba que era su apellido...

—Un apellido es, pero el de Nadal.

—Pero ¿Nadal no era de derechas?

—Don Rafael Nadal Parera es el mejor deportista que ha existido nunca. Los chavales lo usamos para definir a una persona como crack —le explica despacio, como si temiera que no lo entienda—. ¿Entiendes?

—No mucho, pero serán cosas de un rojipardo como tú —afirma queriendo atajar la conversación con buen sabor de boca como siempre hacen: metiéndose el uno con el otro. Es lo suyo, les encanta tener el mismo tipo de humor y no ofenderse por cualquier tontería.

Iván suspira. Luego, caminan unos minutos en silencio hasta que llegan a la puerta de salida y la abre para dejar pasar a Amaia primero. Ya en la calle, se detiene.

—Amaia, no estoy bien —confiesa.

—Perdona si te ha molestado algo. —Ella gira sobre sí misma y se aproxima a él.

—No me refiero a tus arrebatos —dice Iván—. Es que desde hace un tiempo siento que no estamos en sintonía. No te veo cómoda. Como si ya no te gustara.

—Iván, ¿¡qué dices!?

—Y la charlita del otro día sobre el futuro me rayó que flipas. Apenas pude dormir.

—Me pilló de sopetón y a lo mejor no la afronté bien, pero te aseguro que estamos en la misma onda o como se diga. Nos queremos muchísimo.

—¿Sí? —Iván lo pregunta demasiado veloz, con una franqueza dolorosa. Amaia lo observa como si viera a un extraño—. Creo que tú esperas otras cosas de la vida.

—¡Yo quiero lo que quieras tú! —asegura ella—. ¡Me quedaría embarazada ahora mismo si me lo pidieras!

—Por favor, no grites. Y nunca hagas nada que realmente no quieras hacer, ni siquiera si te lo pido yo.

—No soy una cría, Iván. Tengo capacidad de decisión —afirma, aunque acabe de mostrar exactamente lo contrario—. Y decido quedarme contigo y hacerte feliz porque es lo que me hace feliz a mí.

Ambos se miran. Amaia se lanza a él para plantarle un beso que le haga olvidar ese estado de locura transitoria, pero Iván se aparta.

—Para.

—No me puedes dejar —niega ella, y parece que la nuca se le va a desencajar—. De ahora en adelante, me aprenderé todos tus chistes, todas las capitales de todos los países. Todo. Te lo prometo. —Iván enmudece—. Di algo. Amor...

—Si te soy sincero, también pienso que has cambiado.

—¿En qué?

—Te interesan temas banales. No sé.

—¿Te das cuenta de que no me estás diciendo nada de manera clara? O sea, no me das argumentos. ¿Me has dejado de querer? ¿He hecho algo malo? Si es así, ¿puedo arreglarlo? —Amaia siente que se está volviendo loca—. ¡Te aseguro que sí!

—Quizá tus amigas te han comido un poco la cabeza. ¿Sabes cuántas veces me has repetido esta semana que estás «empoderada»?

—¿Y eso es malo?

—Venga, Amaia —dice poniendo los ojos en blanco—, que antes de estar conmigo, tu feminista de cabecera era Isabel de Castilla.

—No es verdad —se indigna ella.

—Estoy cansado de darte explicaciones. Te creía más inteligente.

Amaia rompe a llorar y, desesperada, se arrodilla.

—No me dejes —repite desde el suelo—. ¡No me dejes! —Iván trata de no mirar, pero ella le tira del brazo hasta que él también se arrodilla—. No me dejes.

Iván la mira de forma penetrante. Unos pocos centímetros separan sus miradas. Paulatinamente, se acercan hasta rozarse. Amaia cierra los ojos, esperando un beso que, en lugar de darse en los labios, sucede en la frente.

—Me lo vas a agradecer —sentencia él.

En otra parte de la ciudad, Mery sale del aparcamiento con Manu, que carga con sus maletas, pisándole los talones. La vemos caminar, casi correr, por la rampa que comunica a la calle. A pesar de que detesta que se le despeine el flequillo, disfruta de la brisa de aire que le mueve el pelo porque es un símbolo de la nueva etapa que le espera. Hay más señales: lleva varias horas sin ruidos gastrointestinales y se está orientando bien en el mapa de la ciudad. Joder, hasta le ha gustado que ese señor mayor le haya mirado el culo. ¡Porque significa que existe, que no es invisible! Está pletórica. Todo encaja para que siga viviendo dentro de la película que se ha montado en la cabeza, por lo que el reencuentro con Coral, al pie del edificio que va a convertirse en su nuevo hogar, no podía ser más emocional. Uno, dos, decenas de abrazos porque uno no es suficiente. Cuando por fin se separan, identifican que efectivamente son ellas, que el tiempo no las ha cambiado, y vuelven a abrazarse. Manu las incita a subir al ascensor, cargado con el equipaje y las bolsas de rafia. La actitud de Mery es la de una persona encantadora, una de esas mujeres que aspira a ser la perfecta anfitriona, aunque en este caso ejerza el papel de huésped. Coral, más pragmática, les pregunta si tienen hambre y si han pillado mucho tráfico. Después les enseña el piso y justifica la luz tan pobre por la posición del sol a esa hora. Manu, impaciente, pregunta por el dormitorio de Mery y Coral no tiene más remedio que conducirlos hasta La Cueva.

—Lo hemos decorado con mucho cariño —dice.

La pareja observa con detenimiento el minúsculo habitáculo y se queda como nos quedaríamos todas: en silencio.

—Os dejo que os despidáis —añade Coral, incómoda.

—Sí, porque Manu se va ya —confirma Mery—. Si no, se te hará de madrugada, ¿verdad?

—No me importa quedarme —dice él.

—Trabajas mañana —le recuerda con diligencia su novia.

—Ah, claro...

—Además, no creo que tarde mucho en desempacar todo.

Coral hace mutis. Manu le pide a Mery que cierre la puerta del cuarto. Esta obedece y, a continuación, cae con dramatismo en la cama de manera artística. Lo hace siempre que quiere evitar mantener relaciones sexuales porque no es capaz de verbalizar que no le apetece y, por la actitud de Manu, todo indica que a él sí. La levanta y le acaricia los brazos mientras parlotea sin parar, sin dar espacio a que Mery suelte alguna de sus evasivas. La anima a seguir su sueño, a luchar cada día un poco más. Le pide que no desista y que cuando se ponga triste, lo llame. Por último, le confiesa que tiene mucho miedo de que se olvide de él, de que viva tantas cosas en la ciudad que comience a verlo como algo accesorio en su vida. Mery asiente y la leve y efímera sensación de arrepentimiento por haberlo dejado todo en base a proyectos etéreos que había experimentado al entrar en el piso se difumina para siempre. Por una vez, sabe que está haciendo lo que tiene que hacer.

—Tranquilo, no me vas a perder —dice, porque siente que es lo que debe decir en ese momento.

—Te amo.

Mery lo besa durante un rato y disocia. Después, lo acompaña hasta la puerta y le dice adiós con la mano.

Si a una amiga la deja su novio, lo lógico es cuidarla hasta que sane. La mejor forma de hacerlo siempre es dando de comer. Es lo que propone Coral para acompañar a Amaia esa noche: pedir a domicilio. Además, es la oportunidad perfecta para que Mery se integre en el piso, pero Júlia se niega.

—Has cobrao hoy —dice Coral, que sabe perfectamente por dónde van los tiros.

—Y si empiezo ya a gastar, no llego a final de mes —explica Júlia como si fuera una obviedad.

—Bueno, hazte una ensalada césar —le responde ella—. A mí qué me cuentas.

—No, joder... Va, no voy a ser la única que no pida burrito. —El hambre gana al puño cerrado y Júlia termina por ceder.

—¿Carnitas o pollo?

—Carnitas, pero sin la tortita que lo envuelve. Lo quiero en un bol. —Coral asiente y teclea algo en la pantalla del móvil—. ¿Estás contenta?

Su amiga la mira y duda. Iván no era santo de su devoción, pero Amaia lo quería con locura y la hacía muy feliz. Para Júlia, en cambio, hoy es fiesta nacional. No lo soportaba y no creía que fuera una buena influencia para Amaia. Vemos a ambas en la cocina, hablando bajito para que la otra no las escuche desde el salón, separado por apenas unos metros. No deben preocuparse. Amaia ha puesto música en la televisión, canciones indie salidas de una de las cien listas de Spotify de Coral, todas ellas inoportunas porque están repletas de temas de amor y desamor.

Amaia, en sujetador y bragas, le está narrando de principio a fin su historia de amor a una Mery agotada que, aunque lo intenta, no le presta demasiada atención. No puede parar de preguntarse cómo la estarán percibiendo. Es capaz de meterse en la cabeza de cualquiera de las tres y emitir un juicio a partir de unas hipótesis arbitrarias. Al fin y al cabo, es la nueva. ¿Pensará Júlia que es una chica misteriosa? ¿Coral la ve más estilizada y elegante? ¿Amaia dirá de ella que, en un futuro, será carne de cañón del capital cultural progresista? No vislumbra la posibilidad de ser irrelevante y de que nadie piense en ella todo el rato. Es un hecho: es la protagonista de todas las vidas, como tampoco puede pensar en otro dolor que no sea el suyo. ¿Qué dolor? No importa. Ella siempre se sentirá maldita.

—¿Cómo voy a hablar? —se pregunta Amaia mientras Mery se pierde en sus pensamientos—. ¿Con quién me voy a reír? Nadie va a entenderme así nunca.

—Iván es milenial y el amor de tu vida no podía ser un milenial —afirma Júlia; se cuela en la conversación acompañada de Coral, que se masajea la cara con crema hidratante.

—No creo en el concepto de generación como forma de representar a la sociedad —afirma Amaia rotundamente—, porque empaña el hecho de que los problemas del proletariado siguen siendo los mismos pasen los años que pasen.

—¿No lo crees porque Iván te ha dicho que no lo creas o no

lo crees por imperativo de tu propio criterio? —pregunta sibilina su compañera.

Amaia calla, solloza y se abraza a sí misma para calentarse.

—¿No tienes frío en ropa interior? —pregunta Mery, intentando que vean que es una persona empática.

—Bueno, un poco, pero así es cómo me siento, ¿sabes? Vulnerable —le explica Amaia.

—Toma, anda. Ponte mi sudadera —le ofrece Mery.

—Es que no me gusta la textura. ¡Y no entiendo por qué le ha dado ahora a estas por poner la puta lavadora con mi ropa de estar por casa! —se queja la otra a voz en grito.

Mery se la queda mirando, cortada.

—Joder, ahora vas a pensar que soy neurodivergente. Va, deja que me la ponga. —Se la mete por la cabeza y se despeina las cejas.

—A mí me hace gracia tu autoconsciencia —dice Mery para calmarla—. Me inspiras mucho. Podría escribir un personaje que fuera literalmente tú.

—No lo hagas. Mi psicóloga dice que racionalizo demasiado, que debo reducirlo todo a la emoción, pero yo sé cuál es mi problema. Mi problema no es Iván. Es el mundo que ha abierto en mí. Estoy enamorada de los hombres. De la ideología de los hombres. Y eso es una putada. Casi una esclavitud.

—No to los hombres son… —empieza Coral.

—Sí, Coral —rebate Mery, que quiere sentirse incluida, una más en el grupo—. Todos. Y tú —dice apuntando a Júlia— tienes mucha suerte de ser lesbiana.

—¿Qué os ha dado ahora por definir a la gente? —se desespera ella—. ¿Vosotras qué sabéis? ¡Dejad al mundo en paz, por el amor de Dios! ¡Y quita esta canción, que es una mierda! ¿¡Quién la canta!?

—Arde Bogotá —contesta Coral.

—Una puta mierda —se reafirma Júlia.

—¿Y qué pongo?

—Algo más divertido. Alexa, pon ABBA.

—No tenemos Alexa —dice Amaia entre un sollozo y otro.

El repartidor toca al timbre y Júlia, frustrada, se levanta para recoger el pedido con los cuatro burritos, uno de ellos solo con verduras.

—¿Necesitas que sigamos hablándolo? —pregunta Coral a Amaia.

—No. Solo quiero que Iván me conteste al mensaje y que llegue pronto mañana para ir a verlo, para que lo hablemos con más calma. Pero sí que necesito un Orfidal —añade y le lanza una mirada significativa.

Coral saca uno del bolso. Sabe que está caducado, como también sabe que lo que su amiga necesita es una buena llantina. La deja elegir la película que verán esa noche y opta por *Barbie en La princesa y la costurera* por ser esencialmente anticapitalista. Una vez se han terminado los burritos y a medida que avanza la trama, todas se van quedando dormidas: Júlia duerme casi desde el principio, Amaia da una cabezada cuando Anneliese y Erika terminan de cantar «Soy como tú, tú igual a mí», Mery en la escena del secuestro a la princesa y Coral apura hasta el final, cuando le suena el móvil. Apenas da un toque, ya contesta.

—¿Mama?

10

En un pasillo del hospital, una mopa apoyada en la pared se desliza hacia el suelo de terrazo. Coral la salta y cruza la zona de triaje hasta llegar a la recepción. Saluda a sus compañeros con una energía impostada, sube a los vestuarios, se cambia y se hace un moño bajo. Los primeros años acostumbraba a hacerse una foto en el espejo vistiendo el uniforme para mandársela a su novio, ahora ex, y a su madre. Ahora cierra la taquilla y va directa a planta. Allí le dan el relevo del turno y le comunican el estado de los pacientes.

—George ha intentado escaparse —le dice Víctor, su mejor amigo en el hospital. Es al primer enfermero que llama cuando necesita cambiar turnos o le surge alguna duda. Tiene cincuenta y siete años y está a un paso de la prejubilación. Sesea—. Tres veces por lo menos.

—¿Qué George? —dice mientras introduce la clave personal en el programa informático.

—El guiri. Ten cuidao, que no entiende ni papa y habla cuatro palabras mal dichas.

—Pobrecillo, seguro que está solo.

A Coral le apena la vejez del mismo modo en que teme la soledad. Si el inicio de la civilización lo marca el registro de los primeros cuidados, ¿la ausencia de estos no debería marcar el final? Se le encoge el corazón. Detesta las residencias de ancianos como se detesta a sí misma por no atreverse a expresarlo en voz alta. Tiene miedo a que la juzguen. No es que el amor para ella requiera sacrificio —o, al menos, no en el sentido desolador de la palabra—, es que no entiende otra forma de amar que no sea a través de la entrega. Esa fue la razón por la que decidió ser enfermera. Por más agobiada que esté y por muy rápido que gire el mundo, no hay día en que cargue la medicación y no recuerde la imagen: su abuelo, diagnosticado con EPOC, sentado en su sillón tapizado junto a un respirador artificial. Aprendió que nada era más perentorio que aquello.

—Hay que tener paciencia con ellos —prosigue.

—Qué harto estoy de trabajar —se queja Víctor hasta que recuerda—: Ah, nos han regalado unos dulces caseros.

—Ya decía yo que olía a repostería de la buena.

—Más concretamente, a palmeritas con caramelo.

Coral decide que irá a merendar, pero antes debe entregar la primera tanda de pastillas. La vemos andar con sus crocs de plástico, que rompen el sigilo que poco a poco va reinando en los pasillos. Casi todos los pacientes se comportan de manera correcta. George, sin embargo, no deja de moverse. Con mucho esfuerzo, Coral le toma las constantes: saturación, frecuencia cardiaca y tensión.

—*Cigar? Cigar?* —pregunta el paciente con una dicción casi indescifrable.

—Aquí no se puede fumar.

—*Cigarette?* —repite George.

—*Smoking, no. No smoking.*

El paciente le agarra la mano y se la intenta morder. Coral se zafa de él, que enloquece y grita como si no hubiera un mañana. Despierta a toda la planta. Algunas enfermeras acuden, pero en cuanto llegan, el hombre se hace el dormido. Coral, impresionada por la jugada, se queda sin recursos y no sabe bien cómo describirles la situación para que parezca creíble. Acaba rindiéndose y les pide que no se preocupen. Todo está bien.

—Ten cuidaíto con este —le aconseja una compañera mientras se marcha.

—*You. Guilty* —apunta George, ahora con los ojos abiertos como un búho—. *Guilty.*

—¿*Guilty* de qué, sinvergüenza? ¡Con lo bien que te trato yo! Anda, estate tranquilito. *Quiet.* ¿Eh? *Quiet* —dice Coral con un dedo acusador.

Sale de la habitación y se deja caer en el lateral de la máquina de café del pasillo. Cierra los ojos y suspira. Necesita acabar el turno, tomarse un ansiolítico y dormir sin pensar en el futuro, en ese tabú gigante que la constriñe. Saca el móvil y marca un número de teléfono.

—¿Ahora sí me llamas? —dicen al otro lado.

—Ahora sí me sale la voz del cuerpo, mama.

—Bueno, ¿cómo estás? —pregunta su madre—. ¿La ansiedad se te ha ido ya?

—No. Nunca. Eso ya es pa mí pa to la vida.

—Que no, coño. ¿Es que no te pueden dar algo en el hospital pa que se te pase? —No espera a que su hija conteste—. Ayer vi al Antonio. Estuvo aquí en la casa y me preguntó por ti.

Coral se masajea la frente con la mano y después se la lleva al corazón. Sobre su pecho caen varias cadenas doradas. La mera mención de su nombre la hace sentir culpable y le recuerda todo el daño que sin querer causó.

La historia es simple. Él era un amigo de toda la vida. Un chico gitano, normal y corriente. Fueron juntos al instituto y empezaron a salir en bachillerato. Cuando Coral se fue a la universidad, él volvió a trabajar al pueblo, pero decidieron seguir juntos a distancia. La cuestión es que ella no veía la hora de dejar Granada. Digamos que fueron una pareja enamorada hasta que Coral dejó de estarlo. A pesar de que pasó los últimos meses intentando reflotar la relación, no lo consiguió. Harta de ser una cobarde, lo dejó este último verano, justo en el peor momento: cuando la madre de Coral acababa de perder a su padre —su abuelo— y Antonio prácticamente se había convertido en un hijo para ella. Esta, en lugar de apoyar a su hija, volcó en ella toda su frustración. ¿Por qué dejaba en la estacada a un muchacho tan bueno, que la quería y la respetaba? ¿Qué había pasado en su vida para que prefiriera cortar por lo sano? ¿Acaso no le había contado mil veces su sueño de tener una gran casa, muchos hijos y un par de gatos? ¡Ahora lo mandaba todo a tomar por culo! Intentaba perdonarla porque, además de su hija, era su confidente, su amiga, pero no podía ni mirarla a la cara. No entendía nada.

Por culpa de aquello, Coral y su madre llevan unos meses sin hablar apenas, algo que nunca les había sucedido hasta ahora.

—*Guilty!* —se escucha decir a George.

—¿Quién grita? —pregunta la madre de Coral.

—Un inglés con demencia. Un señor mu mayor. Me recuerda al awelo.

—¿Y está mu malico o qué?

—Más p'allá que p'acá.

Va a decir algo, busca las palabras adecuadas para que su madre entienda que la echa terriblemente de menos sin reconocerlo de forma explícita. Necesita algo más que unas frases cordiales para acercarse a ella de nuevo. De pronto, se percata de algo.

—Mama, te dejo.

—¿Ha pasao algo?

—Me cago en su raza... —Coral cuelga, apresurada. Siente que le vuelven las palpitaciones, que el corazón se le va a salir por la garganta.

No ve a George en su cama ni en el cuarto de baño, pero mira hacia ambos pasillos y ahí está. Corre y ríe como un niño pequeño. Arrastra las vías por el suelo. Por un instante, la seduce la idea de dejarlo ir, libre. A lo mejor se encuentra en un momento de lucidez y no comprende cómo él, un hombre anciano pero sano, está ingresado en un hospital. Quizá solo necesite tomar aire fresco o haya sentido el impulso de llamar a algún amor de juventud. No tarda en alcanzarlo, pero sí en hacerle entrar en razón. George la rehúye y grita una y otra vez: «*Mommy! Mommy! Mommy!!*». Coral saca todas sus fuerzas y consigue llevarlo de vuelta a la cama. Entonces olvida la profesionalidad en la que siempre se escuda y llora, algo contenida, como una actriz de método.

Dejémosla que se desahogue como quiera y vayámonos a otro lugar en el que, seguro, se lo están pasando mejor.

11

El timbre suena y Júlia, ocupada en hacerse el *eyeliner* más preciso posible, grita:

—Amaia, ¿puedes abrir? Estoy ocupada.

Pero no contesta, así que Júlia repite la pregunta a Mery.

—Voy. —Esta sale de La Cueva y contesta al telefonillo—: ¿Quién es?

Una voz estridente contesta:

—¡Vanesa Martín! Soy yo. ¡Abre!

Mery cuelga y proyecta la voz para decirle a Júlia que se trata de algún gilipollas gastándole una broma sobre Vanesa Martín.

—Por favor, ¿quién escucha a Vanesa Martín? —pregunta de forma retórica. Luego vuelve a su dormitorio, deja la puerta entornada y se tumba en la cama con una libreta de tamaño cuartilla y un portaminas.

Los pasos veloces de Júlia parecen dispuestos a romper el suelo del pasillo. Va protestando. Básicamente, se caga en los muertos de Dani. Han quedado para tomar algo esa noche, como ella le prometió, pero se suponía que no llegaba hasta dentro de una hora como mínimo. Con un suspiro, le abre la puerta del edificio y se queda esperando a que llegue a su planta.

—Um, ¿así luce la precariedad? —pregunta en cuanto sale del ascensor.

—¿Los chavales que te tiras viven en pisazos o qué? —le responde Júlia con sarcasmo.

—En mejores que este, seguro —resopla él—. Ya te lo digo yo a ti.

—¿Y la becaria? —pregunta Júlia con indiferencia. No es que le importe, pero se suponía que habían quedado los tres y no piensa comerse a Dani ella sola toda la noche.

—Viene ahora.

Al entrar, Dani concentra la atención en Mery, que asoma del interior de La Cueva para ver a qué se debe todo el alboroto.

—¿Hola? —dice. Deja a Júlia plantada en la puerta y se acerca hasta la habitación—. ¡A ti no te conozco! Soy Dani, el jefe de Júlia. Encantado.

Tras esa invasión de espacio en la que no le ha dado tiempo a arreglarse el pelo o a lavarse los dientes, Dani le da dos besos. A Mery le joden esas situaciones. Le jode que la pillen desprevenida y que no pueda conectar un par de neuronas a tiempo para lucir como ella pretende de cara a influir en la imagen primigenia que el susodicho va a formarse de ella. Frustrada, no le queda otra que presentarse.

—Soy Mery, la nueva compañera de piso.

—Hija, ¿no te ahogas aquí? —pregunta Dani tras echarle un vistazo al cuartito. Mery sonríe, incomodísima—. Sales con nosotros esta noche, ¿no?

—No sabía nada... —intenta excusarse ella.

—Júlia, ¿cómo eres tan siesa de no avisar a tu compañera de piso? —le reprocha él.

—No iba a molestarla —interviene ella, con fastidio. Luego, se dirige a Mery—. No quería interrumpirte. Sé que estás inspirada.

—Perdónala, es catalana —dice Dani antes de que Mery pueda contestar.

—Pero ¿vais a hacer botellón aquí? —pregunta ella.

—¡Claro! —Dani se apoya en la pared del pasillo, más a gusto que si estuviera en su casa—. Oye, ¿eres artista o qué?

—Escribo —responde Mery con orgullo mal disimulado.

—¡Anda! ¿Eres escritora? —Mery asiente. Dani decide pasar

el interrogatorio a su habitación y se sienta con la ropa de calle en la cama de noventa—. ¿Y qué has publicado?

—Aún nada.

—Ah..., ¿y por qué no sales a tocar hierba? ¡Tendrás que vivir cosas para luego escribir sobre ellas!

Mery siempre ha luchado contra la idea del periodismo gonzo, no porque no esté de acuerdo o le incomode, sino porque sabe que está demodé, que si existe algún tuitero que dicta lo moralmente correcto, este opinará que es una forma de escritura demasiado antropocéntrica, demasiado individualista. Lo cierto es que a ella le encantaría tener una columna a lo Carrie Bradshaw, pero teme parecer frívola. Como sea, no va a darle esas explicaciones a él, así que sencillamente declina la invitación:

—Gracias, pero tengo que seguir a lo mío... Nunca se sabe cuánto tardará en volver la inspiración.

Pero esta nunca llega. Mery ha llenado de gerundios y adverbios el único párrafo que ha escrito mientras escuchaba cómo el salón se inundaba de música y de los gritos de Júlia, Dani y Amaia, que al final ha salido de su cuarto al darse cuenta de que había fiesta. Ha terminado por arrancar la hoja, la ha tirado a la papelera y se ha rendido a la evidencia: empleará mejor su tiempo bebiendo con sus nuevas compañeras de piso y el tío que se ha acoplado en él. Se recuerda que también hay que saber parar, marcar límites. Se ha dado una ducha rápida y se ha puesto una falda larga estilo *fairy* y un top de tirantes con el cuello alto. El maquillaje no es lo suyo, así que solo se ha pintado los labios color burdeos. Al salir al pasillo, Dani ha exagerado su reacción maravillada ante su nuevo aspecto y le ha agradecido su presencia. Júlia ha encendido unas cuantas velas con olor a lavanda y las ha colocado por el salón. Dani las ha olfateado como si trabajara para la policía portuaria y ha resuelto que ahora no solo luce, sino que también huele a precariedad.

Úrsula ha llegado vestida de Uniqlo y Dani le ha recordado que no es horario de oficina, que puede vestir otra cosa que no sea una americana gris. Júlia quería que viniera para no afrontar sola esta situación, pero ahora se arrepiente: siente que la becaria es una persona tan mate que acaba apagando su brillo. ¿Cómo puede echarla sin resultar maleducada? Ninguna se lo está pasando realmente bien en este botellón cutre. Todas quieren irse a dormir a una hora temprana. Mentimos. Amaia, no. A ella la rabia que está sintiendo jamás le permitiría descansar.

—Me ha bloqueado y lo capto, solo ha pasado una semana y lo que necesitamos los dos es el contacto cero, pero... ¡el problema lo ha causado el sistema! —les explica a un Dani cautivado por el chisme y a una Úrsula que no podría parecer más incómoda—. Nos ha comido la cabeza a ambos. A mí me ha confundido con respecto a mis expectativas y a él lo ha obligado a ser el hombre que no es. ¿Qué opinas, Dani?

—No entiendo la parte de la confusión y eso —admite este.

—Verás, tú no estarás de acuerdo porque probablemente seas votante del PP, pero en esta era de relaciones líquidas donde el aceleracionismo lo inunda todo, he comprado como una idiota el relato de que yo como mujer debo realizarme a través de la explotación laboral cuando lo que debería primar en mis metas es dar la batalla —recita Amaia de carrerilla, casi sin respirar—. Y te preguntarás: ¿qué es ahora dar la batalla? No te hablo de volver al 7 de noviembre de 1917. Es mucho más simple: la revolución es la calma, es vencer el ritmo capitalista.

Júlia, cruzada de brazos, da un sorbo a su ginebra con limón y pone los ojos en blanco.

—Iván tenía razón y quiero que comprenda que quiero vivir esa vida que imagina, con él —concluye Amaia con los ojos brillantes—. He pensado en comprar un libro de Gabriel García Márquez, que es su escritor favorito, y presentarme en su piso.

Por el silencio que se crea, Amaia intuye que está empezando a ser una molestia, pero también cree que si deja de hablar sobre Iván, si aparta ese tema de las conversaciones de sus amigas —tal y como le ha recomendado la psicóloga—, acabará olvidándolo. Y se niega a que eso ocurra.

—Cariño —responde Dani con un suspiro—, ¿qué más necesitas para pasar página y quemar el libro? No te quiere. Si te quisiera, estaría contigo. Hazme caso, soy maricón, conozco a los hombres.

—Conoces a una clase de hombres. A Iván, no —le asegura Amaia.

—No hay más ciego que el que no quiere ver —se rinde y se levanta para servirse otro cubata.

La vista de Amaia se queda estancada en un punto fijo. Se pregunta cómo volverá a ser su rutina tal cual la conoce: ¿cuando empiece el máster? ¿Al volver a casa en Navidad? Si hasta ha visto de nuevo *Los magos de Waverly Place* para comprobar si un retorno a la adolescencia conseguía resucitar su espíritu.

Para cambiar el tono deprimente al que ha virado la tertulia, Dani propone jugar a «Yo nunca». Obliga a Úrsula a empezar, pero la timidez de esta hace que se demore y que Dani pierda la paciencia, así que salta su turno y le pide a Júlia que continúe.

—Yo nunca... he matado a nadie —propone ella.

—Ay, chica —se queja Dani—. Algo viable. La gracia es que bebamos para que nos pongamos morados de alcohol.

—¡Vale! —Júlia prueba otra vez—. Yo nunca he hecho un trío.

Se hace un silencio en el que todos se miran y se muerden los labios, experimentando cierta vergüenza por puritanismo. Lo cierto es que ni se conocen tanto ni están tan borrachos como para jugar a esto. Dani refunfuña y señala a Mery para que coja el relevo.

—Yo nunca... he tenido pensamientos suicidas. —Bebe. Es la única—. ¿No? Esto de pensar en cómo lo harás, quién te encontrará, la liviandad de dejar tu cuerpo y tu sufrimiento. Aunque sepas que no lo vas a hacer. ¿Nunca? —Mira a su alrededor—. ¿Ni durante el síndrome premenstrual?

Júlia niega con rotundidad y Amaia le pasa el brazo por encima para arroparla, como expresando: «Esto es un espacio seguro en el que ser existencialista, solo nosotras te juzgaremos». Pero lo cierto es que Mery se siente fuera de lugar. El vínculo que la une al piso, Coral, no está, así que, de alguna manera, la sensación de orfandad la persigue. ¿Llegará a entablar amistad con la tonta del culo de Amaia?, piensa para sí. ¿Y con la separatista de Júlia? Busca la amabilidad en el fondo de su alma, pero observa el comportamiento de ambas y la forma en la que no reflexionan con la profundidad de los seres independientes, y solo le sale crueldad.

—Yo nunca —interviene Dani— me he comido un coño. Toñi Moreno, bebe. Y tú también —señala a Júlia y luego a Úrsula.

Júlia obedece, pero la otra, no. Dani se hace el sorprendido y, ante la incomodidad de todas y lo aburrido que está siendo el juego, propone salir a algún local de la calle Ganivet.

Forman un grupo heterogéneo. Parece una pequeña reunión de antiguos alumnos donde cada persona ha tomado un camino distinto. La chica que quiso ser emo en su adolescencia y tenía un Fotolog donde su mejor amigo era un venezolano que vivía en Miami ahora lee poemas de Sylvia Plath y mira a los demás con una superioridad propia de una ministra de Cultura. Se la puede identificar fácilmente por llevar flequillo recto y por acodarse en la barra como si cargase con todo el peso de la condición humana. Mustia, Mery espera que el camarero se fije en ella por su pose sugestiva y enigmática, y que este resulte ser un artista frustrado con tendencias cercanas a la sociopatía con el que ella pueda obsesionarse. La que adoptó todas las modas *mainstream* gracias a los vlogs de las *iconic girls* en el YouTube de la década de 2010, ahora usa un moldeador de pelo Dyson y se emociona porque suena una canción de Morat. Júlia se mete por detrás de la oreja esa onda rebelde que le tapa el ojo y le pregunta a Úrsula qué quiere pedir. «A ver si le sienta mal y se va a casa», piensa, aunque la otra le sonríe y le responde con amabilidad que le apetece un roncola. Aprovecha que Mery está en la barra para encargarle a ella las copas.

Amaia, por su parte, viste como si Blanco siguiera existiendo. Ha decidido que hoy se tomará una Coca-Cola Zero porque mañana es un día importante: irá a hablar con Iván, quiera él o no. Así se lo cuenta a Mery, que toma nota de la bebida.

Dani sale del baño, se mete la camisa de cuadros por dentro y también pide una copa.

—No sé si mi tarjeta va a dar para tanto —advierte Mery.

—Hombre, tendrías que estar muy muy muy pobre —dice él.

—A ocho euros la copa…

—¿Ocho euros? —exclama Júlia.

—¡Ya está la rata! —salta Dani—. Cómo se nota que eres catalana, hija.

El camarero se acerca a Mery y le hace un gesto con la cabeza para indicarle que pida. Ella suspira: se siente tan inaccesible. El camarero la apremia y Mery le enumera las cinco bebidas. El datáfono, milagrosamente, acepta la tarjeta y Júlia le asegura que, en cuanto despierte mañana, le hará un bizum.

El pub es una sala muy pequeña, y una banda canallita que interpreta versiones pop abarca la mitad. Nuestro grupo se une en un círculo e intenta bailar sin terminar de arrancarse. A la media hora, Dani se está besando con un chico a la derecha de un cartel con la frase QUE EL FIN DEL MUNDO TE PILLE BAILANDO en neón y Mery alcanza una pajita de papel y se refugia en una esquina, desde donde imagina una escena en la que el cantante y ella se queden solos, similar a la adaptación de 2005 de *Orgullo y prejuicio*, aunque el cantante le parezca un cateto y lleve las patillas mal recortadas. Decide mandarle una foto a Coral con el panorama bajo la rúbrica: «Última vez que salgo sin ti».

En otra esquina, un chico se acerca a Amaia por la espalda. Lleva el mismo que perfume que Iván, así que esta se gira de golpe, esperanzada.

—Hola. ¿Te acuerdas de mí? —Amaia se desilusiona con rapidez y retrocede, repelida por el aliento en la nuca de un hombre desconocido. O no tanto—. Soy tu vecino, el de arriba. —Ella asiente sin pronunciar palabra—. Me llamo Caye.

—¿Calle? ¿De la calle?

—No. Caye de Cayetano.

Amaia ríe.

—¿Eres un cayetano que se llama Cayetano? —Él baja la mirada, medio avergonzado—. Es que no te puedo tomar en serio con ese nombre.

—No soy un cayetano —protesta él.

—¿Eres del Opus Dei? —ataca Amaia, petulante.

—¿Qué...? ¡Tampoco! Te sorprenderías la de gente normal que hay si echas la vista más allá de tu mundo.

—Lo mismo te digo. —Amaia sonríe con condescendencia. ¿A ella le va a dar lecciones de tolerancia? ¡Váyase a tomar por culo, niño de papá!

—Por eso te estoy hablando, ¿no? —dice él.

No esperaba esa respuesta, y también espera que nadie la esté mirando, que nadie pueda dar fe de que, por un instante, ha bajado la guardia y Cayetano le ha parecido atractivo. Qué coño, se ha puesto cachonda con esa preguntita final: «¿No?», con ese acercamiento que tantas veces ha criticado. Pero recuerda sus principios: aunque pases una mala racha, no te tires a un facha. Y así se lo transmite.

—¿Eres de esas chicas? —pregunta él con retintín.

—¿Feminista? Sí.

—No, una de esas que tira de eslóganes pasados de moda —matiza—. Si vas a insultarme, por lo menos, sé original.

—Subnormal. ¿Eso te parece más original?

Amaia lo deja con la palabra en la boca. De hecho, con la boca abierta. Esa es nuestra niña, mostrando dignidad y amor propio. Por eso, a continuación, sale del local y llama a Iván, pero no contesta, así que le deja un mensaje de voz en el contestador.

—Sé que ahora mismo no quieres saber nada de mí para sanar y eso, pero también sé que esto te va a hacer mucha gracia. He salido al Sarao. No me pega, pero me han obligado las niñas y bueno, el caso. Me ha tirado ficha un cayetano, pero de los que van a los toros. O sea, te habrías muerto de la risa. Ojalá tú aquí conmigo. Bueno, no me odies por enviarte este mensaje, porfa. Te quiero mucho.

Dentro del pub, Úrsula ha bebido de más y, liberada por fin de su timidez, se mueve como si fuera la dueña del local. Canta a pleno pulmón un tema de Pereza y se abraza a Júlia, invitándola a saltar. A esta se le mueven todas las joyas y se le cae parte de la copa en el pantalón. Va a enfadarse con su becaria, pero se fija en su entusiasmo, algo que ocurre con poca frecuencia. No puede evitar que se le contagie esta felicidad y, por unos minutos, baila como ella sin pensar en su cuerpo, en alimentos que pueden sentarle bien o no, en el atracón que se pegará al abrir el frigorífico. Tampoco en qué orientación la define o cuánto dinero debería ahorrar para tener la vida que le prometieron. Entiende de pronto que, solo por ese impulso de saltar, la vida merece ser vivida.

Entonces Úrsula la aborda y la arrincona contra la pared. Cuando le acerca la boca, Júlia apenas tiene tiempo para procesarlo, así que la sigue, pero mantiene los ojos abiertos porque no quiere que Dani la vea y porque ¡no le cae bien! No entiende nada. ¿Úrsula es lesbiana? ¿De verdad le gusta ella o lo está haciendo por aquella moda de «fluir»? Júlia se da cuenta de que está vertiendo sobre la chica el mismo prejuicio que siempre vierten sobre ella: una definición injusta. Decide no pensarlo demasiado. Úrsula, animadísima por el alcohol y la situación, le propone dormir juntas.

—Va a ser raro —responde la otra.

—Raro ya es, pero qué más da —dice ella—. Bueno —recula enseguida—, solo si te apetece.

Vuelve a inclinarse sobre Júlia y enreda los dedos en su pelo ondulado. Todo está bien entre ellas. No se trata de una historia romántica por antonomasia, ni siquiera de un beso especialmente memorable: solo son dos chicas que, en ese momento, se desean. Pero entonces un chico saca su móvil y las rodea. Comienza a grabarlas y a presumir de la hazaña con gestos hacia sus colegas. Podrían gruñir como monos, pero se mantienen en silencio; les interesa no llamar la atención para que nuestras chicas no se den cuenta. Lo que no intuyen es que Amaia aparece por detrás y, al verlos, golpea el móvil del que graba con una fuerza inusitada y lo tira al suelo. Los primates la empujan.

—¡Puta loca desquiciada!

Amaia comienza a dar patadas y puñetazos hasta que Cayetano, su vecino del cuarto, la agarra de la cintura, la saca del local e intenta calmarla. A pesar de las repetidas peticiones de esta, no permite que entre de nuevo, porque ellos son más fuertes y no van a dudar en pegarle si se pone chula. Después, los porteros expulsan a Úrsula y a Júlia por el escándalo.

—¿Por qué no echáis a esos hijos de puta? —grita Amaia a los porteros—. ¡Me cago en vuestros muertos! ¡¡Fascistas!! —Saca el móvil y los graba con la cámara—. Lo tengo grabado. Vuestras caras. ¡Todo!

—O calmáis a vuestra amiga o llamamos a la policía —dice uno de ellos con hastío.

—A la policía la llamo yo y os cierran este puto local homófobo en un segundo —responde ella.

Los porteros se ríen y la invitan a intentarlo. Es Júlia quien la aparta de la entrada; por más alta y grande que sea, siempre se hace una bolita pequeña en situaciones violentas porque no quiere llamar más la atención. Amaia se lo reprocha: ¿cómo no va a tomar partido en algo que atenta directamente contra ella?

—Es mejor ignorarlos e irse —le responde—. Además, nadie te ha pedido ayuda.

Amaia mira a Cayetano una última vez y se marcha sin despedirse. Mery, que ha salido tras ellas después de presenciarlo todo, corre a acompañarla para que no se vaya sola. Bajan juntas por calle Recogidas. Para cuando Dani reaparece y busca a sus amigas, en el pub ya no queda ninguna.

12

La estación de autobuses de Granada es pequeña para el tráfico de personas que tiene. O eso opina Júlia. Las colas en el andén se alargan por la excesiva puntualidad de la gente, que acaba mezclada entre sí. Los que van para Lanjarón, con los de Sevilla. Los de Murcia, con los de Albacete. Júlia vigila las cuatro mochilas porque, aunque son las seis de la mañana, hay mucho ladrón suelto y sus compañeras son, sencillamente, anormales. Dispersas por la estación, cada una se focaliza en una tarea. Coral ojea el expositor de una tienda de regalos y compra un anillo verde de resina con cristales azules. Mery se para en el puesto de libros a tres y cuatro euros y finge mostrar interés, como si de verdad fuera a adquirir alguno, como si no pensara que esas ediciones son una basura. Se contenta al estar rodeada de libros, no por la posibilidad de leerlos, sino por la apreciación del resto de sus sentidos: tocarlos, olerlos. Es más bien una cuestión de energías. Pero a Júlia eso le da lo mismo. Es casi la hora de subir al autobús; el conductor ya pide el billete. Dispuesta a llamar a Coral, a regañarle por su despiste y su informalidad, la ve bajando las escaleras mecánicas junto con Mery.

—¿Dónde está Amaia? —pregunta enfadada. Coral se encoge de hombros—. Pues la dejamos aquí. O qué coño, no vamos. Si toda esta tontería de viaje es por ella. Tiene cojones la niña...

Respira y coloca el brazo derecho en jarra. Voltea sobre sí, buscando a Amaia. Esta aparece con una bandejita de cartón en la que reposan cuatro cafés.

—¿No llevas reloj o qué? He estado a nada de volver al piso —la regaña.

—El tuyo no lleva lactosa —le dice Amaia a Mery cuando le entrega su café, y añade con retintín—: Aunque a lo mejor en el de Júlia he escupido un poco.

La aludida lo aparta de inmediato, asqueada.

—¡Que estoy de broma! —exclama Amaia—. Y cambia la cara. Vas a vivir algo histórico.

—Yo os espero en alguna cafetería —refunfuña Júlia.

—¿Tú tienes ganas? —le pregunta Amaia a Mery.

Ella asiente y da un sorbo al café. Se aferra a él mientras avanzan en la fila y Amaia enuncia sus proclamas, todas esas frases y lemas que deben gritar en la manifestación. Las chicas suben los escalones del autobús. Un cartel de papel tamaño A4 expuesto en la luna delantera anuncia el destino: Madrid.

En Atocha, los manifestantes se agolpan porque la hora apremia. Si miráramos desde el cielo totalmente despejado, veríamos cómo las cuatro amigas van cogidas del brazo para no perderse, cómo Coral ha convencido a Júlia para que las acompañe, las enormes pancartas que despuntan entre las cabezas, la ilusión desbordante y el enfado generalizado. La multitud grita: «¡Derecho a techo!». Amaia les recuerda que hay que tener cuidado con dónde se meten en la manifestación.

—No nos pueden ver junto a los traidores de Más Madrid —dice—, pero tampoco con los cuatro matados de Podemos.

Coral no entiende el porqué de tanta clasificación. Al fin y al cabo, todos están ahí por un mismo objetivo: bajar los alquileres. Amaia, con todo el tacto que le es posible mostrar en un momento en el que se siente como si protagonizara el Mayo del 68, decide hacer pedagogía metiendo el dedo en la herida y le menciona a Rosalía. ¿A que no es lo mismo que Remedios Amaya? Su compañera la mira fijamente, y al final acepta salirse del gentío y caminar unos metros más adelante, junto al Sindicato de Inquilinas.

Mery lleva un buen rato callada. Por su ya conocida capacidad sinestésica, sabemos que se dedica a observar a su alrededor y admirar las muecas pasionales de los demás. Se trata de jóvenes, en su mayoría, pero también hay presencia de la mediana edad. Corean reivindicaciones que ella comprende bien, pero que no se atreve a hacer suyas de forma pública. Gritar le agobia.

Avanzan a paso muy sosegado. Amaia cae en la cuenta de que no ha sacado su cartulina en la que se lee: SER CASERO NO ES UNA PROFESIÓN. La levanta y deja al descubierto los pelos en las axilas. Júlia se tapa, avergonzada.

—Deberías recortarte eso —se queja—, no ya por estética, sino por higiene. Podrías hacerte trenzas.

Amaia ignora su comentario.

—¡Madrid-será-la tumba-del rentismo! —le chilla en la oreja.

Breve, pero dolorosa, la idea de toparse con Iván florece en su mente. En otras circunstancias, habría acudido con él y no con tres pipiolas cuyo criterio equivale al de uno de esos seres, pretendidos conciliadores, autodenominado «apolítico». No se encontrará con él porque, amiga, cuando una persona deja de ser para ti, el destino dejará de ponerla en tu camino. Eso le ha repetido Coral, aunque quizá no deje de ser más que una de tantas frases en su refranero. De momento, no ha interiorizado esta teoría. Por eso ha decidido canalizar su ira en otras causas más loables, para que, si Iván regresa a su vida algún día, la encuentre mejor que nunca, la asocie a La Pasionaria o a *La Libertad guiando al pueblo* y no pueda resistirse: que no la deje nunca más. En este proceso, también le ha surgido un odio hacia los hombres en su conjunto. Su psicóloga le ha advertido de que es grave y que tal emoción procede de una idea irracional, sin un verdadero cimiento que la sostenga. Le dijo que este rechazo es el equivalente al odio que profesa el Ku Klux Klan contra las personas negras. Ella respondió que en absoluto, puesto que ella sí tiene motivos.

Mery lleva unas horas preparándose para iniciar una conversación incómoda con sus compañeras, pero no sabe cómo afrontarlo. Entre el calor y los nervios, palidece de pronto y se apoya en Júlia para no caer.

—¿Estás bien? —pregunta Coral—. Aquí hace demasiao calor. Toma. —Le ofrece su botella de agua.

—Chicas, veréis —dice Mery tras beber un largo trago y recuperar el aliento—. Me gustaría hablar del tema piso. —Las demás la miran, inquisitivas—. Y este me parece el sitio propicio para hacerlo... Básicamente, quiero aclarar las cosas. No veo justo pagar lo mismo que vosotras por una habitación minúscula. No veo justo no tener contrato porque implica no tener ni seguridad ni estabilidad mental. ¿Por qué?, os preguntaréis. Porque no tengo acceso a un médico en la sanidad pública andaluza, ya que técnicamente sigo viviendo en Castilla y León. Tenéis un arsenal de medicamentos, sí, pero no creáis que eso me tranquiliza. A nivel moral, en especial tú, Coral, que eres mi amiga, estáis bastante cerca del casero del que tanto os quejáis, pero no voy a entrar en eso porque es posible que yo hubiera hecho lo mismo. Ni siquiera os estoy diciendo que deba pagar menos, solo que... merezco cierto trato de favor, sobre todo ahora que voy a empezar a trabajar y estaré menos en el piso.

—¿Has conseguido trabajo? —pregunta Coral.

—Aún no —dice ella—, pero seguro que no tardo mucho.

—Técnicamente, has elegido venirte a nuestro piso bajo estas condiciones —dice Amaia, aunque por su tono de voz está claro que sabe que Mery lleva razón.

La multitud grita: «¡Es un derecho, no un privilegio!».

—¿Y qué propones? —pregunta Júlia, a quien cada vez le cae mejor la nueva. Tiene más arrestos de los que la creía capaz.

—No quiero limpiar ningún día —declara ella de manera atropellada—. Tampoco pagar suministros.

Las otras tres se miran y asienten, vacilantes. Mejor eso que pagar menos, suponen. A su alrededor, la multitud grita: «¡Madrid será la tumba del rentismo!».

Ya en Callao, las chicas se notan sin fuerzas. Tienen hambre y están agotadas tras tantas horas.

—¿Vamos a un McDonald's? —pregunta Coral.

—Claro, nos manifestamos contra el sistema ¡y tú decides alimentarlo! —protesta Amaia.

—Lo decía por barato…

—Lo barato sale caro —la sigue reprendiendo su amiga.

—A ver, sacaré mi lista de restaurantes —sugiere Coral, conciliadora—. Tengo varios sitios que pueden estar bien. Uno está por Chueca y sirve platos tipo croquetas, bravas…

Júlia examina la lista. Ya que la tontería de este día le ha arruinado su domingo, al menos va a tratar de disfrutar de una buena comida. Mery le pide a su padre que le haga un bizum de veinte euros porque no cree tener suficiente en la cuenta. Esto lo sabemos nosotras, pero no las demás. Ya ha puesto suficientes límites por hoy, no soportaría ser, encima, objeto de lástima.

Coral las guía por las callejuelas, contoneando su falda *parachute* gris. Nadie diría que no viven allí: cada una a su manera, han conseguido mimetizarse con los estilos urbanos de la ciudad. También con el bar elegido, una recreación de una antigua farmacia con un par de grifos de cerveza artesanal, mesas de madera con superficie pegajosa y platos Duralex, no por el componente de apoyo a las cooperativas, sino por la exaltación reaccionaria de imagen añeja. Amaia se fija en que unas chicas en la mesa de al lado han acudido también a la manifestación por las pancartas que han dejado en el suelo. En un arranque de camaradería, levanta el puño y exclama:

—¡Fuerza, compañeras!

Júlia se pone roja como un tomate.

—No soporto hacer el ridículo —dice, tapándose—. Qué bochorno.

—¿Por qué has venido entonces? —se queja Amaia, harta—. ¡Siempre quejándote, siempre quejándote! Tía, la vida es una puta mierda, pero también tiene momentos felices. Y este es uno de ellos. Tú no nos valoras, pero ¿cuándo vas a participar de nuevo en una lucha colectiva con gente tan guay como nosotras? Lucha con la que no estás de acuerdo, pero de la que, oh, casualidad, te acabarás beneficiando y entonces te quedarás callada como una puta. Porque eso es lo que eres, una puta rata amargada. Dime, en serio, dime, ¿por qué has venido?

—Me sentía sola —confiesa Júlia entonces en voz baja.

La cara de Mery es un poema. La situación se ha vuelto violenta porque, seamos sinceras, todas opinan un poco lo que ha soltado Amaia, pero es de primero de educación que no somos máquinas de la verdad y que la sinceridad no puede usarse como arma arrojadiza. Coral aprieta la mano de Amaia para que le dé una tregua y no continúe con el rapapolvo.

—Genial, ahora parece que soy yo la mala —dice esta y se cruza de brazos.

—¿Parece? —pregunta Júlia, retórica, al borde del llanto.

Deseando alejarse de lo incómodo de la situación, Mery pasea la vista por el restaurante. Pero preferiría no haberlo hecho, porque al segundo siguiente no da crédito a lo que está viendo: Manu, su Manu, está entrando por la puerta con un ramo de tulipanes amarillos en una mano y en la otra, el móvil, grabando una posible reacción por su parte. Se acerca a la mesa de las chicas dando saltitos de alegría. Mery mantiene la cara de descomposición: no es capaz de disimular ni un poquito.

—¿Qué haces aquí? —balbucea.

—¡Sorpresa! —exclama él.

—¿Manu? —pregunta Coral, también boquiabierta—. ¡No sabía que habíais quedado en veros aquí, Mery!

—Porque no hemos quedado —dice ella.

—¿No me vas a dar un beso o qué? —interviene él, aparentemente ajeno al poco entusiasmo con el que lo han acogido—. Cuando me dijiste que ibas a Madrid, pensé, la tengo que ver.

—Sí —recuerda Mery—. Me lo propusiste y te dije que no.

—Ya, pero no me acordaba de que habíamos guardado nuestras geolocalizaciones y dije: joder, si me presento allí, va a flipar el doble. —Le sonríe con sus dientes blanquísimos y se inclina para abrazarla—. ¡Levántate o algo!

Mery obedece y le da un beso a regañadientes. Acepta las flores y las acuna como si fuera un bebé. Mira a las chicas que, aún en shock, no son capaces de aguantarle la mirada más de dos segundos por pura vergüenza ajena. Permanecen en silencio pensando en que Manu está loco. En plan, ¿qué hace Mery con alguien así? ¿No ve que es ridículo? Tanto se jacta ella de poseer el don de la analítica y no es capaz de observar la realidad tal cual es. Como sea, hay algo gratificante en esa vergüenza: puede que no sean perfectas, pero al menos ahora mismo no son Mery. Y eso es algo que celebrar.

Manu le pide a Mery que le haga hueco y les da conversación a las chicas. Se interesa por cada una de ellas, no porque le importe, sino para mostrarse ante Mery como un chico encantador. ¿Acaso un manipulador es capaz de llegar a ese planteamiento tan retorcido? Por supuesto que sí. Coral se fija en que se ha cortado al afeitarse la barba, pero ni el más profundo de los cortes conseguirá levantar en ella la más mínima compasión. Todas esperan a que Mery, más callada que de costumbre, se rebele, pero ante su pasividad, se rinden y terminan por llamar al camarero para que les tome las bebidas.

Os preguntaréis cómo terminó aquella tarde y cómo fue la vuelta. ¿No sería mejor dejar a nuestras chicas vivir este momento incómodo en paz? No. Claro que no. La realidad es que reinó el silencio la mayor parte del tiempo. Manu y Mery pasearon de la mano por las calles de Madrid como si fueran una pareja que sale de un pase del musical *El rey león*. Las chicas apenas hablaron entre sí más que sobre asuntos triviales, incluida Amaia, que hasta se compró un jersey horrible en H&M. Toda chica sucumbe en cierta forma al capitalismo, el agotamiento no permite la alerta continua. Merendaron churros con chocolate y se sentaron en un banco a esperar que el tiempo se les echara encima. Manu las llevó a Estación Sur en coche y se despidió de Mery con un beso con lengua. Todos los problemas entre ellas quedaron enterrados como polvo bajo la alfombra y, una vez montadas en el autobús, ninguna quiso destaparlos. Durmieron durante el trayecto y, al despertar, sintieron que todo se reiniciaba, que volvían a estar bien.

13

De regreso a la normalidad, a la rutina que todo tiene de extraordinario, Coral cose a mano el bajo a un pantalón vaquero. Frente a ella, en la televisión no dejan de sucederse noticias sobre otro ataque mortal de Israel a la Franja de Gaza. Baja el volumen lo suficiente para sobrevivir al día a día con el peso de la culpabilidad por su aparente indiferencia, pero no demasiado, para seguir siendo consciente de la realidad que azota a tantos inocentes. Se tapa con la manta hecha de retales de felpa aunque no haga frío; sencillamente, se le ha helado el cuerpo. Júlia se sienta junto a ella. Deja en la mesa central un espejo menudo y su bolsa de maquillaje. Se sirve de una esponja para repartirse la base sobre la piel.

—¿No te preguntas muchas veces por qué nosotras estamos aquí y no allí? —le pregunta Coral, señalando la tele—. ¿No te frustra hacer como si nada?

Júlia para de dar toquecitos y con voz apesadumbrada, susurra:

—Es insoportable.

Coral se acerca y apoya la cabeza en ella. A ratos, se siente especial por ser la única que, aunque solo en parte, la entiende. Cada vez se va sintiendo más cercana a su compañera de piso.

—¿Quieres taparte? —Le ofrece la manta de retales.

—Por favor, qué cosas tienes, que voy con ropa de calle —resopla Júlia.

Coral sigue con su quehacer hasta que su compañera, que se está matizando los brillos, la interrumpe.

—Creo que deberías hablar con Mery sobre su novio —suelta de pronto—. Lo que le hizo en Madrid dio miedo. ¡Y ella no dice nada! ¿Es que es tonta? ¿O solo está «alienada», como decís vosotras? De verdad, que no sé para qué queréis tanta teoría si luego os la cuelan por todas partes.

—Si lo conocieras, verías que no es para tanto —se justifica débilmente Coral—. Tiene muy buen corazón y la quiere mucho. En serio, el pobre solo la echa de menos.

—Echar de menos no justifica ciertas actitudes. Yo echo de menos a mi abuela y la llamo. Tú echas de menos a tu madre y la llamas. —La otra baja la mirada—. No la sigues como una puta loca.

—No es lo mismo.

—Es peor —sentencia Júlia—. Es un cateto, un enclenque. Pensaba que Mery tenía mejor gusto. Tanta literatura, tanta literatura...

Más tarde, en la oficina, el ajetreo es constante, lo que pone de buen humor a Júlia porque la elección de su outfit tendrá los espectadores que se merece. Ahora puede devolver esa americana con la certeza de que sus compañeros piensen que la ha comprado. Sin embargo, la felicidad no dura mucho: pronto la mañana se le agría. Cuando vuelve del baño, descubre que Úrsula le ha dejado una nota pegada en la pantalla de su Mac. «Me gusta(s) tu ropa». Es la cuarta esta semana. Espantada, quiere acudir a su mesa a pedirle, aunque sea de manera furtiva y bajo un código secreto, que la deje en paz. Pero sería una maniobra infructuosa porque siempre la rehúye y le acaba pidiendo una reunión vía el Meet corporativo con el pretexto de que hay cosas del trabajo que no entiende. Júlia se enerva. Dani podría enterarse y, por ende, toda la oficina estaría en el ajo. ¿Tan difícil es dejar su vida íntima para la intimidad? ¿Tanto pide? Vale que han quedado un par de veces y que ha sido bonito, pero ya le advirtió que no está lista para una relación. No, no le dijo eso.

Ella nunca asumiría que no está preparada para poner su vulnerabilidad en manos de otra persona. Le dijo que no quería una relación. Úrsula le respondió que ella tampoco, pero que, a diferencia de Júlia, sí tiene responsabilidad afectiva hacia su *situationship*. Nuestra chica se pregunta hasta dónde coño va a llegar tal responsabilidad afectiva y si ese contrato que no ha firmado tiene una fecha de caducidad, a poder ser, cuando una de las partes decida acabarlo sin temor a consecuencias dramáticas. No se puede obsesionar con ella solo porque la haya tratado con un mínimo de decencia. Júlia es muy recelosa con su privacidad y muy racional con sus sentimientos y, en cambio, Úrsula deja que sus apegos la dominen. Le jode admitir que, al contrario de lo que creía cuando la conoció, es una buena persona, pero ahora mismo, en este justo instante, la odia. La odia por haber convertido su ambiente de trabajo en un espacio inseguro y engorroso. Se dice a sí misma que, al final, el problema lo tiene ella —Júlia— porque no le puede afectar tanto la presencia de una persona en ese entorno. «No es lo que te pase —se recuerda, reflexiva—, es cómo te lo tomes». Además, siempre habrá una persona en la oficina con la que volver a ilusionarse desde la seguridad de su imaginación, con la que soñar despierta que se besa, se acuesta y la deja por estar demasiado gorda, como la última vez que se enamoró. Júlia ya se ha decantado por alguien. Ha decidido que esa persona va a ser Raúl, su jefe.

«LinkedIn está roto», piensa Mery. Es un lugar hostil, frío, inhóspito. El gato de Schrödinger. Una red social que sirve para buscar trabajo, pero donde nadie parece haberlo encontrado nunca. Le molesta rogar por uno, exponerse al mundo en otros términos que no sean los de su narrativa, escribir un texto sin alma, pero con gancho para dar la pena justa y conseguir más *views*. Ha echado el CV en más de treinta ofertas de todo tipo, tanto cualificadas como básicas, pero siempre se lo acaban rechazando. Coral le recomienda que pruebe a apuntarse en una plataforma de intermediación de empleo. Quizá, especula, encaje en uno de esos puestos de corta duración, pensados en sus inicios para sacarle las tripas a los estudiantes que no pueden permitirse meramente estudiar.

—Eso sí —le advierte—, échate alguna foto en la que se te vea bien guapa la cara y bien gordas las tetas, ya me entiendes.

Mery daría las tetas y, ¡qué coño!, el riñón izquierdo por encontrar trabajo. Sobre todo, porque no puede volver a pedirle dinero a su padre. Júlia le debe dieciséis euros correspondientes a dos ginebras con tónica, pero le da apuro pedírselo. Espera que se lo devuelva antes de que acabe el mes, como también espera ser asalariada para entonces. Decide inscribirse en una de esas ofertas para ser azafatas de eventos. Se crea un perfil en el que enlaza cualidades como el don de gentes y la extroversión. A la hora, un reclutador del departamento de Recursos Humanos de una marca conocida de tabaco la llama y le propone entrar en el proceso de selección para ser azafata de un novedoso cigarrillo electrónico. Mery acepta enseguida, sin ser consciente de que se está comprometiendo a vender un producto algo cancerígeno que huele a pedo.

Las pruebas son muy simples: una formación online de cuatro horas, un breve curso de prevención de riesgos laborales y una instrucción presencial, esto es, asistencia al futuro puesto de trabajo acompañada de una azafata con experiencia que la termine de formar. Tras varias horas de su vida malgastadas, ahora Mery está en un estanco vestida con unos pantalones negros de traje y una camisa blanca. La misión implica vender dos cigarrillos al día. Para ello, debe imitar el comportamiento de su compañera cuando entra un cliente y retener las frases con las que ofrece el producto para repetirlas más tarde. Mery siente que aquello atenta contra sus principios. No quiere molestar a nadie que no quiera ser molestado. Y a la vez la forma de abordarles le parece antinatural. Ella es la reina del «quedabien», del esfuerzo por dar una imagen pulcra, así que propone empezar de otra manera.

—Imagínate que en lugar de preguntarle directamente si es fumador, le entro siendo maja —le sugiere a su compañera.

—No —se limita a contestar la otra.

—Quiero decir, es mucho mejor que consultarle si le puedo molestar.

—Entonces va a sudar de ti.

—Al contrario —dice Mery—. Le pareceré educada.

—Hazme caso.

—No sé si me va a salir bien.

—Tus primeras veces serán horribles, pero todo es cuestión de práctica —le asegura la chica.

—Pero ¿por qué no puedo ser natural? —se queja Mery.

—Son órdenes de arriba —responde—. El discurso está redactado al milímetro por expertos para no saltarse la legalidad.

—Ya. —Se muerde las uñas.

—No te agobies.

Mery lo comprende, pero le sigue pareciendo materialmente imposible.

—Si no te acercas al próximo cliente que entre —le indica la formadora—, deberías replantearte este puesto.

—No creas que es por timidez —dice Mery.

—Lo parece. Piensa que tengo que dar reporte de ti —advierte ella—. ¿Quieres que diga cosas buenas o malas?

—Buenas, buenas.

Un anciano entra. La compañera la apremia levantando las cejas y Mery se le acerca.

—Buenos días, caballero. ¿Es usted fumador?

—Sí, pero no quiero nada —refunfuña él.

—Hombre —dice Mery en lo que pretende ser un tono cercano—, déjeme que le presente una alternativa al cigarrillo convencional. Una menos perjudicial para la salud.

—Quiero morirme cuanto antes —dice el anciano.

—Yo también.

Claro que no ha dicho eso.

—¿Qué marca fuma usted? —pregunta—. Sigue siendo tabaco.

—Fumo puros.

—¿Qué le haría cambiar de un hábito a otro?

—Niña, no estoy interesado —la corta, empieza a enfadarse.

—Este producto es inoloro. —Mery solo puede huir hacia delante—. ¡Y seguro que su mujer está harta del pestazo a puro!

—Mi mujer está muerta.

14

Volver a la facultad la ilusiona de una forma inesperada porque implica que va a mantener la cabeza ocupada, que puede hacer nuevos amigos y que profundizará en los temas que la apasionan. O al menos, intenta verlo desde esa perspectiva. Sin embargo, mientras sube la avenida y deja atrás la fábrica de cervezas Alhambra, repara en que le es imposible discernir dónde acaba la añoranza y dónde comienza la alegría.

Amaia se sienta en segunda fila, saca el portátil y una libreta ya usada del curso anterior. La clase actual no se parece al Aula Magna; ahora la han colocado en una propia de secundaria. Mira a su alrededor y suspira. Envidia la vitalidad que se respira y esa ingenuidad que, en algún momento, ella perdió por el camino. Envidia hablar a gritos y ser popular. Añora que se quieran sentar con ella y que la tomen en cuenta para los trabajos. Siente que los grupos están ya formados, que ha llegado tarde y que, por tanto, está destinada al fracaso. Lo asume: no hará amigos, el máster es un sacacuartos y aún no se ha olvidado de Iván.

El profesor entra. Amaia estima que tiene entre dieciséis y sesenta y cinco años. Porta un maletín de cuero marrón, de seguro, regalo de su padre, también doctor en la universidad, como símbolo de la herencia en capital cultural. Se presenta brevemente y menciona los hitos gracias a los que se ganó cierto prestigio como profesor. Luego, lo desmiente al afirmar de sí mismo con humildad que en realidad es un mindundi más que intenta hacer de este mundo un sitio más justo y humano. Les habla con cercanía, de tú a tú, como si quisiera ganarse su respeto, pero también su afecto. A continuación, se aleja del plan docente y plantea un acalorado debate sobre la compasión. Amaia intenta que se fije en ella sin participar en el debate, como una fan que cree que el cantante internacional con el que tiene una relación parasocial la verá entre miles de personas. Lo mira de arriba abajo. Lo que dice es interesante, pero se sorprende a sí misma al imaginar su torso desnudo y el tamaño de su pene. «Seguro que es de los que les gusta escupir cuando lo hacen».

La cafetería en la que entra a trabajar Mery pasa a ser pub por las noches. Está en la calle San Antón. Consiguió el trabajo con mentiras en el currículum. Tres años como barista en su pueblo y dos poniendo copas en una discoteca ficticia. La realidad es que se ha visto varios tutoriales en YouTube y ha recopilado trucos de TikTok sobre cómo servir el mejor café.

Está asustada. Cree que la van a pillar. Antecedentes no le faltan. ¡Si se reía como una foca cuando copiaba en los exámenes hasta que le entraba un hipo atronador! Por otra parte, no quiere quemarse las manos, su valor más preciado. Por último, le aterroriza asumir su incompetencia y su fragilidad. ¿Tan blandita se la presupone que no aguanta un empleo así?

En absoluto. Va a demostrar que puede hacerlo para que cuando dentro de cuarenta años la nombren directora del Instituto Cervantes, pueda decir que se hizo a sí misma trabajando como camarera. Lo está demostrando ahora mismo. ¿Quién pensaría que está agobiada? Nadie. La vemos detrás de la barra, leyendo las comandas en voz alta para corroborarlas con su compañera. Modula la voz como si fuera el dueño cincuentón de la cafetería y coge los vasos exactamente como lo hace él: agarrándolos desde la parte interior. Se mueve, ligera, desde la máquina exprimidora de naranjas hasta el expositor donde los pinchos de tortilla se endurecen a cada segundo. Piden tostadas integrales. Ella entra al almacén, saca del frigorífico el pan congelado y lo tuesta. Mientras tanto, ralla tomate y lo salpimenta. «¿Que si tengo leche de avena? No, cariño, solo de soja. ¿Una cerveza? ¿Tan pronto? Este barril no tira mucho. ¿No te importa? La quieres, la tienes».

Tras la hora del almuerzo, espera sola a que entre el primer cliente de la tarde. Se trata de una pareja de su misma quinta, que se sienta en una de las mesas bajas. Pero nuestra Mery no sale a atenderlos. Se queda paralizada. La pausa para comer no la ha descansado, sino lo contrario: le cuesta horrores reiniciar la actividad. Por una milésima de segundo, olvida que es más pobre que las ratas y se pregunta qué hace allí. ¿Acaso ha venido a este mundo a trabajar como camarera? ¡Por el amor de Dios! ¡Que tiene a Silvana Ocampo en el piso esperando a ser leída!

—¿Atiendes en mesa o hay que ir? —le pregunta la chica desde el sitio, alzando la voz.

Mery traga saliva. Asiente, deja a un lado los pensamientos intrusivos y se acerca. Les pregunta qué van a tomar.

—Nos pones un cortado y una manchada, por favor.

—¿Un qué?

—Un cortado y una manchada.

—Un cortado...

—Y una manchada —dice el chico, mosqueado.

Mery vuelve a estancarse. Parece un cascanueces con delantal, una chica de porcelana, delicada, agarrotada y tullida, pero obligada a explotarse en un sistema cuya organización crea esclavos sin tiempo para leer y disfrutar.

—¿Estás bien? —pregunta ella.

—Sí. —La verdad es que le encantaría echarse a llorar.

Intenta reconectar con el espíritu trabajador que la ha poseído por la mañana. «Tú puedes», se dice. Respira hondo, saca el porte y lo rellena con varios gramos de café. A ojo. Lo presiona y purga la máquina. Coloca el portafiltro y debajo, los vasos. Pulsa uno de los botones. No sabe cuál. Cuando están preparados, vierte la leche templada y se los lleva a la mesa. «Bien, otro éxito para mí —piensa—. Cómo me supero».

—No lleva crema —le indica él.

—¿Habías pedido crema? —tartamudea Mery.

—Eh..., se presupone que todos los cafés la llevan.

—Pero ¿crema de qué tipo? Disculpa, es que es mi primer día.

—Se nota —sonríe el chico con ironía.

—Da igual —le dice la chica a Mery—. Nos lo tomamos así.

—No, no da igual —rebate él—. Pago por un café, lo quiero bien hecho.

—Si me lo explicas, puedo intentarlo —ofrece Mery.

—Si te lo explico, me tendrías que pagar tú a mí.

La situación se vuelve incómoda. El chico se da cuenta y rebaja el tono.

—Vamos a ver, ¿a ti no te han enseñado a calentar la leche y con la espuma sobrante hacer formitas y dibujitos? —Esto último casi lo canta con voz infantil, como si Mery fuera tonta.

—Pero eso no es la crema —dice Mery, sin intención alguna de faltar, solo de no quedar como una gilipollas.

—¿Me vas a decir ahora lo que es crema y lo que no?

—Lo siento. —Mery se queda mirando el ofensivo café—. ¿Vas a tomártelo?

—Sí, pero no te lo pienso pagar.

—En ese caso, tendré que llamar a mi jefe —advierte.

—Llámalo y a ver a quién echa primero —le dice él.

Mery es diplomática, pero no le importaría seguir discutiendo sobre algo que es injusto. Sea como sea, no busca problemas, así que se limita a regresar a la barra, sentarse en un taburete y mirar a través del ventanal a la poca gente que pasea por la calle mientras contiene las lágrimas y se dice a sí misma que de ninguna manera este imbécil la verá llorar.

La mesa del salón está llena de piezas de cerámica con formas navideñas: estrellas, palitos de caramelo, copos de nieve. Coral las humedece para alisar los bordes. Al escuchar follón, Mery sale de La Cueva y se sienta en el suelo a su vera.

—¿Puedo tocarlas? —Ya las está tocando.

Coral le da un manotazo.

—¡No las toques! Que se queda la huella. Tienen que secarse todavía.

—¿No sería más apropiado que hicieras figuritas para Halloween? —pregunta Mery—. Por aquello de que estamos en octubre…

—Halloween me da miedo. Prefiero crear más adornos para el piso. Cuando tenga mi propia casa, con mi familia, mis hijas y eso, me pasaré horas haciendo manualidades con ellas —dice Coral con aire soñador—. Y me empeñaré en celebrar la Nochebuena en mi comedor, para que todo el mundo me diga lo hermoso que lo tengo.

—¿Te gustaría casarte?

—Sí. Un montón —afirma Coral con seguridad.

—¿Por qué? —pregunta Mery.

—No sé. Es un día en el que se reúne to la gente que te quiere y que te desea lo mejor. Aparcan sus problemas pa ti. Bebes, comes, te lo pasas bien.

—Pero implica perder muchas cosas —responde Mery—. Tu independencia, por ejemplo.

—Cariño —dice la otra con amor—, es irónico que me lo digas tú, que llevas tantos años con tu novio.

Mery sonríe con timidez, ahí le da la razón.

—Ya sabes que yo voy por libre.

—¿Seguro? —inquiere Coral.

—Tengo otras preocupaciones ahora. Además, Manu nunca me da dolores de cabeza y ya hemos hablado muchas veces de que no nos vamos a casar. Creo que iría en contra de mis principios.

—No soy menos feminista por admitir que quiero un compañero de vida, un marío con el que las amarguras sean menos amargas y las alegrías, más alegres —dice Coral—. Me di cuenta cuando fuimos a la mani, ¿sabes? Por más que me veas presumía, no quiero grandes lujos, pero sí una casa acogedora. —Levanta uno de los adornos para contemplarlo mejor—. Y la conseguiré, aunque lo tenga to en contra. Como cuando mi maestra me dijo que no sería capaz de sacarme una carrera. ¡Pues toma carrera! Pero, en fin, hasta que encuentre el amor, decoraré este piso como si fuera mío.

—Puedes comprarte una casa tú sola. Y tener hijos tú sola.

—¿Puedo? ¿Podemos? ¿Dónde hay que firmar?

—Entonces no quieres enamorarte por puro deseo de hacerlo, sino porque sin ese respaldo económico, sin esa pieza, tu proyecto de vida se viene abajo —concluye Mery, satisfecha.

—¿Por qué me estás haciendo esta radiografía? Con lo que te gusta hablar de ti.

A Mery le da entonces por ponerse a llorar y le confiesa que ha dejado el trabajo. Al principio le daba miedo decepcionar a su amiga, pero ahora ya le da igual: el nudo en la garganta no dejaba de acongojarla y creía que iba a implosionar. No odia trabajar de cara al público, es que odia trabajar de cara a ¡ese! público. Si tan solo pudiera encontrar un trabajo más sereno, aunque fuesen más horas o peor pagado, lo aceptaría sin pensarlo dos veces.

Coral mueve los labios y la nariz a izquierda y derecha, como si fuera la protagonista de *Embrujada*. Después, la tranquiliza y se pone en pie.

—No llores más por tonterías. Lo único que no tiene solución es la muerte —sentencia.

—Pero, tía... —solloza Mery.

—Levántate, coño —exclama Coral, cortante—. Y vístete. Nos vamos pa la calle, que te voy a encontrar trabajo.

15

Es oficial: el otoño se ha instalado definitivamente. Las chicas hacen cambio de armario y sacan los jerséis y abrigos finos. Las prendas que habían quedado olvidadas aparecen para reinterpretarlas una temporada más. Se las prueban como si fueran nuevas, como si se tratara de un regalo. Al hacerlo, la memoria corporal les juega una mala pasada al recordar esa cita especial e irrepetible, la talla que ya no tienen o a una persona que ya no está. Como sea, deben dejar estos sentimientos a un lado y hacer hueco a nuevas combinaciones, porque han decidido salir a pasar el sábado en el campo, al aire libre, por eso de hacer más vida juntas y mejorar la convivencia. Estos conjuntos de ropa que hoy eligen casi en automático repercutirán en su futuro. Quién sabe dónde estarán el año que viene, cuando vuelvan a sacarla y, frente a un espejo, recuerden el día de hoy. ¿Lo añorarán?

Mery aprovecha la ocasión para mostrar su cárdigan estilo Taylor Swift, cuyas mangas le tapan las manos como si fuera una emo de catorce años. Amaia se resiste a guardar las camisetas de tirantes a causa de su espíritu *summer girly*. En cualquier caso, abrazan esa leve bajada de temperaturas porque —no pueden determinar cuándo, pero pronto— apenas percibirán el cambio estacional, como si vivieran en un ecuador constante. Y entonces ¿cómo podrán romantizar un otoño neoyorquino estando a ciento sesenta kilómetros del Mediterráneo? ¡Les será mucho más complicado!

Sin embargo, lo que agobia a Coral no es solo que el cambio climático avance imparable hacia el colapso —al ritmo del capitalismo—, sino que la industria de la música lo haga aún más rápido. Ella, que está segura de que en otra vida habría sido una maravillosa crítica musical, siempre debe estar al tanto del último disco en asturleonés sacado por la artista más precaria del país. Es una indie de verdad, no una indie de masas. O al menos, lo es la mayor parte del tiempo porque ahora, mientras termina de extenderse la crema solar, se permite escuchar el disco de Carolina Durante sin complejos. En riguroso orden y con unos cascos más grandes que su cabeza, analiza las letras, o más bien sueña con un hombre que tenga las cejas exuberantes y la voz tan grave que apenas lo entienda. Uno con un trauma curable y ansias de cariño. Piensa en que su madre odiaría esta música. «¿No tienes otra cosa más bonica que escuchar?», le preguntaría con retintín. Y ella subiría el volumen, nada más que por fastidiar. Su madre iría a la cocina y encendería el radiocasete con Israel Fernández a todo lo que diera, y tendría lugar una batalla que duraría varias horas hasta que su madre se presentara en el umbral de la puerta del dormitorio de su hija para pedirle que se rinda porque está cansada de jugar a que no se llevan bien.

—¿Estáis listas? —pregunta Amaia desde el salón. Por el silencio, infiere que no. Se cruza de brazos, soberanamente aburrida, y revisa con incredulidad la cesta de mimbre que contiene el pícnic *aesthetic* de Coral—. ¡Por favor! Que vamos al Llano, que nadie os va a ver.

—¡La gente de Instagram, sí! —grita Coral desde su cuarto tras quitarse los cascos—. Además, es que es ley: basta con que salgas sin maquillaje para que te encuentres con tu peor enemiga.

—Qué poco feminista —responde Amaia, que viste como si la hubieran invitado a un evento de Quechua.

—Mery, que no se te olvide coger la cámara de fotos —dice Coral mientras se retoca el brillo de la punta de la nariz.

Las tres se reúnen en el pasillo.

—¿Y Júlia? —pregunta Mery.

—Tócale al cuarto —dice Coral.

—¡Yo voy más tarde! —interrumpe la chica con voz queda tras la puerta de su habitación.

—No te engañes —le responde Amaia en voz alta para hacerse oír—, lo que te pasa es que no quieres ir.

Mery percibe un leve sollozo tras la puerta. Extrañada, acerca la oreja.

—¿Estás llorando?

Ante la más mínima posibilidad de que su amiga esté llorando sin nadie que la consuele, Coral abre la puerta sin pedir permiso, lo que hace que Júlia se enfade y le tire los cojines acolchados de la cama para echarla.

—¿Qué coño te pasa? —le pregunta Coral, esquivándolos.

Júlia tiene la cama llena de pañuelos mentolados usados, no se ha quitado el pijama de Women'secret y la grasa del pelo la ha obligado a hacerse una coleta alta e irregular. Cuando se relaja, Coral se sienta a su lado.

—¿Ha pasao algo? —le pregunta con delicadeza, trata de cogerle la mano.

—¿Puedes irte de mi habitación, por favor? —se limita a responder Júlia, que se niega a mirarla a la cara.

—No hasta que me digas qué te pasa.

La chica mira a Mery y a Amaia, que esperan en la puerta.

—Es mi intimidad —protesta—. Nadie os ha dado permiso para entrar. ¡Fuera de aquí!

—¿Podemos ayudarte de alguna manera? —insiste Coral—. Puedes confiar en nosotras.

—Que-te-pires.

Coral asiente, respira un par de veces y se levanta. Antes de salir del dormitorio, dice:

—Si luego te apetece venirte, me llamas.

—Sabía que ibas a hacer esto —salta Amaia, dirigiéndose a Júlia—. Que nos la ibas a liar. Que la única cosa que íbamos a hacer juntas nos la ibas a joder tú.

Júlia se encoge de hombros. Las tres chicas se rinden y se marchan, con un portazo de Amaia como despedida.

Durante el trayecto, Amaia no mete la lengua en el paladar. Analiza la actitud soberbia de Júlia y la compara en repetidas ocasiones con Mussolini mientras les da codazos a las otras dos buscando la aprobación instantánea. Es el enemigo, repite. ¡El enemigo! Coral zanja el asunto ordenándole que deje estar el tema.

Mientras se paran en una tienda de ultramarinos a comprar unas patatas fritas sabor vinagreta, capricho de última hora, Mery aprovecha para escribir a Manu, pues esta mañana aún no le ha dado los buenos días. «¿Estará enfadado?», piensa. ¿Se habrá dado cuenta de que no lo quiere lo más mínimo pero que jamás será capaz de dejarlo? Eso no lo piensa, amigas, esto lo sabemos solo nosotras. Revisa en las conversaciones pasadas un patrón de comportamiento que justifique su falta de interés. ¿No le envió suficientes emoticonos de corazones? ¿No escribió vocales de más en «bien» para demostrar que, de verdad, estaba bien, que no estaba seria con él? La incertidumbre vuelve a invadirla y se suma a una serie de sentimientos negativos, surgidos todos a raíz de la salida con Coral a buscar trabajo hace un par de días, algo en lo que prefiere ni pensar, porque la llevan los demonios. Mira los coches que bajan la cuesta, se ve a sí misma desde uno de ellos y se da pena. No debería estar ahí, subiendo a un campo en mitad de la nada. Debería estar escribiendo. Un 26 de octubre como este, Pizarnik escribió: «A dónde vas a ir mendiga zaparrastrosa andrajosa molesta inmunda harapienta inmune al mundo inmune a la gracia del lenguaje». Mery las interioriza y piensa también en otras formas de insulto —que escuchó hace mucho— como consuelo: «zorra, puta, gorda, no vales para nada, perra, no te gusta trabajar, eres una muerta de hambre, no tienes donde caer muerta». Envía una cara sonriente a Manu y suspira. ¿Es ella esa mendiga incapaz de escribir? ¿Esa zorra, puta, gorda que no vale para nada? No, se convence, y se aferra a la superioridad que siente sobre el resto de los mortales: solo necesita más tiempo, más inspiración.

—A partir de este momento, no se permiten móviles —le recuerda Amaia.

Ese es el verdadero quid de la actividad: incomunicarse con el mundo para que ellas puedan conocerse mejor, aunque Júlia lo haya arruinado. Entonces pasa el brazo por encima de Mery y la acerca a su cara.

—Tendremos que sacarte la información a ti.

Mery se zafa de ella y baja la vista, incómoda.

—No tengo una vida muy interesante —se excusa.

—¡Claro que la tienes! Todas las vidas son interesantes si las cuentas como si fueran las protagonistas. Como si las vieras desde ese punto de vista, ¿entiendes? —Mery asiente. Por primera vez, le interesa lo que dice. La cuesta se hace más empinada—. La mía lo es, vaya. Por más que me duela. Pocas veces —lo piensa—. Me duele el sistema. En fin, cualquiera de nosotras podría ser digna de un buen relato, pero vamos, el ejemplo eres tú misma: has dejado el pueblo, no dejas a tu novio a pesar de que es un acosador, pero te has dado cuenta de que lo es y ahora vas a trabajar en una librería de barrio, ¿no? Podría ser el argumento de un thriller, que a mí no me gustan nada, lo paso fatal..., pero no. No sé, pienso en ti como... como una chica honesta, sin pensamientos profundos, que solo quiere conocer a clientes a los que aconsejar buenos libros. ¿A que sí? Soy la mejor leyendo a las personas.

—No creo que me contraten en la librería —musita Mery.

—Te van a llamar —interviene Coral.

—O no —la corta—. No lo sabemos.

—Yo lo sé —le asegura su amiga con una sonrisa de ánimo.

—Bueno, es que tú eres muy lista —resopla Mery.

—¿Qué he hecho ahora? —se queja su amiga.

—Ser una impertinente. —Mery acelera el paso, sin tiempo para un juicio justo.

—¡Eh! ¡No sabes por dónde es! —grita Amaia.

Mery se detiene de golpe y respira. Coral tiene cara de no entender nada, pero no piensa ser ella quien se lo explique: debería saber lo que le ha molestado. Una vez reincorporada al grupo, baja la mirada al suelo, que va abandonando el asfalto, y no la vuelve a subir. Pasan el resto del trayecto al Llano de la Perdiz en completo silencio.

La temperatura es agradable, salvo cuando las nubes tapan el sol por más de cinco minutos. Se encuentran en una extensión muy abierta, una mezcla entre campo y bosque seco. El sitio perfecto para los domingueros. Han abierto una gran sábana marrón estilo mandala, aunque es más bien un tapiz de dos metros de largo por dos de ancho, comprado en una tienda de recuerdos cerca de calle Elvira. Pero Coral lo dobla de nuevo porque ha olvidado dejar grabando el móvil, así que lo apoya en una de las mesas de madera vieja, orientándolo hacia ella, y graba todo el proceso de colocación para posteriormente editar las tomas y fingir que se lo han pasado bien, independientemente de su estado anímico real. Extiende el tapiz y lo deja caer sobre la tierra. Después, a través de un plano más corto, casi al detalle, graba cómo coloca las velas, la tortilla de patatas precocinada, la bolsa de tortitas de maíz, la ensalada de tomate, los pasteles de Belém y las copas de plástico para el vino que, en cámara, pueden pasar por cristal. Para cuando acaba, Amaia se ha dado por vencida en la misión «derecho a la desconexión», está hambrienta y le pide permiso para empezar. Coral ya tiene su próximo reel, así que asiente, contenta. Es reconfortante saber que seguimos siendo dueñas de nuestros relatos, de nuestras propias mentiras.

—Sería mejor comer en la mesa —propone Mery, pasivo agresiva—. Vamos a estar más cómodas que tiradas aquí.

—He ahí la gracia de un pícnic —contraataca Coral.

—¿Desde cuándo te has criado en Dakota del Norte para hacer pícnics?

Coral se cruza de brazos, refunfuña lo cansada que está de todas ellas y alaba la mejor de sus virtudes: su paciencia. De pronto, un hombre con pintas de loco recién fugado del manicomio aparece y se acerca a ellas, a su pícnic impoluto.

—¿Tenéis fuego?

Amaia le pide que espere con un gesto y saca de la mochila un mechero donde se lee: ARRIBA ESPAÑA.

—Es ironía —resalta mientras se lo ofrece—. Es de mi exnovio. Para él también es irónico. Es que es muy divertido. Si lo conocieras, te parecería hilarante, en serio. ¿A que sí? —pregunta a las chicas.

—Tronchante —se limita a decir Coral.

—Humor inteligente —añade Mery por contentarla.

El hombre mira el mechero largo y tendido. Parece un marciano que no sabe muy bien por qué su nave ha aterrizado en la Tierra. Observa minuciosamente los colores de la bandera y el busto de Franco.

—No tiene mucho —dice Amaia al ver cómo lo examina—. Es solo un dictador fascista con voz estridente. En realidad, nunca pensarías que alguien con una voz tan aguda fuese a hacer cosas tan horribles. Aunque conozco a más de un gay que tela... No sé de qué me sorprendo. Señor, ¿me lo devuelve? ¿O quiere sentarse a fumárselo?

Mery le da un codazo a Coral y Coral hace lo propio con Amaia. El hombre no contesta, pero deja de mirar el mechero para atender a las chicas.

—¿Quién es? —pregunta al final—. ¿Es Franco? No distingo nada, cada vez estoy más ciego.

—Es un señor muy guapo, ¿no lo ve? —Mery bromea como si estuviera borracha. Ha olvidado tomarse la pastilla que la relaja y la introduce en ese mundo del absurdo y del existencialismo donde no hay lugar para el humor. Ahora siente que empieza a brotar en su interior una personalidad siempre asfixiada, siempre escondida: esa parte de ella que no pretende mostrarse misteriosa o encantadora en todo momento, a la que no le importa cómo la perciban porque ya está harta de todo.

—No digas eso ni en broma —la reprende Coral.

El gesto del hombre permanece serio hasta que se enciende el cigarro. Entonces decide sentarse y mostrarse extremadamente agradable. El contraste las asusta.

—¿De dónde sois? —les pregunta con una sonrisa.

Las chicas siguen de pie. Ven cómo el hombre abre la bolsa de patatas fritas y se la empina. En vista de que ninguna se atreve a echarlo, Mery toma la iniciativa.

—Disculpa, es que nos gustaría estar solas —dice.

—Si queréis, me voy —responde él, alzando las manos.

—Queremos —confirma Mery—. Lo preferimos.

—Lo que pasa es que tengo mucha hambre.

—Puedes llevarte las patatas —salta Coral—. Y toma, mi bocadillo.

—Gracias. —El hombre lo alcanza—. ¿Qué edad tenéis?

Mery mira a su alrededor. Las pocas personas que disfrutan del merendero no parecen sorprendidas ni pendientes, como si esa escena fuera tan habitual en la vida de cualquier mujer que nadie se alterara al presenciarla, piensa.

—O te vas —amenaza Mery— o llamamos a la policía.

—La Policía es un instrumento violento creado para controlar y amedrentar a la población civil —recita el hombre—. ¿Por qué querríais que viniera a estropearos el domingo? Bueno, llámalo Policía, llámalo Guardia Civil..., cualquier cuerpo y fuerza de seguridad. Sabéis que mataron a Lorca, ¿no? Porque a Lorca no lo mató Franco. Fue un guardia civil granaíno que le tenía mucha inquina.

—Ah, conque eres uno de esos negacionistas —dice Coral en un arrebato de valentía—. Un nazi.

—Sentaos, sentaos. Si vamos a debatir, mejor poneos cómodas. —Las chicas se lo piensan hasta que Amaia obedece, algo recelosa. La siguen las demás. Mery saca el móvil y marca el 112, sin llegar a llamar.

—¿Y por qué habéis venido al Llano? —pregunta el hombre, cambiando de tema.

—Coral, ella —Amaia la señala—, quería grabar un TikTok.

—Lo del TikTok era secundario —matiza Coral, ofendida—. Mery es nueva en el piso porque, a ver, nosotras somos todas compañeras de piso. —El hombre asiente y da un mordisco al bocadillo de Coral—. Así que sugerí hacer algo para que se conociesen mejor. Senderismo, pícnic, algún juego. Pero falta una, no tiene la misma gracia.

Mery pone los ojos en blanco y murmura algo por lo bajo.

—Ya. ¿Y qué te pasa con ella? —El hombre señala a Mery—. ¿Estáis peleadas?

—¿A mí? Na —dice Coral de brazos cruzados—. A ella por lo visto, sí.

—¿Por qué? Si se puede saber —dice él, amable. No está claro si le interesa más la pelea entre Coral y Mery o el hecho de que, mientras sigan hablando, él puede seguir zampándose el pícnic delante de sus narices.

—Discúlpame, pero no le voy a contar a un loco mis movidas —resopla Mery—. No te conozco. Podrías ser un psicópata que se hace pajas a escondidas entre los arbustos.

—Me ofendes. Yo solo soy un viejo profesor de Filosofía jubilado —asegura el hombre.

—Te lo estás inventando —apuesta Amaia, aunque de pronto piensa que sí que puede ser, que tiene un punto interesante.

—No os enfadéis. La amistad es lo mejor de la vida —dice él, convencido—. Otro gallo cantaría si hubiese conservado ciertos amigos que se alejaron de mí por culpa de las drogas. Ya no me drogo, pero antes sí. Mirad, ¿queréis que os cuente algo? Cuando era joven, hace ya más de cuarenta años, me mandaron a hacer la mili a Madrid. Era la época de la movida madrileña. Los fines de semana, en lugar de bajarme a Granada, me quedaba en los bares y pubs de Malasaña. Para que os hagáis una idea, vi a Nacha Pop en directo. ¿Sabéis quiénes eran los Nacha Pop? ¿No? Eran buenos tiempos. Mejores que ahora, dónde va a parar... Los jóvenes teníamos otro espíritu. No es que fuéramos comunistas, sino antifranquistas, que a veces se confunden los términos. El caso es que me hice muy amigo de Antonio Vega, el mejor cantautor que ha dado este país.

El hombre con pelo canoso y barba despeinada continúa metiéndose comida en la boca mientras les narra su historia. Tiene a Amaia en la palma de la mano. Mery pone los ojos en blanco de nuevo, incrédula, y observa las golondrinas que vuelan por encima de ellos mientras considera la poca verosimilitud de la escena. Piensa en que no soporta que le den lecciones y en que le jode estar molesta con Coral, que ya ha sacado el móvil y comprueba las notificaciones con discreción al tiempo que se distancia de la historia. También piensa en ella misma: ¿se le habrá encrespado el flequillo?

—Como os digo, pasamos ratos maravillosos. Pero hace un par de años, lo volví a ver y el tío no se acordaba de mí.

—Porque está muerto —vaticina Amaia, lógica.

—No. Es lo que quieren que creas. Pero no murió. Antonio Vega sigue vivo.

La pelota de fútbol de unos críos pequeños llega hasta la espalda del hombre, que se gira, se levanta y se la devuelve de una patada. Mery rumia tanto para sí que siente que sus pensamientos la van a carcomer, que podría echar un mal de ojo, maldecir toda una vida solo por su energía vengativa.

—Sigue vivo... Pero no se acordaba de ti —lo vuelve a intentar Amaia.

—Claro —responde él, como si hubiera dicho una obviedad—. Le han borrado la memoria.

Mery suspira. Ser tan evitativa con respecto a los problemas le produce una suerte de zozobra. «Pedazo de zorra eres, Coral», piensa, y sin embargo, sabe que se le pasará, que en el fondo la quiere. ¿O la quiere por lo pedazo de zorra que es?

—Ya... Y ¿qué tiene que ver todo esto con nosotras? —continúa Amaia.

—La interpretación es la que le quieras dar tú —dice mientras se da toquecitos en la sien con el dedo—. Chicas, el pasado es un relato, no existe. Lo que quiero decir es que... Franco no murió. Lo mataron.

Coral le acaricia el pelo a Mery, como si hubiera sentido una llamada de auxilio por su parte. Este gesto la hace estallar como una bomba de relojería.

—¿Quieres saber por qué estoy enfadada? —le grita—. ¡Me hiciste quedar como una mierda que no se valía por sí misma! ¡Ni siquiera me dejaste hablar! ¡No soy una mercancía que puedas llevar de un sitio a otro!

—¡Por el amor de Dios...! —resopla Coral, incrédula—. A la librera que nos atendió le hicimos muchísima gracia.

—Pero no nos tenía que contratar como dúo dinámico. Era yo la que le tenía que gustar —insiste Mery.

—Con esa actitud de mustia roía no creo que vayas a encajar en ningún sitio —contraataca su amiga—. Te hice un favor.

Ajenos a la bronca, el hombre y Amaia devoran una lata de mejillones en escabeche mientras esta lo acusa de haber sido un cachorro fascista. Coral y Mery siguen discutiendo. Van a pasar largo rato así. ¿Por qué no nos marchamos? Ya que tenemos el privilegio de ver qué pasó, de viajar en el tiempo y dilucidar quién lleva razón, aprovechémoslo.

16

Contaremos esta historia como deberían narrarse los recuerdos: como cuentos. Érase una vez una pequeña librería de segunda mano ubicada en una de las calles perpendiculares a Puentezuelas. Estéticamente, no se parecía en nada a la que salía en esa entrañable película de Norah Ephron, *Tienes un e-mail*. Al menos, por dentro no. Tenía un mostrador acristalado repleto de flores hechas de croché y ejemplares esperando a que los clasificaran. En las paredes solo se veían libros, desde el suelo hasta el techo. El resto del espacio lo conformaban tres hileras de estanterías antiguas. Lo más destacable era un cesto, contiguo al mostrador, de obras actuales de escritores locales. Estaba regentada por una mujer con el pelo corto y canoso estilo al de Gloria Fuertes, quien se había encontrado con una carga de trabajo inesperada y, sin querer acudir a una de esas hostiles plataformas de empleo, puso un cartel, escrito a mano con rotuladores. Este atrajo la atención de dos chicas en la veintena. ¿Adivináis a quiénes? Dos personajes absolutamente antagónicos. Fue como ver entrar por la puerta, pensó la librera, la síntesis entre el barroco y el clasicismo.

Coral se dirigió a ella con su habitual energía y, aunque no era su intención, eclipsó enseguida la poquedad de Mery.

—¡Hola! Ella es Mery y está buscando trabajo —le dijo a la librera—. Hemos visto el anuncio y hemos... bueno, ha pensado que podría encajar, ¿verdad, Mery?

Ella intentó hablar, pero el entusiasmo de Coral se lo impidió.

—Ha estudiado Filología —añadió Coral.

—Comparadas —la corrigió su amiga—. Literaturas comparadas.

—Lo mismo es —atajó Coral, quitándole importancia con un gesto—. En fin, ¿qué puedo decir de ella? Es mi mejor amiga y es maravillosa. Lee mucho. Escribe... No tanto como le gustaría, ¿a que sí? Pero escribe. —Mery asintió con timidez y se mordió la uña del pulgar—. Sabe vender, tiene criterio, se lleva bien con todo el mundo. Si no la contratas, es que tienes miedo al éxito. ¿Me entiendes?

A la librera le resultó una descripción adorable. Luego exploró el atuendo de Mery, que ese día vestía como una bruja que vive en las Highlands.

—¿Has trabajado alguna vez en una librería? —le preguntó.

—No —admitió ella con nerviosismo.

—Pero sí de cara al público —añadió Coral.

Mery le facilitó su currículum; esta vez no estaba mintiendo, pero se sentía aún más vulnerable por dos motivos. El primero, por culpa de Coral. La hacía sentir pequeña e inútil, como si no supiera valerse por sí sola. El segundo, porque ese puesto sí le importaba. De alguna manera, la acercaba a un sector del que siempre había querido formar parte. Independientemente del puesto en la cadena, estaría dentro de ella. Si no podía vivir de la escritura, al menos leería libros gratis y vendería los de aquellos que sí tenían la suerte de que los publicasen. Quizá su discurso al ocupar la silla T de la RAE sonaría distinto, no tanto como una historia épica de superación, sino como resultado de un camino lineal y sereno.

La librera lo aceptó y quedó en que le daría una respuesta en unos días.

—¿Y tú? —le preguntó entonces a Coral—. ¿No buscas trabajo?

Ella sonrió, halagada, y negó con la cabeza.

—Pues nada, lo reviso y si eso, te llamo, ¿vale? —dijo la mujer mirando a Mery, que asintió en silencio de nuevo.

—Genial, ¡no te arrepentirás! —le aseguró Coral.

La librera observó cómo se marchaban. Mery se vio reflejada en el cristal del escaparate y se sintió como una gilipollas.

—Solo te ha faltado quitarme la legaña, tía, pareces mi madre —le dijo entonces a Coral en tono de broma, aunque lo cierto era que no le hacía ninguna gracia.

Ella se rio, sin tomarse aquello como una señal de que a su amiga le había molestado su actitud paternalista. Recogieron un pedido de Correos y se fueron al piso a pintar números por colores como si nada hubiera pasado. La librera no llamó. El cartel que busca empleados sigue en la puerta de la librería.

Ahora volvamos al Llano, porque nos espera una sorpresa. Mientras no estábamos ha llegado Júlia, que no ha dado explicaciones por su comportamiento anterior. Solo ha abrazado fugazmente a Coral, interrumpiendo su discusión con Mery, ha saludado al resto y, para sorpresa de todas, ha sacado una navaja del bolso y ha echado al hombre raro. Él les ha dado las gracias por la comida, se ha levantado y se ha despedido de forma solemne. Lo han visto marcharse campo abajo.

—Eres la última persona de la que me esperaría que llevara una navaja encima —comenta Mery.

Júlia se encoge de hombros.

—Hay tantas cosas que no sabéis de mí… ¿Cuánto tiempo ha estado aquí? ¿Por qué no lo habéis mandado a la mierda? ¿Sois tontas? —pregunta sin vacilar.

Aunque al principio el hombre ha generado cierta tensión, casi angustia, al final no se ha portado mal. Es más, las ha escuchado con atención y, en un contexto histórico y social en el que no toman en serio a las chicas jóvenes, cualquier receptor que les dé una respuesta simple a problemas complejos resulta aceptable, incluso esperanzador. En eso piensan sin atreverse a decirlo en voz alta.

La tarde comienza a caer mientras juegan al Uno y hablan del único punto que tienen en común: internet. Una música deprimente suena desde una *playlist* llamada «posadolescencia kafkiana». El móvil de Mery suena e interrumpe la sesión. Esta, que había perdido la noción del tiempo y empezaba a disfrutar, se alarma.

—¿Es Manu? —Coral asoma la cabeza—. Es Manu, fijísimo.

—Es de un número que no conozco —responde ella.

—Cógelo —la insta Júlia.

—Será publicidad, ¿no?

—¡Cógelo!

Mery se muerde el labio, indecisa, pero obedece como una buena hija.

—¿Diga? —Mery se levanta y se aleja—. Sí, soy yo...

Júlia extiende las piernas, se acoda y le pide un cigarro a Amaia, que se lo da sin ahondar en su deseo repentino. Al echar mano al mechero, entorna los ojos.

—¡El cabrón al final se ha llevado mi mechero! —exclama.

Las chicas ríen. Júlia se conforma con ponerse el cigarro en los labios a lo Audrey Hepburn.

—Más sano, igual de elegante —dice.

Durante un rato, disfrutan de la pizca de placer existente en la insatisfacción por todas las cosas de las que carecen: una hoja de ruta, un amor, un cigarro encendido. La posibilidad de conseguirlas las mantiene vivas y en silencio.

—Mi *iaia* está malita —dice de pronto Júlia.

—¿Se va a morir o cómo? —pregunta Amaia.

—Perdonad si esta mañana me he portado como una niña —continúa la chica de forma atropellada—. Siento que cada vez controlo menos lo que me pasa y la verdad es que no me apetecía una mierda venir aquí. Pero ahora me alegro de haberlo hecho.

—Espero que tu abuela mejore —dice Coral.

—Es Alzheimer, así que no creo —responde ella.

—A veces me gustaría tener Alzheimer para olvidarme de lo que me ha hecho daño. —Amaia se abraza a las rodillas—. Viviría mejor.

—Uno selectivo —Júlia sonríe—, solo para ti, sin que afecte a los demás.

Coral pone música de nuevo.

—Quítala, coño —le dice Amaia—. Los sonidos del mundo ya son en sí una canción.

—Es que no quiero pensar más —protesta Coral.

—Tú necesitas algún proyecto, pero no algo que solo te valga para evitar el FOMO y llenar el piso de putas mierdas como la cerámica —sentencia Amaia—. Un propósito duradero, algo a largo plazo.

—Un voluntariado —propone Júlia.

—No, hija, para decir eso no digas nada —responde Amaia—. Escribir un diario, aprender a tocar la guitarra... Una meta que no tenga que ver con la productividad o el paternalismo blanco en la que volcar todo lo que llevas dentro. ¿Me entiendes? No bloquear tus emociones, sino transitarlas, hasta que sepas quién quieres ser.

—Ese es el problema. Todo el rato con el «yo» y la «identidad» —se queja Júlia—. Si pensáramos más en los demás y menos en nuestro ombligo, nos iría mucho mejor.

—¡Habló de putas la tacones! —exclama Amaia—. Tendrá que decidir ella, ¿no?

Coral se evade de la conversación cuando ve que Mery vuelve dando saltos y con una sonrisa de oreja a oreja. Está tan contenta que le da igual despeinarse el flequillo.

—¡Me han cogido! —chilla—. ¡Voy a trabajar en una librería! ¿Se puede ser más alternativa?

—¡Claro que no! —celebra Coral.

—Y todo gracias a ti —le dice, sonriendo con timidez.

—Bueno, un poco sí —se ríe ella.

Las chicas se levantan y abrazan a Mery con cierta emoción compartida. Al fin y al cabo, no la conocen tanto como para alegrarse por su independencia económica; sí, en cambio, por asegurar el pago de la mensualidad.

—Tengo que pasarle foto de mi DNI. —Alcanza su tote bag y hurga para coger el monedero—. Si es que lo encuentro... —Decide volcar la bolsa sobre la sábana para facilitar la búsqueda—. No está. No está. ¿Me lo habré dejado en el piso?

Coral se tapa la cara porque une la pieza del puzle que falta. Todas comienzan a entender.

—No te creo... —Mery se muestra derrotada porque el destino siempre se empeña en darle una de cal y otra de arena—. Ese maldito señor. ¿Por qué soy tan desgraciada? ¿Por qué?

—Si te llamas así a ti misma, desde luego la abundancia no va a acudir a tu puerta. Tienes que manifestar. —Júlia nota las miradas de Amaia y Coral y comprende que está siendo demasiado dura—. No te preocupes. Vamos a buscarlo y si no lo encontramos, denunciamos el robo. Eso sí, tienes que cancelar la tarjeta.

—Da igual, tenía ocho euros, pero, chicas...

—¿Qué?

—Acababa de rellenar el abono del autobús.

Las demás compadecen su desgracia y recogen a toda prisa los restos del pícnic. Deciden seguir el camino por el que se marchó el hombre, dejando tras ellas el merendero casi en penumbra.

—Yo me lo veía venir —asegura Coral—, por eso lo he llamado nazi. No hay nada peor que un nazi.

—Un sionista —sugiere Amaia.

—O un vegano —dice Júlia.

Mery aprovecha la alusión para aventurarse a decirle:

—Oye, Júlia, tú todavía me debes varias copas del otro día.

—¡Daos prisa! —responde ella, haciéndose la loca.

Las chicas corren monte abajo con la adrenalina por las nubes. No hay nada como hacerle justicia a una amiga.

17

Alargar el desayuno es un imperativo siempre que se tenga tiempo y, para una persona matutina como Coral, es casi un ritual. Con su particular delicadeza, bate un par de huevos, tuesta una rebanada de pan congelado y la embadurna de queso cottage. Parte un plátano y lo mezcla con kéfir. Lo emplata en el único cuenco que tiene pareja con un plato porque, por lo general, la vajilla del piso es el resultado de diversas tazas de regalos y platos deteriorados del ajuar del primer matrimonio que poseyó la propiedad.

Espera a que suba el café, hasta que se desespera y coge el móvil para entretenerse. Anoche, en un arrebato de deseo por sentirse amada, se descargó una app de citas. Ahora, sentada en la encimera de la cocina, completa su perfil: foto discreta y descripción sucinta para mantener el misterio. Da un par de likes, más como un ensayo que porque pretenda seguir adelante con ello. De inmediato, bloquea el móvil y lo deja, como si le quemara tenerlo en las manos.

Comprueba con impaciencia que la cafetera italiana aún no está lista y aprovecha para lavarse la cara de nuevo. La siente hinchada. En general, se siente más aletargada de lo normal, como presa de un mal augurio. El helor del agua la calma hasta que un estruendo la paraliza. Parece un disparo que viene desde el patio.

Cuando acude a la cocina, ve que la cafetera ha explotado. La parte superior ha salido disparada, ha destrozado el extractor y miles de granos de café están desperdigados por los azulejos verde fosforito de las paredes.

Se le altera el corazón y late a una velocidad inaguantable. No sabe por dónde empezar a limpiar. ¿Por qué no va nadie a socorrerla? Sus compañeras no están en el piso, pero ¡sus vecinos han debido de oírlo todo! ¿¡A nadie le importa o qué!? Si hubiese pasado en su casa, en su pueblo, ya estaría rodeada de gente tratando de calmarla. No tendría que encargarse de nada, solo de tranquilizarse.

Se toma un Orfidal, echa fotos a cada rincón y piensa en cómo ha podido pasar. Hace memoria de todo lo que ha hecho desde que se levantó y comprende su error. Ha olvidado echarle agua a la cafetera. Esta no soportó la presión del calor y cedió. Se enerva todavía más al pensar que, de haber estado cerca, podría haber muerto. O peor, haberse quemado las manos y la cara hasta quedar inútil e irreconocible.

Quiere llamar a las chicas, pero ¿qué resolvería con eso? Así que se sienta en el suelo y piensa en su madre. Se imagina que aparece por la cocina vestida con su bata. Es como si la viera abrir un taburete plegable y encenderse un cigarro mientras la aconseja y le regaña a partes iguales.

Una notificación del móvil la despierta de su ensoñación. Ha hecho match con un chico. No todo va a ser una desgracia.

En los ojos de Amaia, el futuro se dibuja bello porque así lo repite su profesor, el materialista dialéctico. Nuestra chica se sugestiona ante cualquier discurso sobre progreso y purpurina y acaba vendiéndose rápido. Definitivamente, qué enamorada está de la inteligencia. No le importa el físico de ningún hombre, como si tuviera un ojo con estrabismo como Sartre; seguiría poniéndose cachonda ante cualquier subordinada bien expresada. La intelectualidad es su traje del emperador. Aunque, si lo pensamos un poco, ¿de quién no? Al fin y al cabo, si no admiramos —aun a la nada—, ¿cómo podemos amar? El profesor se pasea por la clase y Amaia aprieta los brazos para realzar las pocas tetas que tiene.

Le llega una petición de amistad a Instagram. Se trata de Cayetano, su vecino, el pijo ecuánime. Se tapa la boca para evitar reírse y mira a su alrededor buscando complicidad, a pesar de que nadie le está prestando atención, ni siquiera su admirado profesor.

No lo va a aceptar. No entra dentro de su moral agregar a alguien llamado Cayetano sobre el que los demás puedan bromear, no solo con respecto a su clase social, sino por la rima consonante de su nombre. Pero la atención se cotiza al alza en los tiempos que corren, así que decide escribirle por mensaje directo sin llegar a confirmar la petición de amistad. Digna, pero no mucho.

??????

Enseguida contestan desde el otro lado.

No sé qué significa «??????»

Pues que cómo me has encontrado,
básicamente

Un mago nunca revela
sus trucos

Amaia detesta la magia, en especial al público que acude a un espectáculo; le transmite la misma energía que los pederastas. No juzguemos, amigas, nosotras solo escuchamos.

Estás flipado si piensas
que te voy a aceptar

No me aceptes, pero tómate
algo conmigo

Amaia ya ha perdido el hilo de la clase. Y eso le jode. ¿Qué se ha creído este beato con coderas en la chaqueta? ¿Que gracias a su impertinencia y a su prepotencia va a quedar con una tía tan arrolladora como ella? Pues parece que sí. Acepta, pero con una condición: quedar en un sitio donde nadie, recalca, absolutamente nadie los pueda ver. Qué bochorno si la pillan, piensa, y a la vez, qué divertido llevarle la contraria a Iván que, allá donde esté, se quedaría flipado si la viera quedar con esta clase de tío. A ver si revienta.

—Los días pasan y nadie hace nada —dice Mery desde la cama de Coral. Ella no está, pero adora que sus amigas usen su dormitorio. Llegar del hospital, ahora que está en UCI pediátrica, y sentir ese calor propio de haber habitado un espacio, de haber llevado a cabo tareas en él. De vez en cuando, Mery aprovecha y la usa como si fuera suya. Total, su ropa y sus recuerdos están ahí—. Métela otra vez.

Le está haciendo la manicura a Júlia, sentada en una silla frente a ella. Esta se inclina para meter la mano en una lámpara LED.

—¿Cuánto vale esta cosa?

Mery se encoge de hombros.

—Me lo regaló Manu. —Cierra el esmalte rosa palo y coge la libreta de escritura. Con una indignación casi teatral, la deja caer en su regazo—. ¡Vaya puta mierda! Es imposible que escriba nada en condiciones con la que está cayendo en Valencia.

—Total, ¿eh? Qué horror —dice Júlia, que está intentando ser más empática con sus compañeras de piso—. Pero, en fin, tu novela no va de eso, ¿no?

—Ya no estoy escribiendo la novela —le explica Mery.

—¿Ah, no?

—No. No llegué a terminarla para el Premio Nadal, que cierra en septiembre. Y ya sabes que el Planeta está amañado. No sé, no quiero sonar como la típica ilustrada que desdeña la novela, en plan, que cree que es un género menor, pero…, sí. Es demasiado accesible. Ahora estoy explorando la poesía intimista.

—Es más corta, claro —comprende Júlia—. Seguro que acabas antes.

—Al contrario, es mucho más exigente —rebate Mery con indignación—. ¿Sabes el cuidado que hay que tener con el ritmo, con las rimas, con la cacofonía?

—Claro, la cacofonía...

—También tengo un par de proyectos de ensayo. Pero trabajando cuarenta horas semanales es muy difícil completar algo. La escritura requiere tiempo para poder perderlo —recita.

—Me da la impresión de que buscas excusas para no escribir. —Júlia está aprendiendo, pero tampoco se va a callar todo lo que piensa.

—¡Por supuesto que no! Si pudiera, pasaría días y días tecleando —asegura su compañera—. No dormiría porque cuando estoy inspirada, no lo necesito. Pero no soy de piedra.

—No te entiendo —dice Júlia. Saca la mano para cerciorarse de que el esmalte se endurece.

—No la saques —advierte Mery, y se la vuelve a meter—. Cualquier cosa que escriba va a ser superficial porque en este momento mi escritura no importa. ¡Ayudar en esta tragedia es la tarea urgente! Es lo que requiere de nuestra atención.

Júlia se demora en contestar.

—Tantas cosas son urgentes en este mundo —dice, al fin—. Cada día nos llegan tantas noticias malas que me dan hasta escalofríos: acoso sexual, corrupciones políticas...

—No es lo mismo que esto.

—Lo sé, pero si quieres vivir de tu oficio, los sucesos no te pueden afectar así.

—¡Precisamente es al revés! No puedo escribir como yo quiero, desde la sensibilidad, si me convierto en una persona frívola.

—Entonces ¡no escribirás nunca!

—Esa es mi paradoja —suspira Mery y se tumba en la cama.

—Algún hueco tendrás que encontrar para canalizar ese dolor. ¿Te imaginas que el resto de la gente que trabaja se dejara influir tantísimo por el entorno a la hora de realizar su curro? —pregunta Júlia—. Coral, sin ir más lejos. Pues tú, igual.

Mery exhala y se abraza a las rodillas. Coloca el mentón en el espacio entre ambas. Después atiende a una bolsita de galletas Oreo encima de la mesita de noche.

—¿Quieres? —propone, y Júlia rehúsa con la cabeza—. Venga, una merienda guarra para celebrar que es sábado.

—No me apetece.

—Que no te raye lo que piense Amaia. —Le da un bocado a la Oreo—. Estás superguapa.

—¿Qué dice esa? —se indigna su compañera.

—Nada, nada, pero no vas a engordar por tomar una galleta. O un plátano.

Júlia se queda callada, y a Mery le extraña su actitud. La veía como una de esas mujeres poderosas, entregadas a una causa: el trabajo. O así era hasta que Amaia le comentó que la catalana había tenido una relación conflictiva con la comida cuando era adolescente; no creía que algo tan trivial como el físico la turbase. Por favor, ¡si transpira seguridad por todos los poros del cuerpo! «Además —piensa—, ¿desde cuándo admite sus puntos débiles?».

—Es que cuando me pongo nerviosa, no puedo probar bocado —explica al fin; se mira las manos para comprobar que la manicura ha quedado bien.

—Yo te veo muy tranquila —dice Mery, extrañada.

—Va, te acompaño a la librería. —Júlia cambia de tema mientras se pone en pie—. Tengo cita en el láser para un repaso.

—¿Qué te has hecho?

—Todo el cuerpo.

—¿En serio? ¿Y tienes la vulva como una muñeca? ¿No te raya tener el toto como cuando eras niña?

Júlia suspira y por su mueca, intuimos que está a punto de abandonar el plan de acompañarla.

—A mí en el instituto me llamaban hombre lobo —continúa Mery—. No por mi... —Se señala los genitales—. En general. Tenía pelo..., puf, *everywhere*.

—¿Qué quieres que haga con esa información? —pregunta Júlia.

—Me visto y nos vamos —dice Mery y se levanta.

—Recuerda lavarte los dientes.

18

Ya en la puerta, Júlia se mira en el espejo y, pensando en voz alta, afirma que ha cogido un par de kilos. Mery hace caso omiso y se acomoda la chaqueta de terciopelo azul marino, dos tallas por encima de la suya. Salen y cierran con llave. Al abrir la puerta del ascensor, se encuentran con alguien a quien Júlia, por desgracia, reconoce.

—Mierda.

—¿Qué pasa? —pregunta Mery.

—Adolfo, el casero —musita. Se detiene ante él y sonríe en la medida en que ella es capaz—. Buenas tardes, Adolfo. ¿Vienes al piso? ¿Habías quedado con Coral y no nos lo ha dicho o...?

—¿Qué tal? No. Tengo dos pisos más en este edificio y a uno se le ha roto la caldera.

—Ay —interviene Mery—. Pues a nosotras el extractor igual...

—Perdona, ¿tú quién eres?

—Mi novia —salta Júlia, al borde de un ataque de nervios—. Que ha venido de visita unos días.

Adolfo la observa detenidamente, de seguro pensando que no parecen lesbianas. Al estar rodeada de hombres como él, Júlia ha aprendido a leerles la mente; sabe manejarlos. Así que le da la mano a Mery y apoya la cabeza en su hombro en un gesto casi infantil. El casero asiente con presteza. Puede ser un hombre rata, ruin y codicioso que explota a la gente joven con precios habitacionales desorbitados, pero se conmovió cuando el gobierno de Zapatero sacó adelante la ley de matrimonio homosexual en 2005. Porque él no hace distinciones, ni discrimina a nadie cuando se trata de subir el alquiler. Y eso le honra.

—Muy bien —dice al fin—. Pero ¿ha pasado algo?

—Bueno, explotó la cafetera hace unos días. Salió disparada y claro, rompió una de las bandejas del extractor —explica Júlia a regañadientes.

—¿Tenéis seguro? —pregunta Adolfo.

—Ni idea, pero da igual —rebate Júlia—. Quiero decir, al estar dentro del piso, lo pagas tú, ¿no?

—A ver. Yo estoy obligado a sufragar el continente, no el contenido —explica el hombre, alzando las manos como si esto no fuera con él.

—¿Cómo? —dice ella.

—Ya hablaré con Coral —zanja Adolfo y hace amago de irse.

—No, no. Puedes hablar conmigo también —asegura Júlia, desafiante.

—Tengo prisa. Os llamo mañana. —Las deja atrás y, por encima del hombro, añade—: Hacéis muy buena pareja.

Las chicas se despiden y se meten en el ascensor.

—Perdón, perdón. Casi la cago. Joder, soy gilipollas —dice Mery, nerviosa.

—No te preocupes —responde su compañera con cansancio.

«Tiene huevos la cosa», piensa Júlia, que empieza a estar un poquito harta de los caraduras con los que se encuentra. No es que Castilla entera se sienta comunera, es que con su dinero nadie se la juega. Y este mes la compra de un electrodoméstico le viene como el culo. Suspira. Suspira mucho. Y hace ruiditos con el pie. Pero no verbaliza nada. Hacerlo implicaría darle la razón a Amaia y eso es algo en lo que no está dispuesta a ceder.

—He mentido porque no puede enterarse de que estamos subarrendando el piso. Es lo primero que se me ha ocurrido. Espero que no te importe que le haya dicho que eres mi novia —se excusa entonces con rapidez.

—¡Obvio que no! —dice Mery con acento argentino. En situaciones como esta, en la que no termina de interpretar qué quiere de ella la otra persona, le sale esa vena que normalmente solo muestra en casa—. ¿Vos pensás que no me gustaría? —De pronto, siente que ha cruzado ese puente en su relación con Júlia. O más bien, que la otra le ha dejado cruzarla. Le ha expresado implícitamente su orientación sexual sin tapujos. ¿O no? De alguna manera, ha confiado en ella. Como sea, el hecho de que alguien baje la guardia siempre provoca que ella también la baje. Ese efecto dominó la cura de todas las maldiciones que ella misma se conjura y, en última instancia, le hace sentir normal—. Obvio que me gustaría.

—Qué tonta —ríe la otra, cómplice.

A pesar de su coraza, de su imagen de dura, Júlia a menudo se siente como Julia Roberts delante de Hugh Grant en *Notting Hill*: solo es una chica que pide que la quieran. Al fin y al cabo, ¿quién ha determinado que solo le pueden gustar las mujeres? Igualmente, Hugh Grant puede colar como lesbiana. Mucho más que Mery de la que, además, sabe con certeza que jamás estaría interesada en ella. No. Ni Júlia en Mery, ¡por el amor de Dios! Si ese ánimo bucólico que la caracteriza es el antimorbo.

—Espera, ¿te estás compadeciendo de mí? —añade de pronto con desconfianza.

—No. ¿Por?

—Ha parecido que me hacías un favor al decir que te gustaría ser mi novia, como si quisieras adularme —responde, entornando la mirada.

—Sí, no sé. Supongo que podría enamorarme de ti como nos podemos enamorar de todo el mundo —dice Mery con ligereza.

—Créeme, podemos controlar de quién nos enamoramos —asegura Júlia al pensar en su jefe, Raúl. Sigue convencida de que tiene posibilidades con él, aunque aún no ha movido ficha.

—Ojalá. Nos ahorraríamos muchos disgustos —ríe Mery.

—¿Y si damos un paseo? —propone Júlia—. Es pronto aún.

—¿Quieres ligar conmigo? —dice ella con un movimiento de cejas.

Júlia vuelve a bajar la guardia y le da un pequeño empujón a Mery, que se recoloca la tote bag, cómplice.

Miradlas. Caminan por las calles abarrotadas del centro de Granada. Esquivan a turistas y estudiantes. Dejan la Catedral de lado y cruzan por los pasadizos árabes, repletos de tiendas estilo zoco. Hablan de sus problemas. Júlia no quiere darle importancia al tema de Úrsula, pero la realidad es que le resta energía. Mery habla de los libros que le regalará a Manu por Reyes: los escoge con meticulosidad, aun a sabiendas de que él jamás los leerá. Júlia opina que ese único hecho debería ser motivo suficiente para una ruptura. La ocurrencia hace reír a Mery, que se toma la licencia de opinar prácticamente lo mismo. Miradlas bien. Ahora, una lleva un *bubble tea* en la mano y la otra, una barrita de muesli. Hablan de esa tarde tan divina y de la ingente oleada de tiendas de gominolas de gran tamaño y poco margen de ventas que ha surgido en los últimos tiempos. A pesar del esfuerzo empresarial, las cadenas impersonales no terminan de funcionar en Granada, y eso es otro triunfo para el pueblo y para el encanto de la ciudad. Mery afirma que los paseos la inspiran. Júlia reconoce que ha llegado a tolerar la ciudad. Estad atentas de nuevo, porque algo insólito va a pasar entre ambas.

Al llegar al escaparate de la librería, revestido con una celosía de madera con una enredadera, pensada adrede para transportar a los clientes a una época que ya no existe, Mery abraza a Júlia. Esta se deja.

—Manda a Manu a tomar por culo —le dice Júlia al oído.

—Y tú, a toda la oficina —responde Mery.

No. No ha sido un beso, pero hemos asistido al principio de una amistad, que es mucho mejor.

19

Coral procura no hacer ruido al arreglarse. Escapará sin que la oigan. Más adelante lo hará, pero ahora no quiere contarles a las chicas que al fin ha quedado con el tío de Tinder. Llevan varios días hablando por todas las redes sociales y lo asume: está emocionada. Qué coño, ¡nosotras también debemos estarlo! Veréis, amigas, mientras Coral se repasa una y otra vez la raya del ojo frente a un espejo minúsculo, trataré de ser franca con vosotras: esta podría ser la crónica de una muerte anunciada o el primer acto de una película de Richard Curtis. Óscar, que así se llama, puede ser el idóneo, el que el destino tenga preparado para ella, o un absoluto fracaso. Respecto a los avances, a los últimos acontecimientos, ella le ha contado la historia sobre cómo acabó con su ex, Antonio: dejó de quererlo en cuanto entendió que no lo admiraba. También la excusa que usa cuando no le apetece justificar que algún alimento no le gusta: es alérgica a todo. A la lactosa, al gluten, al marisco. Él le ha explicado su última ruptura. Nada de tías locas, dice, fue de mutuo acuerdo. De hecho, siguen siendo amigos y quedan para tomar café de vez en cuando. Coral se pregunta si acaso es eso posible, pero elige permanecer ingenua. A su vez, él le ha confesado que le cansa la careta del personaje que se ha creado y que preferiría hacer otra clase de humor —es un cómico de stand-up—, más concienciado, más político. Ella le ha pasado sus listas de reproducción más íntimas. Él ha subido a Instagram varios textos de

La insoportable levedad del ser que primero le había dedicado a ella por privado, y esto es mucho decir teniendo en cuenta que Óscar tiene más de medio millón de seguidores.

Coral había visto algún clip de sus monólogos, pero solo lo reconoció y lo asoció a la figura pública cuando ya llevaban horas sin despegarse del móvil y era tarde para arrepentirse. Ambos han asumido que su conexión es de otro planeta y que se mueren por verse. Al fin y al cabo, ¿cuál es la probabilidad de que dos personas tan dispares conecten de esa forma? Más teniendo en cuenta que Coral se prometió a sí misma no usar jamás esas aplicaciones vacías que promueven el mero consumo de cuerpos. El caso es que una amiga suya acabó casándose con un chico de Tinder, por lo que ya no le parece una posibilidad tan descabellada. A alguien le ocurrió. De hecho, su amiga ahora está embarazada y por Instagram parece feliz. ¿Por qué no puede pasarle a ella? Bajo el paraguas de esa premisa, cualquier clase de historia de amor es posible.

Se echa un último vistazo en el espejo y se prueba varias chaquetas, entre las que escoge una de cuero negra que combina de maravilla con el vestido largo y ceñido. Clásica. Se echa perfume y saca del monedero diez euros, que se guarda en la funda del iPhone antes de salir a la calle y dar un paseo hasta el lugar donde han quedado.

Lo ve a lo lejos. Está apoyado en el coche y teclea en el móvil concentrado. Lleva unos vaqueros anchos, «Dios los bendiga», piensa ella, y una sobrecamisa verde. La perspectiva desde la que graba los vídeos engaña, porque ahora se da cuenta de que es más bajo de lo que parece, aunque no más que ella. Se acerca mientras piensa una frase ingeniosa con la que saludarse por primera vez, a pesar de que ya se han confesado sus mayores secretos sin haberse visto en persona.

—Perdona, ¿eres el de los vídeos? —le pregunta ella con complicidad.

Él le sonríe, sí, pero no de forma tan cálida como ella esperaba. ¿Y si en realidad no son tan íntimos y ella se lo ha imaginado todo? ¿Y si, a pesar de todo, los hombres tienen razón y ellas están locas? Enseguida se calma al recordar que, independientemente de su enajenación, se ha comprometido a jamás darle la razón a un hombre. Otra movida sería si se tratara de una ficción, un relato que se desvanece porque se ha construido sobre un castillo de naipes. Óscar, como si acabara de salir de su ensimismamiento y no supiera dónde se encuentra ni a quién tiene delante, como si Coral fuera una fan, se yergue y le da dos besos en automático.

—¿Llevas mucho tiempo esperando? ¿Nos tomamos unos vinos, una cerve? —pregunta ella acelerada—. Conozco un sitio que te mueres al lao de Plaza Nueva.

Él parece pensárselo.

—Uf. No sé. —Entonces le da un repaso—. Oye, eres guapísima.

—Gracias. —A veces los hombres pueden llevar la razón.

—Tía, es que... No quiero beber alcohol —admite él.

—Ah, pues te pides un refresco —resuelve Coral—. O un agua con gas.

—Y tampoco quiero engordar, ¿sabes? Me quiero cuidar para los *shows* —dice mientras se palpa la tripa. No parece tener abdominales, pero sí muchos complejos.

—¿Paseamos entonces? —sugiere ella.

—La cosa es que tengo hambre —dice Óscar—. ¿Tú has cenado?

—Son las once. Sí, he cenado.

—¿Qué has comido?

—Una tortilla de queso.

—Ah..., joder, qué bueno. Me ha parecido ver un Carrefour Express —añade—. ¿Me acompañas y me compro algo?

Coral acepta el plan tan singular y lo achaca a su popularidad. No es el presidente del Gobierno, pero es una persona conocida y por muy poca gente que haya —es miércoles—, quizá quiera respetar su privacidad. Está en su derecho. Así que caminan hasta el supermercado hablando sobre su día con cierta incomodidad. «¡¡Argg!! —piensa ella—. Esto no va bien. No fluye, no fluye».

—¿Qué vas a comprar? —le pregunta mientras recorren los pasillos.

—Un bocadillo de jamón. La duda es de qué tipo —reflexiona Óscar—. No quiero comprar el más barato porque, joder, para eso soy medio influencer y tengo pasta, pero tampoco el de ocho euros, ¿sabes? No estoy hecho de oro.

—Coge el de cuatro —ofrece ella.

—Buena elección. Ahora el pan. ¿Seguro que no te apetece un bocadillo?

Algunas personas reconocen a Óscar y los miran, como si estuvieran fuera de lugar. Es surrealista. Coral se ha pintado como una puerta y se ha puesto monísima porque esperaba ir a algún bar o pub del rollo. Pero no. Está en el Carrefour eligiendo entre una baguette integral o una hogaza de pan de pueblo. Al final, Óscar cae en la cuenta de que el jamón le dará sed, así que coge una botella de agua marca Lanjarón.

—Hay que comprar local, producto de Granada —explica.

De nuevo en la calle, el chico observa sus manos cargadas y mira a Coral. Esta se encoge de hombros sin saber bien qué hacer. ¿No van a hablar de libros, música y experiencias enriquecedoras, como se supone que hace la gente en las citas?

—Ahora, ¿cómo corto el pan? —se pregunta él, y entonces tiene una revelación—. Coño, ya sé. Vamos a mi coche, que tengo una navaja, y allí lo preparo.

Aun a riesgo de morir descuartizada, lo acompaña y lo ayuda. Elige tomarse esa situación con comedia y no pensar en cómo la está percibiendo. ¿Qué opina Coral de él? Que es genuinamente atractivo, que huele a poderío —y a jamón— y que está deseando que le hunda esa nariz aguileña en la cara.

Con la cena lista, la extraña pareja decide no improvisar y apuestan por lo seguro, por el cliché: la ruta del Paseo de los Tristes hasta el mirador de San Nicolás. Caminan por el suelo empedrado, que les resulta sumamente molesto porque se tropiezan con frecuencia. Por otra parte, esas torpezas diluyen los restos de vergüenza propios de una primera cita. La temperatura ha bajado, pero el viento que les da en la cara y les sacude el pelo es agradable. También lo son los árboles al agitarse y las parejas que los adelantan, parejas que van con prisa, que no se encuentran en una primera cita. Se detienen en un jardín botánico universitario, cerrado al público por el horario, pero se ve algo desde la cuesta, a través de los barrotes. Óscar se aleja y señala a la pared, a una vitrina informativa.

—Yo prefiero ver esto —dice él, sonriente. Se fijan en un cartel que anuncia su *show*—. ¿Vendrás a verme?

—Solo si me invitas —responde ella con coquetería.

Óscar se zampa el bocadillo en menos de cinco minutos y lo intercala con largos tragos de agua.

—¿No has pensado en mudarte a Madrid? —pregunta él—. Me verías más…

—Lo pensé, pero en los hospitales pagan de pena. —Mierda, ¿y si aparenta indiferencia respecto a la hipótesis de vivir juntos para siempre?—. Quién sabe. No lo descarto. Y bueno, ¿qué se siente al ser tú? —Coral no tiene miedo a ser complaciente—. ¿No te agobia?

—Antes me dedicaba a otra cosa. Era educador social —dice Óscar.

—¿Coña?

—Qué va. En realidad, creo mucho en la justicia social, pero de pronto empecé a tener éxito en redes. Puede ser duro, aunque gracias a eso me pasan cosas bonitas. Como comprarme tres pisos. O conocerte a ti. De hecho, lo que más me gustó es que no sabías quién era. Quiero decir, que no me seguías. No te habría seguido conociendo si ya me tuvieras fichado. Me habría sentido expuesto, como si me llevaras ventaja. No quiero llevar la botella encima. —La deja sobre una papelera adherida a una farola—. Me he convertido en una persona muy selectiva. La amistad ha perdido el valor que tenía, porque ahora todos buscan algo de mí.

—Para mí la amistad lo es todo. —A Coral este hecho le resulta interesante. Intenta explorar más de él, pero Óscar la ve venir y como buen géminis se cierra en banda y atiende con la mirada a la Granada que aparece en la placa de la calle. Parece que se niega a establecer ningún vínculo real con Coral, como si esta le estuviera tocando una herida aún abierta. Ella continúa—: No sería nadie sin mis amigas y mi familia.

—No es lo mismo para las tías que para los tíos —rebate Óscar—. Yo solo tengo dos amigos de verdad. Y uno, mariquita. No soy homófobo, él sabe que lo llamo mariquita.

—¿Damos la vuelta o seguimos subiendo? —pregunta ella, que no siente que esté teniendo demasiada capacidad de decisión en esa cita.

Por las callejuelas del Albaicín no pasa nadie. Puro silencio. Óscar no responde. Solo se detiene, se acerca a ella y justo cuando tiene sus labios a un centímetro de los suyos, pregunta:

—¿Puedo besarte?

Ella se muerde el labio y asiente. Le gusta la forma en la que besa, sin dejar demasiada saliva. La aprieta de la cintura y ella nota cómo le sube la temperatura. Quizá sí que estén hechos el uno para el otro. Él hace el amago de frotarle el pene contra el vestido, le mete la mano bajo las bragas y le toca con torpeza el clítoris. Quizá no lo estén. Los siguientes besos no son para tirar fuegos artificiales. Ahora le saben más a somnífero. No han llegado al mirador, pero deciden regresar.

—Tengo sed —dice él.

—En el siguiente bar compramos agua.

—¿No había dejado la botella aquí?

Señala una farola a unos metros de distancia. Efectivamente, La botella sigue ahí.

—Cómo vas a beberte eso —se horroriza Coral—. ¿Y si alguien le ha echao una pastilla?

—No creo. —Bebe a caño—. ¿Quieres? —Coral niega—. ¿Nos sentamos en ese banco?

—Vale. Tengo los gemelos cargaos —dice ella.

—Te puedo dar un masaje —propone Óscar.

—¿Aquí en la calle?

—No, en un hotel —sonríe él, sugerente—. O en tu piso si me invitas.

—Si te portas bien, puede pasar. —Pero ¿qué hace? ¡Si no le gusta una mierda!

—¿Y me besarías otra vez? Aunque haya bebido coca —bromea el chico.

Esta vez el beso se parece al primero. Es largo y pausado. Al acabar, Óscar entorna los ojos, como si quisiera descifrarla. Pasan unos segundos.

—¿En qué piensas? —pregunta ella, embelesada de nuevo.

—En Magallanes. Fíjate qué intuición tuvo para decir: «Por ahí, debajo de América, está la ruta para la primera vuelta al mundo». Qué voluntad, qué determinación. Y encima era cojo.

Coral se levanta. Con esta determinación que le ha dado de encontrar al amor de su vida, estaba dispuesta a hacer algo que nunca ha hecho: tirarse a un chico en la primera noche. Sin embargo, la vida no le ha puesto por delante al más espabilado de la clase.

—Me tengo que ir —dice.

—¿No te ha gustado la cita? —se sorprende Óscar—. Ha estado genial.

—Reconoce que conforme hemos ido hablando..., menos *feeling* había, ¿no? —responde ella.

—Ha sido un poco bajona respecto a las conversaciones que teníamos por internet, pero... te he molado, ¿no? Casi te has corrido.

—No me he corrido. —Óscar se huele la mano—. ¿Hacemos como que nada de esto ha pasado?

Él se encoge de hombros con una marcada indiferencia y pregunta:

—¿No quieres entradas para el *show*? Te las iba a dejar más baratas.

20

Un día más en la oficina. Júlia se muerde las uñas hasta que se da cuenta de que ya se las ha dejado en carne viva. Entonces se pone las gafas de la hipermetropía y revisa unos PDF en el ordenador. Podría llegar Dani por detrás y afirmar: «Pedazo de bollera, ¿estás mirando otra vez un reportaje fotográfico de Sandra Barneda?», y ella asentiría, natural y corporativa, porque no es dueña de sus sentidos. No procesa lo que oye o lo que ve.

Afortunadamente nadie la vigila y puede experimentar taquicardias con tranquilidad. Como también puede pensar en Raúl, quien, es cierto, tiene dos años menos que el sol, pero las clases de boxeo lo mantienen en forma. No comprende el porqué de este flechazo, pero es evidente que solo trae ventajas. Es un hombre culto e inteligente que siempre lleva cinturones de piel. Su madurez y su punto de vista son los ingredientes que necesita para sobresalir en la empresa y en su carrera. Una especie de mentor que, en lugar de hacerle *coaching*, la reafirma en lo que ya es. No es catalán, pero adora Barcelona. Sí, también es cierto que está casado, pero ¿qué matrimonio dura para siempre hoy en día? Se divorciarán a los cincuenta, y coincidirá con la jubilación anticipada de él. «¡Ya! Basta de fantasear», se ordena. Si quiere comerse a Raúl, antes debe centrarse en su objetivo. Y eso la desquicia.

Os preguntaréis por qué ella, una chica tan pragmática, está nerviosa. Veréis, ha decidido hablar con Úrsula para que acabe con su acoso y derribo.

—Úrsula, perdona. —Se levanta conforme la ve salir del baño—. ¿Podemos hablar?

Ella asiente y entran en la sala de reuniones favorita de Júlia. Las paredes están forradas con un diseño infantil y frases de *El principito*. Una mesa ovalada y metálica ocupa la mayor parte de la sala y alguien ha dejado una bandeja de dulces en el centro, seguramente los restos de una reunión anterior. Júlia enrolla los estores para que no se las vea desde fuera.

—Verás —empieza—. Eh... Cómo decirte eso. No quiero tener nada más contigo. A nivel... sexual.

Úrsula suspira. Esto confirma que Júlia no está loca, que su indignación no está desprovista de sentido. Luego dice:

—Me lo he imaginado. —Se sienta—. Me has evitado la mirada estos días.

—Claramente.

Júlia permanece de pie. De hecho, camina unos pasos y le da la espalda.

—Pero, tía, dime una cosa. ¿Alguna vez has tenido novia? —pregunta Úrsula.

—Más o menos.

—¿Vivisteis juntas?

—No...

—A lo mejor es eso. Deberías tirarte a la piscina. —Júlia se vuelve hacia ella con cara de «en tus mejores sueños»—. No me refiero a mí, sino a estar más de tres o cuatro días con alguien. Comprometerte. ¿No tienes esa necesidad?

Júlia ríe para sí y dice:

—Es que... no te conozco tanto.

—¡Porque no me dejas acceder a ti! —dice la otra con ternura—. Ni tampoco me dejas que me presente tal como soy. Te he invitado a venir con mis amigas mil veces. Quiero que me descubras fuera de este ambiente y conocerte yo a ti.

—Bueno, sorpresa: no soy ese cliché —salta Júlia—. No voy a ser la lesbiana que se enamora después de uno o dos polvos.

Úrsula se encoge de hombros.

—Vale. Pues ya está.

—¿Ya está? —se sorprende Júlia.

—¿Qué más quieres que diga? —responde Úrsula, poniéndose en pie—. Me respeto demasiado como para rogarte.

A Júlia le irrita que de repente pase de ella de esa manera. ¿Qué se ha creído? Al fin y al cabo, es ella quien le ha estado mandando notitas y correos, ¿no? Se estará haciendo la dura.

—Te lo explicaré mejor. —Se encara con ella—. A ver...

—No necesito tu explicación. Lo entiendo —le asegura Úrsula.

—Déjame que te... —Ella misma se corta las frases—. ¿No te ocurre que cuando estás conociendo a una persona, de repente aparece otra mucho mejor? Y piensas: joder, estoy en la Costa del Sol cuando podría estar en Varadero, ¿sabes?

—El coste de oportunidad.

—Sí. ¡Sí! Justo.

—¿Te ha pasado eso conmigo o solo te has cagado de miedo? —pregunta la becaria con una sonrisa irónica.

—Honestamente, tú lo pasarías fatal conmigo porque para mí nunca nada es suficiente. Me sucedía también con mi ex —dice Júlia, y recula—, si es que alguna vez fuimos una pareja de verdad... Supongo que puedo revivir un mismo error con una misma persona, pero no con otra diferente.

—Pienso que es un poco triste atribuir conceptos empresariales a algo tan importante como el amor —opina Úrsula.

Júlia se ufana y se apresura a despacharla rápido.

—De acuerdo, chica romántica. Entonces ¿se acabaron los post-it y los mails...?

—¿De qué hablas? —se sorprende la chica—. Yo no te he enviado ningún mail ni te he escrito nada.

—¿Qué? —Júlia se queda perpleja.

—A ver, me gustó estar contigo y me hubiera gustado que nos conociéramos mejor, pero no estoy tan loca.

—Llevaban tu nombre —dice Júlia.

—¿Cómo? —Ahora Úrsula ha pasado de la confusión al enfado—. ¿Me han suplantado?

Nuestra chica procede a enseñarle los supuestos mails desde

el móvil. Úrsula comprueba la veracidad de los mismos, pero le jura y le perjura que no los envió ella.

—No he sido yo.

Niega con la cabeza y respira hondo. Júlia mira a la puerta: no quiere que la situación se descontrole, no aquí, en la oficina.

—Vamos a olvidarlo —dice con rapidez.

—¡Voy a hablar con Raúl! —exclama Úrsula, indignada.

—¡No! Ha sido una broma de mal gusto y ya está. Seguro que quien lo haya hecho no tenía mala intención. Lo siento por mi parte —añade Júlia, recuperando la formalidad—. Soy más profesional que todo esto. Soy tu jefa. Así que dejamos a un lado esta «tontería» que ha pasado entre nosotras, ¿vale? Porque ha sido eso, una tontería.

—No eres mi jefa —dice Úrsula con un resoplido.

—Ya me entiendes. —Júlia se saca los mechones de pelo que habían quedado dentro de la americana—. *It's over. OK?*

Úrsula se levanta y se dirige a la puerta.

—Un día mirarás atrás y preguntarás por qué no te atreviste a experimentar el amor —dice.

—¿Por qué no te depilas con cera? Porque no te apetece, ¿no? Yo, lo mismo.

—Te vas a convertir en un robot que usa ChatGPT hasta para preguntar cómo se saluda a una persona.

Júlia asiente todo el rato, en un punto cercano a la locura.

—¡Lo sé! Porque soy evitativa, cobarde y un ladrillo emocional, pero ¿sabes qué? Que me da igual. Miento, mejor dicho: ¡me encanta! Y hay muy poca gente que va a tener la suerte de estar conmigo, pero tú no vas a ser una de ellas. —Se mete una ensaimada entera en la boca—. ¡Hala! ¡A trabajar!

Al marcharse de la sala de reuniones mientras saborea al máximo el azúcar glas, Júlia se encuentra con Dani cerca de la puerta. Lo ha oído todo y la mira conteniendo la risa. Júlia va a pasar de largo sin mirarlo, que es lo que más jode, pero no se contiene y se acerca a él a decirle unas palabras, en plan capo de la mafia.

—Me cago en tus muertos, maricón.

Claro que no le ha dicho eso.

—Me debes una de las grandes —le advierte—. Como me mandes un mail más…

—¿Yo? —se ríe Dani, alzando las manos en señal de inocencia—. Yo solo hago las veces de Cupido.

21

Son las ocho de la mañana. El día ya clarea por el cambio de hora de noviembre. Coral, que vuelve del trabajo, baja del metro; porta la bolsa de la merienda con motivos sanitarios como si los hubiera pintado una niña de cinco años y el bolso en el que guarda el uniforme. Las calles están mojadas por el paso del último turno de limpieza nocturna. Procura no resbalarse, a pesar de que arrastra los pies por el cansancio. Se le ha vuelto a acabar el contrato. Piensa en cuándo conseguirá otro igual o superior. Su jefa le ha asegurado que la van a llamar pronto, que se lo tome como unas vacaciones, pero ¿y si no? Necesita ahorrar, mantener el dinero que ya tiene el máximo tiempo posible. «Anda —aprecia—, si han abierto una cafetería con cruasanes de pistacho». ¿Y acaso no merece probarlos? ¡Ha trabajado mucho! Pero no, coño. A partir de ahora tendrá autocontrol. El diablo está en los gastos hormiga, en esos pequeños placeres alegres que ahora no tendrá derecho a permitirse, al menos si pretende pagar el alquiler.

Llega al piso, se descalza y deja las llaves en una bandeja en la entrada. Se encuentra el café preparado junto con unas tostadas con tomate y fruta cortada, por lo que deduce que alguna de sus compañeras se ha despertado.

—¡Gracias! —grita al verlo.

Mery, aún en pijama, llega corriendo a la cocina.

—Shh, no chilles. Ha habido movida.

—¿Tan pronto? —se extraña Coral.

Su amiga saca la cabeza al pasillo y comprueba que no hay nadie.

—Vamos a tu habitación.

Coral le da un trago rápido al café y se lleva la tostada. Se tumba bocarriba en la cama, con la servilleta de papel sobre el pecho. Mery aprovecha para coger la ropa de su lado del armario y vestirse: una falda de pana marrón a conjunto con las botas altas y una gran bufanda de lana naranja.

—Parece que te vas a vivir a la granja de Charles Manson —opina Coral.

—Es exactamente la vibra que quiero dar. Caos organizado. —Se mira en el espejo de la pared y baja la voz—. Júlia me sigue debiendo dinero.

—¿Todavía? —Se ladea en la cama. Mery asiente—. ¿Cuánto era?

—Veintidós euros.

—Te los presto yo mientras tanto —ofrece Coral.

—No, no los necesito.

Su amiga la mira con ese ceño irrebatible.

—Solo voy a comer pasta y arroz este mes, pero está todo bien —murmura Mery.

—Hasta que cobres, puedes coger mis latas de atún.

—No como animales —le recuerda ella con un suspiro.

—Perdón. —Coral bosteza—. ¿Me quieres contar ya qué ha pasado? Me muero de sueño.

—Ah, sí. Joder, creo que tengo TDAH. Pues lo que te decía, que Júlia me debe dinero, ¿no? Así que anoche, en plan broma, le metí una nota por debajo de la puerta. —La expresión de Coral se torna en preocupación—. La típica nota de las películas, hecha de recortes.

—¿Qué decía?

—Págame. —Coral se cubre la cara con la mano—. Págame, rata inmunda.

—¿Y no se lo podías pedir en persona? —se desespera su amiga.

—¡Se lo he pedido de mil maneras! —exclama Mery—. La

semana pasada en el Llano, una tarde que me acompañó a la librería... Hasta le he mandado una petición por Bizum. El caso es que esta mañana, cuando se ha levantado, en lugar de reírse y pagarme, básicamente ha ido directa al dormitorio de Amaia y le ha aporreado la puerta hasta que le ha abierto. Por lo visto a ella también le debe dinero. —Mery se sienta en la cama—. Se han peleado superfuerte. Júlia la ha llamado «niñata esquizofrénica puto loca» y Amaia se ha defendido diciendo que ella no había sido. Júlia no la ha creído y a Amaia le ha dado igual. Literal, le ha dicho: «Es algo que podría haber hecho yo porque, efectivamente, me debes cinco euros». Le ha cerrado la puerta en las narices y Júlia se ha vuelto loca gritando: «¡Es mentira! ¡Mentirosa! ¡Ya te devolví tus putos cinco euros! ¡Mentirosa!».

—¿Y no has mencionao en ningún momento que habías sido tú la de la notita? —pregunta Coral.

—Me daba miedo —susurra Mery.

—Se va a liar.

—No, no. Está la cosa más calmada.

—¿Has sido tú? —Júlia está apoyada en el marco de la puerta, de brazos cruzados. Las otras dos pegan un brinco—. ¿Por qué?

—Era una broma, Jú... Pero devuélveme mi dinero.

Júlia saca el móvil y procede a hacer el bizum.

—Se me olvida, ¿vale? Recuérdamelo. Con confianza. No soy un ogro.

—Eres como Shrek si fuera lesbiana. —Amaia se une al grupo.

—Tú te callas, gilipollas —la corta Júlia.

—¿No lo ves? —sigue Amaia, impertérrita—. Tu problema es que estás estresadísima y lo pagas con todas. Menuda jubilación te espera rodeada de soledad y decadencia espiritual.

Entonces Júlia sigue sus instintos más primarios y tira a Amaia de los pelos.

—Pídeme perdón.

—Prefiero morir de pie que vivir... ¡Ahhh! —Júlia sigue tirando, ahora con más fuerza. Amaia consigue pillar un mechón de Júlia. Mery se tapa los ojos para no verlo. No aguanta la violencia.

—¡Soltaos! —les exige Coral—. ¡Que sois amigas, joe!

—Y una mierda. —A Júlia la ciega el rencor—. ¡Ahhh!

Ahí están, enganchadas la una a la otra, sin que ninguna ceda. Poco a poco, ambas terminan en el suelo. Coral se levanta de la cama y las separa.

—Para ser una pija burguesa, te peleas como un animal —dice Amaia, agotada.

Júlia no verbaliza palabra alguna. Va al cuarto de baño y abre el grifo del agua caliente. Mientras, el silencio impera en el dormitorio de Coral. Finalmente, las mira como lo haría una madre agotada, a caballo entre la histeria y la decepción. Las chicas se marchan de allí. Coral se desnuda y se tapa con el nórdico. Tras un sonado suspiro, cierra los ojos y no tarda en dormirse.

Tampoco tarda en despertar a causa de los gritos que, apenas media hora después, no cesan por más que Mery lo implore.

—Vuestra raza entera... —musita. Se levanta, se pone las bragas y sale pensando que ahora es ella la que las va a arrastrar de los pelos por todo el pasillo—. ¿Qué coño pasa?

—Oh, qué feminista eres —acusa Júlia a Amaia.

—Me sobran pelos en el sobaco para ser feminista y meterte tres hostias —contesta la otra.

Coral comienza a dar palmas. Ruido para amainar el ruido.

—Eh. ¡Ya! ¿Me explicáis por qué estáis dando por saco todavía?

—Esta mujer no está bien —afirma Júlia, nerviosa, al borde de un ataque de ansiedad y con una pastilla debajo de la lengua—. Está loca. —Inspira y espira profundamente—. Nos ha encerrado y ha tirado las llaves por el patio de la cocina. ¡Estás para encerrarte en un psiquiátrico!

—¿Mis llaves también? ¿Por qué lo has hecho? —pregunta Coral, desesperada.

—Porque necesitáis parar —sentencia Amaia.

Júlia rompe a reír, rozando la locura.

—De verdad —continúa su compañera con convicción—, no os dais cuenta de que todas vuestras enfermedades, manías y trastornos los está provocando el sistema. El trabajo os está matando y no de manera figurada. Ese mal humor tuyo, Júlia; el agotamiento de Coral; la apatía de Mery... La vida sería mucho más divertida si tan solo la viviéramos. ¿No podemos permitirnos una mañana en rebeldía? Yo creo que sí, así que hoy más que nunca, ¡abajo el trabajo! —Se hace un silencio—. Por eso he tirado las llaves.

—¿No te cansas de ser mala persona? —pregunta Júlia, que no puede ni mirarla.

—Me deberías dar las gracias. Te he ahorrado varios ataques de ansiedad que precisamente no iban a ser sufragados por las Big Four del momento.

—Lo ha hecho por joder —le dice Júlia a Coral—. Me odia. Me odia desde el primer día. Mery, di algo. ¡Tú también tenías que trabajar hoy!

—Yo ya he llamado a Gloria Fuertes y no le importa que me retrase, hay poca clientela hoy —se justifica ella, bastante contenta de que el imprevisto le conceda un rato de libertad—. Gracias, Amaia.

—De nada. ¿Veis? ¿Se acaba el mundo? No sois imprescindibles. Ninguna lo somos.

—Esto es surrealista —exclama Júlia—. Amaia, somos adultas y tenemos responsabilidades, ¿tú lo entiendes?

—Cálmate —dice Coral, intentando acercarse a ella.

—No me calmo.

—¿No puedes teletrabajar?

—Sí. Pero tenía una reunión presencial superimportante. —En realidad no lo es. Pero le revienta que Úrsula, con ese nombre tan primitivo y esas ínfulas de perfecta sáfica, le vaya a robar el protagonismo.

—Llama y di que estás mala —sugiere Coral.

—No me da la gana —salta, pero pronto se da cuenta de que no hay nada más que pueda hacer—. Joder. Voy.

—Yo mientras llamo al casero, que se quedó con una copia de las llaves —dice Coral—. Que venga a abrirnos cuando pueda y listo.

—Podríamos aprovechar para desayunar con calma en el sofá y hablar sobre, no sé, la ternura, que tan de moda está, aunque no valga para nada. Tengo la teoría de que la gente que se sirve mucho de la ternura en su discurso es en realidad una hija de puta —dice Amaia.

Un golpe interrumpe su discurso. Júlia ha caído redonda en mitad del pasillo.

22

Júlia despierta desorientada. Solo ve tres rostros inquietos y sus piernas en alto.

—Ponle más agua fría.

—¿Y si la acostamos en el sofá?

—Mejor no moverla.

—Dejadme.

—Es guapa —admite Amaia—. Quizá sea la más guapa de las cuatro.

—Lo dices porque estoy al borde de la muerte y te sientes culpable —musita Júlia.

—¿Me perdonas? —Le sonríe ella.

—No.

—Va, ¿quién no se ha pegado con sus hermanas? Yo no lo sé porque no tengo, pero... es como si lo fueras —dice Amaia, dispuesta a exagerar lo que haga falta si con eso logra que acepte sus disculpas.

—Preferiría que me atropellase un tren conducido por Manuel Carrasco a tener un familiar mínimamente cercano parecido a ti. —Júlia obliga a Coral a que le suelte las piernas y se incorpora. Esta la ayuda—. Estoy bien. Traedme agua, por favor. —Mery corre a la cocina—. ¿Cuándo viene el casero?

—No creo que le quede demasiado.

Júlia asiente y se termina de levantar. Amaia corre a abrazarla, pero la aparta con brusquedad. En ese momento, recibe un mensaje de Dani. Enarca las cejas mientras lo lee y se da la razón a sí misma.

—Se ha cancelado la reunión. Precisamente porque faltaba yo —sonríe satisfecha—. Tan prescindible no seré, ¿verdad?

—Enhorabuena, esclava del sistema.

—Oye, ya...

El vaso de agua a rebosar llega a manos de Mery, que avanza con cuidado para que no vuelque, hasta que el timbre retumba en toda la estancia, lo que provoca que se sobresalte y derrame parte del contenido. Las otras tres se miran un instante y, como si se tratara de una competición, acuden a la puerta de entrada.

—¿Adolfo? —pregunta Coral.

—¡No soy Adolfo! —dicen al otro lado de la puerta—. Soy su hijo. ¿Puedo pasar?

—¡Sí, sí! Ábrenos —dice Júlia.

Posada en la pared, Amaia espera cruzada de brazos y con cara de mala hostia. Por supuesto que quería joder a Júlia, pero también le apetecía pasar la mañana con ellas, conseguir que probaran por primera vez los porros, que perdieran la noción del tiempo, que comieran y bebieran sin parar y que su único placer culpable naciera del deseo de jugar al *Monopoly*. Pero su plan tendrá que esperar a otra ocasión.

La llave se introduce en la cerradura y da varias vueltas.

—Eres nuestro salvador, en serio. —Coral lo invita a entrar con un gesto.

—Encantado. Me llamo Cayetano.

Amaia no puede creerlo.

—Hola —dice él con una sonrisa al mirarla. Júlia atiende a ese breve inciso entre ambos y frunce el ceño, extrañada. Amaia acusa moviendo la cabeza. Le jode admitir que es tan guapo como lo recordaba y que las fotos de su Instagram no exageraban.

—¿Os conocéis?

—De vista —afirma, esquiva—, de coincidir en la escalera. —Él asiente y entra al recibidor—. Entonces tú eres el hijo de nuestro casero, el rentista explotador que nos ha subido el alquiler como si la vivienda fuera un medio de producción y no un bien de primera necesidad.

—Y esas deben de ser nuestras llaves —prosigue Júlia.

Cayetano le da el manojo de llaveros.

—Me voy a ir —dice.

¿Cómo le habrá sentado que, una vez más, Amaia lo haya tratado con indiferencia? ¡Casi con asco! Nos podemos hacer una idea: le pone cachondo porque ¿a quién no le gusta que le cuestionen sus ideas?

—Cualquier cosa que necesitéis, vivo arriba —añade y mira de nuevo a Amaia, que aparta la vista.

Las chicas le agradecen una decena de veces haber acudido con tanta rapidez.

—Madre mía con Cayetano... —comenta Coral abriendo los ojos.

—Un médico más, pero con una fisionomía agradable —dice Amaia quitándole importancia al claro hecho de que está buenísimo.

—¿Cómo sabes que es médico?

—Bueno, a ver, no lo sé, pero le pega —responde con rapidez—. Además, su padre lo es. Ya sabes que esta profesión va más de ego y tradiciones familiares que de vocación. Tiene cara de prepotente.

—Tiene cara de comértelo que da gusto —dice Júlia.

—¿No os da repelús que un chico tenga acceso a nuestro piso? —intenta ella.

—Parece un caballero, pero entiendo que no estás acostumbrada a tratar con hombres que no tengan barba de yihadista.

Amaia se queda mirando la puerta cerrada mientras las chicas recorren de vuelta el pasillo. Por su mente pasa un pensamiento que rechaza enseguida: la esperanza de que él le escriba de nuevo para poner fecha a esa cita que tienen pendiente.

Seguro que os estáis preguntando por Manu, el novio de Mery. ¿Lo recordáis? Ella, casi no. El nuevo trabajo le ha robado la poca atención que le profesaba. Se llaman en noches intercaladas, los días en los que ella no finge haberse dormido. Su encuentro no concertado en Madrid enfrió la relación, pero jamás se habló del tema. El hecho de no tenerlo cerca ya es un alivio para ella. No necesita cortar de manera explícita la relación. ¿Para qué? ¿Para cambiar el estado civil en Facebook? Si tuviera en la retaguardia a otro amor esperándola, no le quedaría más remedio. Pero no le apetece conocer a nadie, ni siquiera atraer a ningún hombre por el mero hecho de sentirse válida, bella, inteligente, por lo que mantener un vínculo que no conlleva cuidados y que, de hecho, no la perturba la mayor parte del tiempo, no le supone un problema.

Aún no es la hora de abrir la librería. Está sentada frente al ordenador mientras introduce los datos de las novedades literarias. Bebe café, ya frío. Por el hilo musical suena Chappell Roan. ¿Está donde imaginaba que estaría con quince años? ¿La adolescente que nunca se permitió ser estaría orgullosa de ella? Probablemente, no.

Abde golpea con los nudillos el escaparate. Tiene apenas veinte años y una rutina capilar ejemplar; debe hacerlo si quiere mantener los rizos bien definidos. Es uno de esos chicos que se hizo adicto a la lectura gracias a BookTok fantasía y se pasa por la librería de forma habitual. Por suerte, Gloria ha ido modelando su criterio. Ahora Mery es la encargada de ello.

—Está cerrado —le dice gesticulando.

Él junta las palmas de las manos y ruega con cara de pena. Mery cede y se levanta a abrirle.

—¿Qué quieres?

—Es el santo de mi novio y no me había acordado —le explica Abde—. Recomiéndame un libro ya de ya.

—Nadie celebra su santo ya.

—Su familia, sí —le asegura.

—¿Eres gay?

—Y moro, sí. Ya lo sabías. —Abde se desliza junto a ella y entra en la tienda—. Venga, que tengo prisa.

—No me refería a eso.

—¿Y a qué te referías, racista?

—Oye, ¡que soy medio argentina! —se indigna Mery.

Abde acusa con el gesto. Peor se lo pones, hija.

—¿Te suena el sitio a donde huyeron los nazis? —dice.

—Pasa, anda.

Abde canturrea: «Baby, why don't you come over? Red wine supernova...».

—¿Te gusta Chappell Roan?

—¡Me encanta! —exclama él—. Y a mi novio también.

—Mi novio jamás la escucharía. Ni a ninguna artista mujer, en realidad.

—¿Por qué las mujeres os conformáis con la mediocridad? —se lamenta el chico.

—¡Oye! —salta, indignada—. Yo aprendo mucho de él, de sus cosas. —Lo medita un segundo y decide cambiar de tema—. Bueno... ¿Qué tipo de libro te gustaría regalarle?

—Un clásico, que no pase de moda para que, si lo dejamos, no me pueda olvidar nunca.

Mery sonríe y le pide que la acompañe a la última estantería. Al llegar al piso, piensa que quizá sí se borrará la cuenta de Facebook definitivamente.

Tras muchas horas de sueño reparador, a Coral se le ha despertado el apetito. Alcanza una onza de chocolate con un ochenta y cinco por ciento de cacao del último estante de la nevera y lo muerde. Ese sonido, esa textura... Podría revivir ese bocado como el mito de Sísifo y no se cansaría. Claro que no sería un castigo. Si tuviera que elegir uno, ¿cuál sería? Una condena espantosa que esté obligada a cumplir el resto de la eternidad. Puede ser que su eterno retorno sean los contratos de trabajo.

Da una vuelta por el piso. Como sabemos bien, es pequeño, así que lo recorre varias veces. Comprueba que el suelo está limpio y que ninguna de las mesas alberga mota alguna de polvo. La decoración navideña va en aumento. ¿Y ahora qué? ¿Se echa a leer un libro? ¿Sale a correr? ¿Se apunta a barre para gastar el dinero como lo haría una chica blanca? ¿Acaso ella no puede ir a pilates de forma no irónica sin que la carcoma la culpa por tener aficiones de blanca? ¿Por qué el fenotipo de Júlia se ha apropiado de una disciplina tan completa? Es injusto. La verdadera pregunta es: ¿y si de verdad no sabe quién es y eso la está llevando a la desesperación y al fracaso?

Qué pereza la reflexión. Qué pereza la soledad. Envía un mensaje por el grupo de WhatsApp del piso llamado «El empate» en honor a la calle donde viven: Tablas.

Cómo estáis?

Le preocupa que la pelea matutina se enquiste. Ella solo quería el piso de *Friends* y Aliexpress le ha hecho llegar aquel en el que vivirían las protagonistas de *Gata salvaje*.

Como no obtiene respuesta inmediata, decide llamar a su madre. Aún no le ha contado que no le han renovado en el hospital y no va a hacerlo: no quiere preocuparla en vano. Sin embargo, siente como si le estuviera mintiendo. A veces piensa que su madre es una gran Virgen omnipresente, una figura soberana que la observa a cada fallo; y ella, la hija ignominiosa que nunca está a la altura.

—Hola.

—Muy buenas —responde su madre, distante.

—Si no te llamo yo...

—Estoy ocupá, Coral. ¿Qué quieres?

—¿Qué tal la tienda? —le pregunta.

—Ahora no puedo hablar —dice ella con frialdad.

—¿Tienes gente?

—Está aquí el Antonio, que ha venío a ayudarme.

Coral siente que una daga le atraviesa el corazón. ¿La está sustituyendo por su ex? ¿Lo está haciendo a propósito para causarle dolor?

—¿A qué ha ido ese? —se indigna.

—A na —responde su madre, y carraspea—. Luego te llamo.

—Mama, perdón. Perdóname. Él me da absolutamente igual. Solo quiero saber cómo estás tú. Solo me importas tú, ya no sé cómo decírtelo.

—Bueno, es que no me lo habías dicho.

—¿No?

—No. —El tono de su madre se vuelve un poco más cálido.

—Pues ea, ya lo sabes.

Al otro lado del teléfono, su madre tarda en contestar. Coral escucha que camina y, por el ruido del ajetreo, sospecha que ha salido a la calle.

—Voy a traspasar la tienda —le anuncia—. Vuelvo al mercao.

—Pero ¿por qué?

—La cosa no tira.

—¿Quieres que me baje a Vejer a ayudarte?

—Ni pensarlo. Tú, a tu trabajo.

—¿Te apetece volver al puesto? —le pregunta Coral, preocupada.

—Qué más da lo que me apetezca —dice ella medio jactándose—. De algo hay que vivir y si es lo que Dios ha querío, pues no hay más que hablar. A mí no se me caen los anillos.

—Te voy a mandar más dinero, ¿vale?

—Ni se te ocurra. Tú tienes que vivir, tienes que disfrutar. Demasiao me das ya.

—Mama, ¿te puedo preguntar una cosa? —Su madre calla—. ¿Todavía me tienes rabia por lo del Antonio?

—A mí me duele el alma con to lo que ha pasao. Pero eres mi hija y siempre voy a estar de tu parte, elijas lo que elijas.

23

En el Bar de Fede casi nunca hay hueco. Por eso Coral reservó hace semanas para ella y las chicas. Sabía que hoy, que se le acababa el contrato, sería un día de mierda, aunque no que se fuera a sentir tan vacía y nimia. Debería pillarse un autobús a su pueblo y ayudar a su madre, pero no está preparada. Por otra parte, quedar y cenar con sus compañeras significará hacer de tripas corazón, intentar contarles cómo se siente. Aunque le cueste, lo necesita: no quiere que parezca que todo le resbala, porque no es así. «Una nunca es libre —medita—, estamos atados a los demás incluso en el pensamiento». La alternativa sería fingir alguna enfermedad puntual y meterse en la cama a llorar, pero no colaría porque lleva días recordándoles la reserva de esta noche. Las chicas lo han apuntado en su respectivo chat unipersonal de WhatsApp y no se olvidarán, sobre todo porque la cerveza incluye una tapa contundente y los camareros son muy amables. Aunque, si lo piensas un poco, ¿qué sitio en Granada no es así?

Cada una ha llegado por sus propios medios. A su manera, todas se han arreglado. Mery, con una falda larga vaquera y un jersey de cuello alto; Júlia, con unos vaqueros campana y una chaqueta estilo Dior; Coral, con un peto vaquero. Amaia, la pobre, ha hecho un pacto con sus pitillos negros y, aunque buscaba tener el aspecto de una modelo noventera adicta a la heroína, más bien se parece a Mario Vaquerizo. A saber cuándo volverán a salir juntas. Sentadas en unos taburetes altos cerca de los baños, enfrentadas dos a dos y con la mesa llena de cervezas y cuencos de noodles con verduras, Coral aprovecha la ocasión para limar asperezas, esto es, empezar de cero, a pesar de todas las veces que lo han intentado sin éxito. Apenas ha iniciado su discurso conciliador cuando Mery la interrumpe.

—¡Mira! —exclama dándole un codazo a Júlia—. Es Dani, tu compañero. ¡Dani! ¡Dani!

—Cállate, ¿para qué dices nada? —susurra Júlia, pero él ya las ha visto y se está acercando—. ¡Hola!

Dani, cogido de la mano de un chico algo mayor que él, las saluda.

—Pero si está aquí la cantante Rosana con el resto de sus amigas de la Agenda 2030. ¿Qué tal? Esta es tu zona, ¿no? —le pregunta con retintín. Efectivamente, el Bar de Fede está junto a varios pubs gais—. Y la nuestra, claro. Os presento a Tomás, mi novio.

—¿Tu novio? —pregunta Júlia—. ¿Cuánto lleváis? ¿Dos minutos?

—No, más. ¿Unas tres semanas? —se preguntan entre ellos con complicidad—. Un flechazo.

—Cuando lo sabes, lo sabes —dice Tomás y le sonríe con embeleso.

—Bueno —continúa Dani—. Os dejamos, que hemos quedado con unos amigos.

Se despiden con una sonrisa falsa, dejando un silencio atronador a su paso.

—Se ha echado novio... —Júlia bebe un trago de la cerveza sin gluten y piensa en lo tremendo que le parece que Dani se haya enamorado. ¡El último milenial que quedaba soltero ha enterrado la nutria! Y con un boomer—. Y nosotras con la misma vida que teníamos cuando estudiábamos.

—No es verdad —salta Coral—. Ahora bebemos menos.

—Encima eso. ¡Somos la primera generación que va a vivir peor que sus padres! Ya estamos jodidas —se queja ella.

—No puedes sentirte nostálgica, no tienes ni treinta años —dice Mery.

—No nos drogamos, no nos divertimos, lo hacemos todo bien. ¿Y qué obtenemos? Nada, porque el civismo no se recompensa —dice Júlia.

—¿Tú quieres drogarte? —le pregunta Coral. Júlia niega—. Yo tampoco. Además, dudo que tu madre o tu abuela hubiesen podío ser ellas mismas en el momento histórico que les tocó vivir. Claro que estamos mejor que antes.

—¿Estás especulando con la orientación sexual de mi madre y de mi *iaia*? —se queja ella.

—Lo que digo es que, en el caso de que lo fueran, que, ojo, hay un estudio que dice que las tías tenemos más tendencia a la bisexualidad que los tíos, no la ejercerían con la misma libertad con la que lo haces tú ahora.

—Bueno, a ver..., que Júlia es del Opus —dice Amaia.

—¡Por qué te inventas estas cosas, subnormal? La gente que te oiga se las va a creer. Tienes que dejar de decir que todo el mundo que no piensa como tú es del Opus. —Júlia se queda habitando esa palabra, «bisexualidad», porque se ha sentido en paz. ¿Debería volver a hacer el test de Kinsey?—. Además, no sé por qué hablo contigo, si te odio.

El camarero llega con el resto de las tapas extra que han pedido: ensaladilla rusa y patatas con alioli como excusa para no besar a nadie cuando la realidad es que, tras conocerlas, nadie las quiere besar. Si lo pensáis un poco, amigas, Júlia tiene algo de razón. Llevan padeciendo los mismos problemas desde hace años, a pesar de haberse convertido en adultas con una nómina vinculada a una cuenta corriente. Ha cambiado el enfoque, pero a peor, más depravado. No pueden ahorrar porque apenas llegan a fin de mes. No consiguen que las dejen de contemplar como objetos porque la mayoría sigue aparentando ser una niña y este hecho resulta en varias tesis devastadoras: que nadie las tomará nunca en serio como tampoco conseguirán amar y ser amadas en serio.

—Me cago en *Déu*, ¿estoy celosa de Dani? —pregunta Júlia sin quererlo. Cómo le jode que se le escapen sus pensamientos más íntimos en esos espacios seguros. Y cómo le cabrea llamarlos «seguros», ¿se ha vuelto *woke* desde que vive en ese piso?

—Voy a borrarme el perfil de Facebook —confiesa Mery con gravedad.

—Bienvenida al siglo xxi —resopla Júlia.

—No te rías. Es importante para mí. Joder, ahí están mis recuerdos con las amigas con las que ya no me hablo, las fotos con Manu... Habrá mucha gente que muera para mí porque ya no volveré a encontrarla nunca. ¿No es fuerte? Como un funeral. —Mery se deja caer en el respaldo, frustrada porque sus noticias no han causado el interés que esperaba.

—¡Oye! —retoma Amaia—. Me ha gustado eso del siglo xxi. Muy bien, Júlia. —Le acaricia la espalda y esta se aparta como si la hubiera tocado una polilla escondida que vuela desde el armario—. ¿Qué hecho diríais que ha marcado vuestro inicio de siglo? Yo elegiría... el 11S.

—El día que descubrí YouTube —dice Coral.

—Cuando le dieron el Nobel a Annie Ernaux.

Solo falta una de ellas por contestar.

—Venga, Júls... Deja de odiarme. Va, me meto en tu mente y contesto por ti: cuando se aprobó el Estatuto de autonomía. —Júlia niega para sí e intenta ocultar una sonrisa, en un claro signo de aceptación de disculpas. Amaia sabe que un chascarrillo siempre alivia la tensión—. Ahora que ya volvemos a ser amigas, ¿te cuento algo supergracioso?

—¿Qué?

—Lo comprobé y al final resulta que sí que me hiciste el bizum con los cinco euros.

En otra mesa, cercana a la puerta, se ahoga un grito que, enseguida, termina de estallar. El novio de Dani se ha arrodillado, por lo que es objeto de todas las miradas, incluidas las nuestras. ¿A quién le interesa la vida de cuatro chicas precarias y egocéntricas cuando puedes asistir a una pedida de mano gay? Guau, qué maravillosa es la literatura. Larga vida a la tercera persona.

—Dani, desde que llegaste, solo he conocido la felicidad —está diciendo Tomás—. Dicen que basta solo unas horas para darte cuenta de que alguien es el amor de tu vida y es verdad. Me haces reír y has conseguido que me olvide del abandono de mi padre. Por eso ahora, delante de nuestros amigos, voy a pedirte un sacrificio...: que pases el resto de tus días a mi lado. Así que, ¿quieres casarte conmigo?

Dani lo mira con los ojos brillantes y una sonrisa que muestra todos los dientes.

—Amor... ¡Claro que quiero casarme contigo!

Tomás se levanta, la pareja se funde en un beso y todos los comensales rompen a aplaudir.

Júlia gira el cuello con brusquedad para no atender a la escena. Si la hubiera atropellado un camión, estaría mejor. Las otras tres se miran entre sí con complicidad al notar que la noticia le ha sentado como un jarro de agua fría.

—Creo que deberías ir a felicitarlo —sugiere Mery— y decirle que te alegras mucho.

—¿Y si no me alegro? —exclama Júlia—. Joder, Dani era el fiestero de la oficina, el que no sentaba cabeza. No sé cómo no ha recibido veinte denuncias por acoso. Si alguien tan despreciable como él encuentra a quien lo quiera y alguien como yo, no, es que lo estoy haciendo como el culo.

—Bueno —Coral muestra prudencia—, no sabemos cómo está el otro de la cabeza, también te digo...

—¡Me da igual! Voy tarde, tía. Voy tarde a todo.

—Pero ¿tarde a qué? —pregunta Amaia—. ¿Tú quieres casarte?

Júlia se cruza de brazos y le aparta la mirada porque no se ha olvidado del tema de los cinco euros. Entonces Amaia suspira y, exasperada, propone:

—Coral, pregúntaselo tú.

—¿Tú quieres casarte? —repite Coral, obediente.

Pero tampoco hay respuesta. A Júlia la destrozaría por dentro compartir tanto tiempo con alguien, lo acabaría odiando, o eso cree. ¿Desea cambiar y convertirse en una mujer con atributos arquetípicamente femeninos? En teoría, sí. Desea ser normal y entrar en el molde. Facilitaría tanto las cosas que su felicidad se redujera a comer en familia los domingos, a llevar la vida de todas las influencers católicas apostólicas romanas, pero le pueden las ansias de poder y de saber. Ganar es lo que la colma. Ella es el hombre y no hay amor más grande que el suyo por el sistema, al que piensa gobernar. No se ha tirado toda su vida ganando y destrozando el ego de diferentes clases de babuinos para que ahora venga un gay del tres al cuarto a adelantarla por la derecha. Hay que joderse.

Pero ¿cómo? ¿Debería endurecer su rutina para levantarse a las cinco de la mañana y tomar un vaso de agua marina en ayunas? ¿O, en cambio, profesar la filosofía estoica y leer las *Meditaciones* de Marco Aurelio? Quizá el problema sea la gente de la que se rodea.

Júlia las observa y reflexiona: «Coral, ahora mismo te odio. Tan inocente y con esas aspiraciones tan mundanas. ¡No se puede ser tan buena porque entonces eres tonta! Amaia, con ese trozo de espinaca en ese diente asqueroso, montado en la paleta, mientras entonas un discurso lleno de retazos de ideas ajenas. Menuda gilipollas. Y Mery…, pobrecita, a ti ni te tengo en cuenta». Definitivamente, si quiere crecer, debe buscar una alternativa a esa panda de niñas.

—Chicas, quiero irme del piso.

24

El tren a Barcelona está a punto de salir. Por los cristales, recién limpios, Júlia observa a los más rezagados correr por el andén. De momento, va sola y espera que no se siente nadie a su lado para que pueda teletrabajar sin distracciones, sin que ninguna cabeza interfiera entre la pantalla y ella, a pesar de que se ha pillado unos días de vacaciones. No la juzguemos, prefiere adelantar curro y hacer la siguiente semana más llevadera. Ella es la que ha elegido no cumplir el Estatuto de los Trabajadores, no su empresa. ¿O no? Pues claro.

Una monja de mediana edad, negra y con el hábito azul oscuro, entra al vagón. Júlia cruza los dedos para que no le toque en el asiento contiguo, pero Dios interpreta mal su mensaje y la otra se acerca. «Mierda —piensa Júlia—, no me quedará más remedio que ser agradable. Al fin y al cabo, una monja equivale a una embarazada, una anciana o un discapacitado».

—¿Necesita ayuda para subir la maleta? —le ofrece.

—Puedo, puedo. —La monja lo hace con una fuerza inusitada. «¿Hará entrenamiento de fuerza?», se pregunta Júlia. Luego, se quita el abrigo, se sienta y lo deja en su regazo—. Disculpa las molestias.

—No se preocupe.

—Uy, no me hables de usted —le pide la monja, sonriente—. Puedes tutearme.

Júlia sonríe y asiente antes de volver a su presentación de PowerPoint.

—¿Trabajando a estas horas? ¡Son las seis de la mañana! —exclama la mujer.

—Lo sé, pero es cuando más activa me siento —le explica Júlia con cierta satisfacción por lo competente que debe de parecerle.

—Haces bien. Yo siempre he querido ser madrugadora, pero por lo visto, el Señor no lo convino. Eso sí, no tengo problema en aguantar despierta toda la noche.

—Cada una es como es, ¿no?

La monja suspira y saca el móvil. Júlia ve que se mete en Instagram y que contesta con emoticonos a algunas historias. Tiene más amigas que ella. Cierra el portátil y desbloquea el iPhone, no sin dejar de echar un vistazo cada cierto tiempo a la monja.

—¿Te has cansado? —le pregunta esta.

—Resulta que no estoy muy concentrada —admite Júlia.

—¿Vas a Barcelona a algo en concreto?

—Soy de allí. Bueno, de un pueblo. Pero voy a ver a mi *iaia*, que está en una residencia.

—Oh, vaya. ¿Es muy mayor?

—Sí. Desde que entró no he ido a visitarla y sé que se va a alegrar mucho cuando me vea. —Nunca había experimentado el deseo de impresionar a una monja, pero esta es la situación en la que se encuentra y solo puede seguir adelante con ello—. Además, yo también lo necesito, ¿sabes? Un poco de calma.

El tren sale.

—Vivimos tiempos de mucho estrés —conviene la monja.

—¿Y tú, por qué viajas?

—A ver a una amiga.

¿Será su novia?

—¿Qué amiga? —pregunta Júlia, y enseguida añade—: Si se puede saber.

—Una amiga de la infancia que también tomó los hábitos y vive en un convento de Barcelona —sonríe ella—. Y ahora que tengo la oportunidad de hablar con alguien joven, dime, ¿qué hacéis últimamente? Es decir, ¿con qué os divertís en vuestro tiempo libre?

—Lo típico de todas las chicas de mi edad: hacer deporte, comprar ropa, ver series...

—¿Te gusta pintar? Yo pinto muy bien. Mira. —La monja saca el móvil y le enseña su portfolio.

—¡Hala! ¡Qué bonitos! ¿Los vende? —Ella asiente, orgullosa—. ¡Yo quiero uno!

—Sígueme en mi Instagram. Es este. —Le señala el nombre. Júlia lo memoriza.

—Yo no soy muy talentosa y, aunque lo fuera, no me darían las horas —dice.

—¿Has probado ir al templo?

—Qué va. Hace mucho que no voy.

—¿Eres católica? —Júlia asiente—. Pues te daría mucha paz —sentencia la monja—. No digo que vayas a misa. Solo pásate una tarde y siéntate a respirar.

—Al final rezar es meditar —dice Júlia.

—No. No es lo mismo —la corta la mujer—. El rezo es una conversación con Dios.

—Y es cierto que el día que medito, trabajo mejor. —Júlia sigue su hilo de pensamiento.

—Pero no lo hagas por trabajo, hija, hazlo por ti.

—¿Crees que cuando le pides a Dios abundancia, te la da? —le pregunta Júlia—. Abundancia económica, amorosa, espiritual...

La monja sonríe compasiva al darse cuenta de que la capacidad de compresión de Júlia es bastante reducida.

—Si no te importa —dice finalmente—, voy a ponerme los cascos.

—Mirad qué traigo conmigo... —canta Coral, entre misteriosa e infantil.

Imaginaos esta estampa: Amaia se está cortando las uñas de los pies en el sofá, Mery toquetea las macetas de plástico en busca de una vibra más acorde a su aura actual con el fin de lograr escribir, Coral entra. Las chicas la miran y se quedan boquiabiertas. Lleva consigo una jaula y, dentro, un animal de color naranja.

—Mi prima Esme trabaja en un refugio y me ha dicho que esta gatita buscaba hogar de acogida. Nadie la quiere porque ya está mayor, así que me he ofrecío. Os prometo que me hago cargo de to.

—¿Que qué? No, no. Cuenta conmigo. —Mery se acerca a la jaula—. Es la cosa más bonita que he visto nunca. Justo lo que necesitaba para no tirarme por la ventana.

Amaia inspira y vuelve a sus uñas. Al poco, afirma:

—Parece una rata.

—¿Te da miedo? —pregunta Coral—. Tiene SIDA, la pobre. El SIDA de los gatos.

—Genial, ahora me siento horrible.

—Te prometo que no vas a notar que está. Dormirá conmigo.

—No, no, la gata es comunal —subraya Mery—. Es del piso.

Coral sonríe y la saca de la jaula. Apenas camina unos metros con sus finas patas, cuando se tumba en el suelo. Tiene unos ojos inmensos y grisáceos. Las mira con curiosidad.

—Se tiene que acostumbrá..., pero me han dicho que es muy buena.

—¿Qué podemos darle de comer? ¿Bebe leche?

—Pero ¿estáis tontas? —prosigue Amaia indignada—. ¿Desde cuándo os ha entrado el instinto guardián? A mí no me parece bien que se quede. Voto no.

Mery y Coral levantan un brazo al unísono.

—Dos contra una.

Amaia va a rebatir, pero se contiene. Piensa con urgencia en otra evasiva que las distraiga de la idea de cuidar a la gata.

—Júlia no va a querer.

—Ella no cuenta porque se va del piso. Precisamente por tu culpa —acusa Mery, que sigue acariciando al animal.

—¿De verdad creéis que se irá? —Amaia comienza a sentir remordimientos. Coral se mantiene en silencio. Se le ha desdibujado la sonrisa de la cara.

—Si estuviera en su situación, no me lo pensaría dos veces.

—¿Crees que hay algo que pueda hacer para que se quede?

—¿Le has pedío perdón? —pregunta Coral.

—Mil veces, pero suda de mí.

—Quilla, es que eres...

—¿Qué? Dilo, puedo aguantarlo.

—Eres una persona con la que es muy difícil convivir.

—A ver..., estás siendo muy injusta. Tú tienes un TOC con la limpieza.

—Pa que no nos coma la mierda, sí. Pero Júlia no se va por mí, se pira del piso por ti.

A Amaia le cambia el gesto. No deja de dar pataditas al suelo como si siguiera un compás muy rápido. Mery escucha y acaricia a Gata.

—Pues yo creo que se va por todas.

—Mmm..., ¿no? —responde Coral, pasivo-agresiva—. ¿Te recuerdo que tiraste nuestras llaves por el patio? Fingiste que no te había pagao lo que te debía, literalmente la criticas por cada decisión que toma, odias su estilo de vida, la obligas a definirse con una etiqueta todo el rato sabiendo lo incómoda que se encuentra. Y la mayoría de las veces, lo entiendo: no pasa nada, eres superimpulsiva. Hasta me hace gracia porque a veces pareces una niña pequeña. Y es cuando más te queremos. Lo que ocurre es que el resto del tiempo eres una minidictadora. Crees que tenemos que vivir bajo tus normas.

—¡Porque seríais más felices!

—¡Seguramente! Pero sobre mi vida decidiré yo. No tú. Y lo siento si sueno bruta.

—Vale, yo me he equivocado, pero sigo pensando que no nos quiere a ninguna de las tres. Y de aquí no me bajo.

Mery pasa olímpicamente de Amaia y le habla solo a Coral:

—Yo me quedo con la habitación de Júlia, ¿eh? Ya buscaré a alguien para La Cueva.

—Me correspondería a mí —reclama Amaia.

—Podríamos usar la manta del sofá como cama. —Tanto Mery como Coral están ahora de cuclillas atendiendo a la gata.

—Además —reanuda Amaia—, soy alérgica.

—Pues te vas tú del piso —suelta Mery.

—¿No te caía bien? ¿Por qué me tratas tan borde?

—¿Tiene nombre? —Sigue haciéndole el vacío.

—Gata, como en *Desayuno con diamantes*. Y no eres alérgica, Amaia.

—No, no lo soy, pero no tengo personalidad de gato, ¿me entendéis? Los gatos me odian y yo a ellos. Nunca nos hemos gustado. Soy del equipo de los perretes, esos sí que son buenos compañeros. ¿No podemos adoptar uno?

—Venga, va a ser divertío.

—Coral, hija, tú tienes muchas cosas buenas, pero divertida no eres.

—Piénsalo como algo terapéutico.

—Esto es como lo de tener hijos para arreglar un matrimonio roto. ¡Comprometernos a cuidar de un gato no va a funcionar!

—¡Que solo somos casa de acogida!

—¿En cuánto tiempo se va?

—Cuando lo adopten. O... cuando se muera.

Amaia niega con rotundidad. No. Eso sí que no.

La monja no mentía. Se ha pasado prácticamente todo el trayecto durmiendo. La película familiar producida por Santiago Segura, donde el padre asume ejercer la patria potestad de manera efectiva sobre sus hijos y decide llevarlos de vacaciones, ha acabado y por megafonía Renfe da las gracias por haber escogido sus trenes a sabiendas de que no hay ninguna otra opción. Júlia tiene el moflete derecho enrojecido. Lleva una hora apoyada en su mano, viendo pisos en Idealista. Cambia filtros para mostrar diferentes ofertas que, por supuesto, no se puede permitir. Los estudios están descartados porque no le quedaría dinero para el resto de las necesidades básicas. Tendría que compartir uno grande bien con estudiantes o bien con desquiciadas del estilo a aquellas con las que convive y de las que huye. Es deprimente y todas las habitaciones le parecen tan agrestes. Ella se merece algo mejor.

El tren se detiene. La monja vigoréxica coge su maleta y baja la de Júlia.

—Hija, encantada de conocerte. Ven a verme cuando quieras al convento. Las Comendadoras. ¿Te acordarás?

Júlia sale de la estación de Sants y camina sin rumbo para estirar las piernas. Decide tomar un café mientras espera a que llegue el autobús con parada en la residencia de su abuela. El anonimato del bullicio la reconforta. Ni un masaje intrabucal ni una sesión de acupuntura: volver a escuchar el catalán es el mejor alivio para su mente.

25

La fachada de la residencia le da escalofríos. Los actores que sonríen en la lona publicitaria asustan al miedo. Se quita los cascos, pone el modo avión en el móvil y entra. En la recepción le piden sus datos personales y le preguntan por el vínculo que mantiene.

—Es mi *iaia* —dice.

—Ya me lo imaginaba. —Le sonríe la enfermera—. Has venido en un buen día.

Júlia imaginaba que aquellos lugares disponían de grandes zonas verdes donde pasear y de salas de ocio y entretenimiento para que nadie pudiera aburrirse. Sin embargo, el imaginario ha vuelto a jugársela. La iluminación es la misma que la de un hospital. Igual que el frío. Las trabajadoras le resultan encantadoras, pero las paredes tapizadas le roban el buen humor.

—Acompáñame —le pide la enfermera.

Camina por un pasillo en donde descansan varias personas en silla de ruedas, con la cabeza caída hacia delante o hacia atrás. Llega a la habitación de su abuela. Toca a la puerta con los nudillos.

—¿Quién? —grita una voz ronca.

—Soy yo, *iaia*, la Júlia.

Entra y ve que hay otra cama, además de una cómoda y un escritorio lleno de fotografías. En la pared, hay fijadas varias estanterías con libros, revistas y un pequeño televisor que ahora está encendido.

—¡Oh! Qué sorpresa. —La abuela se incorpora en la mecedora en la que está sentada—. ¡Si es mi cielo! Pasa, pasa. Siéntate.

Júlia la abraza.

—Qué bien hueles.

—¿Has visto?

—Y qué bonita la habitación. ¡Si hasta tienes cuadros de flores!

—Es una mierda —responde la abuela.

—¿Te gustaría que te la decorase un poco?

La mujer se encoge de hombros.

—Estás muy gorda —dice de pronto.

—Pues he adelgazado —le asegura Júlia.

—No me lo creo.

—Tienes una compañera de piso, como yo —dice Júlia, cambiando de tema.

—Con la mierda de pensión que le dan a tu abuelo... Y tus padres, qué mala suerte han tenido siempre con los negocios —se lamenta la mujer.

—Esto es pasajero, en nada vuelves al piso con el *iaio*.

Su abuela baja la mirada y asume la mentira como verdad.

—¿Te cae bien tu compañera? —le pregunta su nieta.

—Otra estúpida.

—Abuela, ¿por qué estás así? —se queja Júlia, aunque la entiende perfectamente—. Disfruta de que he venido a verte.

—¿Saben tus padres que estás aquí?

—No.

—¿Y por qué?

—Porque me apetecía estar sola contigo.

—Uy, qué rara estás... ¿No te habrás echado un novio allí en Granada? —La anciana se ríe, pero le entra la tos.

Júlia respira hondo. Quizá ha llegado el momento de decir la verdad. Una realidad que lleva confundiéndola mucho tiempo. En parte porque no ha tenido dónde verse representada para poder afirmar a viva voz: «¡Soy como ella!». En parte porque es más fácil no ahondar en lo que una es, sobre todo, cuando no quieres que el resto de tu vida cambie.

—No. Y justo de eso quería hablarte...

—Yo creo que ya eres mayor para tener uno. A tu edad yo ya era madre.

Le encantaría contarle a su abuela quién es, cómo es, antes de que se le vaya la cabeza a otro sitio para siempre, pero la aterra pensar que no la querrá de la misma manera y de que el último recuerdo suyo será doloroso, así que decide callar. El momento ha pasado. Otra vez será. Un enfermero toca a la puerta y entra para atenderla.

—¿Cómo estamos hoy? Anda, tiene usted visita.

Júlia sonríe y no se resiste a decir:

—Mi compañera de piso es enfermera.

—¿En Barcelona?

—No, en Granada.

—Qué envidia vivir ahí, ¿no? —dice él—. Me parece una ciudad preciosa.

Júlia asiente y piensa que, salvando las distancias con Amaia, no es tan infeliz como ella se empeña en creer. En su trabajo la valoran, las horas de sol le han mejorado el cutis y la rutina en el piso la mantiene entretenida. Para ser un lugar de paso, ¿qué más puede pedir?

Para distraer a su abuela, le cuenta los problemas que ha tenido en el piso así como sus preocupaciones respecto al futuro. Describe a sus compañeras como unas inútiles que la retrasan y la distraen, que ven la veintena como una época de cometer errores sin consecuencias y no como un terrero que abonar para garantizarse una adultez despreocupada.

—Esas chicas son un espejo —afirma su abuela, templada—. Un espejo que te pone Dios para mostrarte tus defectos.

—Si soy todo lo contrario a ellas —protesta Júlia.

—Eso te crees tú —resopla la anciana—. Tienes que afrontar lo que llevas dentro, porque el Señor no se equivoca, ¿entiendes? ¿Ahora te ha tocado estar allí abajo? Ya volverás a casa.

Júlia la contempla y trata de quedarse con los detalles más minuciosos por si no vuelve a verla. Ese lunar en la frente, esa arruga de más en el párpado izquierdo, esa comisura de los labios tan decaída.

—¿Sabes lo que llevo en la mochila? —le dice con una sonrisa—. Los pasteles que me comprabas cuando era niña.

—Júlia..., ¿y qué falta le hace a tu cuerpo tanto azúcar?

26

Ya es Navidad en la ciudad, aunque aún no ha llegado diciembre. Podemos ver a Coral en la plaza Birrambla, con las manos metidas en los bolsillos del abrigo acolchado, mirando al cielo oscuro. En sus cascos, un villancico lo-fi. Espera a su amiga, la del refugio de gatitos, para ver el encendido de luces. Esta la toca por detrás. Se abrazan.

—Perdona, nena, que no te he podío atender esta mañana —le dice Esme—. Tenía mucha fatiga.

—Te perdono. Llevaba la vida sin ver a tu José. —Le toca la tripa de embarazada—. Y qué guapa estás, joía.

—Es un niño.

—¿Que lo piensas o que lo sabes?

—Que lo sé. Me lo dijo el médico el otro día.

—¿Y no me lo dices? Que te organizo una *baby shower* de esas.

—Quita, quita, qué vergüenza. Yo con que esté sano, me conformo.

—Esme..., que vas a ser madre. Me muero, te lo juro. ¿Estás nerviosa?

—Un poco, pero ¿y tú, cómo estás?

No hay una respuesta clara por parte de Coral porque no quiere ser una de esas personas que vomita todo lo que siente a la primera de cambio. Su amiga está embarazada y ella es la que debe ser la protagonista esta tarde. Se limita a preguntarle qué le apetece hacer.

—Me apetece dar un paseo —le dice.

—Si te cansas o algo, nos sentamos.

—Que sí, pesá. Cuéntame tus cosas. El trabajo, el piso, to.

Hacía mucho tiempo que nadie tenía interés genuino por la vida de Coral. Reconoce que le viene bien hablar con calma. Poder verbalizar que aún no la han llamado del hospital sin que le resten importancia o, por el contrario, sin que le pongan el cuerpo peor.

Un adorno gigantesco con forma de bola roja cuelga de un edificio que llama la atención. Las chicas se plantan delante de él. Es una tienda de ropa, cerca del Ayuntamiento. Se miran con complicidad: no tienen más remedio que pasar.

—No tengo un duro.

—Yo tampoco.

—Nos probamos la ropa y nos hacemos fotos —propone Esme.

—Prima, yo quiero aprender a coser. El día que me compre una máquina, te hago lo que quieras.

—Es lo que te faltaba ya a ti: coser.

La Cueva también tiene sus cosas buenas. Debido a su tamaño, se calienta muy rápido gracias a un radiador eléctrico, su mejor inversión. La idea de llegar del trabajo, darse una ducha de agua caliente, ponerse un pijama de franela con capucha —calcetines incluidos—, beber un vaso de *golden milk*, tumbarse a leer un libro intrascendente —antes lo habría detestado— y olvidarse de la escritura es su verdadera pulsión vital. La contrapartida es que Manu la llama por vídeo e interrumpe lo que ella denomina: «el momentazo».

—Y la mujer de mi vida, ¿cómo está?

—Holi —dice ella, sucinta.

—¿Qué tal van esas poesías, poetisa? ¿Me dejarás leerlas pronto?

—Se dice «poeta» —aclara Mery.

—Cariño, para ser tú la escritora, tienes muy poca idea —se ríe Manu—. El femenino es «poetisa».

Mery no quiere discutir ni reivindicar nada porque la vida no es Twitter. Correcta, le miente:

—Van muy bien. Además, casi he terminado la novela.

—Pero ¿no estabas con la poesía? —se extraña él.

—Sí, y no la he dejado. Lo que ocurre es que mi jefa me ha dicho que lo que vende es la novela y justo le he contado de lo que trataba la mía y... quiere leerla, dice que conoce una editorial pequeña que puede estar interesada. No podía desaprovechar la oportunidad.

—¡No jodas! ¡Es muy buena noticia! ¿No? ¿No estás contenta?

—Sí, aunque ha pasado algo con lo que te vas a derretir. —A veces se le olvida que no lo quiere y entra en la narrativa—. ¿Te lo cuento?

—¡Claro!

—¡Tenemos una gatita en el piso! —exclama—. Es naranja, preciosa, como la que queríamos tener tú y yo... ¿Te la enseño?

Mery se incorpora, pero Manu la detiene.

—Amor, menos mal que me dices eso.

—¿Por qué?

—No quiero sonar tóxico, ¿vale? —advierte él.

—Hmm...

—Te has quitado el perfil de Facebook —suelta por fin.

—Sí —dice Mery—. ¿Y?

—Que ni me lo has consultado. Tomas decisiones importantes sin tener en cuenta mi opinión. —Manu suspira al otro lado de la línea—. Siento que no me quieres, que te avergüenza que te vean conmigo, que soy un estorbo...

—Ay, espera, la gata está pasando por mi puerta —lo interrumpe Mery—. Espera, ¿eh? Que la alcanzo para enseñártela.

Manu suspira desde el teléfono, que se queda encima de la cama. Si nos metiéramos dentro de su subjetividad, algo que no nos interesa lo más mínimo, veríamos las humedades del techo. Dejémoslo ahí. Vayamos a ver a Mery. Veamos cómo persigue a la gatita por el pasillo porque alguna se ha dejado la puerta de la entrada abierta. Gata llega al rellano y Mery la atrapa. Como en un revés de fortuna propio de un cuento, una corriente de aire cierra la puerta, y deja a Mery en pijama, con Gata, sin móvil y sin llaves.

Baraja salir a la calle a buscar a alguna de las chicas, pero en realidad no sabe por dónde andarán. Sube al piso de Cayetano y toca al timbre. Espera unos minutos. Vuelve a tocar, sin éxito. No hay nadie. Entonces piensa que lo que necesita es un móvil desde el que llamar. Sabe de sobra que su vecino de rellano no es el más popular del edificio. Sin embargo, está en una situación complicada. Seguro que la ayuda, piensa.

El timbre suena. Mientras, Mery le da besito a Gata. Intuye que cuando el vecino las vea, quedará cautivado. Este abre la puerta. Es la viva imagen de la amargura y del resentimiento. La personificación de la ira. El hijo que tendrían el odio y la antipatía.

—¿Qué quieres? —le ladra.

—Verá, es que me he quedado fuera sin llaves —le explica Mery—. Esta gata traviesilla se me ha escapado y...

—El edificio no permite mascotas —la corta el hombre.

Nuestra Mery se queda noqueada, sin argumentos.

—Bueno, yo tampoco vivo aquí...

—¿Entonces?

—Entonces he venido de visita y necesito entrar otra vez —resuelve rápidamente.

—A mí qué me cuentas.

—¿Me deja un teléfono para llamar a mis compañeras? —intenta—. O sea, a mis amigas, a...

—No.

El vecino le cierra la puerta en las narices. Al borde del llanto, se sienta en su felpudo y aguarda a que vuelva alguien que la trate un poco mejor.

—No te puedes parecer a tu padre, ¿eh? Ni fútbol ni motos. Solo animales. Eso sí.

Bajan las escaleras mecánicas mientras Coral le habla al útero de Esme. Salen de la tienda sin haber comprado nada. El segurata les chista.

—¿Pueden abrir los bolsos?

—¿Hemos pitao acaso? —pregunta Coral.

—Señoritas, por favor, abran los bolsos —insiste el segurata.

—No. No te voy a abrir mi bolso —dice Coral con una risa incómoda—. Estoy flipando.

—Coral —ruega Esme—, enséñaselo, no tenemos na que esconder.

—Que no me sale del papo, ¡que no estamos robando na! —exclama ella.

—Da igual.

—¡No da igual! Eres un racista y no te voy a enseñar mi bolso.

—Pues llamo a la policía —dice el hombre.

Coral intenta irse, pero el hombre se pone en su camino y no se lo permite.

—Déjame.

—Enséñame lo que llevas en el bolso y te dejaré ir.

A su alrededor, la gente las está mirando como si estuvieran ante una inquisición. Así que se traga el orgullo y decide abrir el dichoso bolso. El hombre de seguridad se cerciora de que efectivamente no hay nada en ninguno de los dos.

—Yo creo que nos debes una disculpa, ¿no? —dice Coral.

—Cuando los de un mismo clan te roban día sí y día también, qué tonto sería yo si no tuviera cuidado —resopla él.

Coral se paraliza y en un tono derrotista, dice:

—Hay que ser mala persona.

—Vamos —Esme le tira del brazo—, vaaamos.

—¿Qué pasa? —le va chillando conforme se marcha. El bullicio de la plaza amordaza sus gritos—. ¿Que estás acomplejao porque no aprobaste las oposiciones de Policía local o qué? —Se dirige a su amiga—: ¿Y tú, por qué no te enfadas?

—Porque ya estoy acostumbrada —suspira Esme.

Coral la abraza en un arrebato de hermandad.

—Es injusto. —Se separa—. ¡Es una puta mierda! Tenemos que denunciarlo. ¿Y si hago un hilo en Twitter?

—¿Y de qué serviría?

—Pues pa que no le pase a más gente.

—¿Por qué no nos tomamos mejor un chocolatico caliente mientras vemos las luces de Navidad? No es menester irritarse y arruinar esta tarde tan bonica.

Coral admira la paciencia y la fortaleza de Esme. Quizá la suya sea la postura más inteligente. Desde luego, es la más desoladora.

—¿Y la gatica?

—Ahí está en el piso, a gusto.

Llueve. En el piso de Tablas, las gotas se cuelan por la ventana del salón a medio cerrar. El repiqueteo es constante y la temperatura ha bajado hasta los siete grados. Mery cierra de golpe.

—A tomar por culo —dice—. ¿Qué más cosas puedes hacer mal, Amaia? Casi me congelo esperando a que volvieras para abrirme la puerta.

—No he sido yo.

—Dudo que Coral se haya dejado la puerta abierta —dice Mery y mira a la otra, que prefiere no intervenir.

Amigas, ¿qué creéis? ¿Ha sido Amaia en su eterno despiste?

—¿Y dónde estabas esta tarde?

—¿A ti qué coño te importa? No me he dejado la puerta abierta, mucho menos a propósito.

Sí, ha sido Amaia. Y a conciencia. No esperaba que le pasara nada malo a Gata, solo que otro vecino la acogiera.

—Pero pensadlo —continúa—, pensad que soy una persona horrible.

—Después del episodio con las llaves, ¿qué pretendes que creamos?

—Joder, un gato maté... Vale, no es una expresión muy apropiada. —Gata maúlla y enternece a Coral y a Mery. Amaia se sienta en una de las sillas, abatida—. Ya no sé qué hacer para caeros bien.

Una sombra aparece bajo el quicio de la puerta de entrada. Se trata de una figura empapada y a contraluz. Siguiendo su instinto primario, Gata corre hacia Júlia y salta a sus brazos. Contra todo pronóstico, ella la abraza y la besa. La mece como si fuera un bebé y no hace ninguna pregunta sobre su presencia. Saluda a las chicas con naturalidad y, en la misma tónica de siempre, como si no hubiese pasado toda la noche en un tren de vuelta a la ciudad, les pregunta por su día.

—El vecino casi me hace llorar —dice Mery.

—¿Cómo se atreve? —pregunta ella en plan abogada defensora de los Derechos Humanos. El resto se sorprende ante su actitud tan proactiva—. Chicas, esto es simple. Hay que tomarse la vida con un poco de humor. Mirad.

—¿Esta qué se ha tomado? —susurra Amaia.

Sin quitarse el abrigo mojado, Júlia va a la cocina y coge un vaso. Después, se mete en el baño y orina dentro de él. Cuando sale, lo muestra como si fuera un trofeo. Uno verde. Las chicas, asombradas por esta especie de resurrección, de reencarnación mejor dicho, la apoyan en su cometido, sea cual sea.

Las cuatro —las cinco— atraviesan el pasillo y salen al rellano. Júlia se agacha y deja caer el pis en el felpudo del vecino. El sonido del chorro provoca que casi estallen en carcajadas, pero aguantan el trago en absoluto silencio. Tras volver a su piso con sigilo, cierran la puerta, rompen a reír y corren a taparse debajo de la manta como si las fueran a detener.

Coral mira a Júlia. Esta le devuelve la mirada. Sabía perfectamente que no se iría, pero ella necesitaba creer que sí.

—He traído pasteles —dice—. ¿Los compartimos?

—¿Y Gata? —pregunta Mery.

—¿Gata?

—¡Mierda! —exclama Coral—. Se ha quedao fuera.

27

Los empleados dejan los abrigos en el guardarropa gratuito. Decenas de camareros portan bandejas de canapés: foie con mermeladas, croissants de carrilleras, canelón de berenjena. Otros tantos reparten copas de vino. Esto sí que es una señora cena de empresa. ¿Creíais que una gran corporación organizaría una mierda de evento? El equipo de Bienestar, al que pronto despedirán porque han externalizado su trabajo, lo ha llevado en secreto todos estos meses para obtener esta reacción exacta. Júlia se lleva la mano al corazón y alza la mirada, sin terminar de creerse dónde está. No solo ella, el asombro es generalizado y va deducido en la nómina del mes de diciembre: lo llaman «salario emocional». De todas es sabido que, bajo una perspectiva sociológica, las cenas de empresa se actualizan a la par que el resto de las celebraciones. No pueden quedar atrás. La cesta de Navidad es una chorrada si lo comparas con la riqueza de una vivencia. Lo importante son los momentos, el tiempo. Cualquier muerto de hambre puede comprar algo material —un coche, un bolso de marca— y fingir ser burgués, pero la experiencia y la terciarización de la felicidad están al alcance de muy pocos. Eso es lo que les intenta transmitir, en otras palabras, el director de Operaciones de la compañía en un vídeo proyectado. Ellos son «los pocos». ¡Y nosotras podemos observarlos desde un lugar privilegiado! ¡Qué honor!

Los empleados aplauden y pasean por la nave, que tiene

zona de cóctel, de baile y de escalada. Claro, técnicamente es un rocódromo y, de hecho, la idea es que los más atrevidos se calcen los pies de gato y toquen la campana, instalada en la parte superior de la pared rocosa. Qué brillante idea para una fiesta donde la mayor parte de la gente va a esnifar cocaína de supuesta buena calidad traída desde otro continente en el culo de un hombre pobre.

El jefe de Júlia, Raúl, responsable del área de Andalucía oriental, se ha puesto bastante elegante para la ocasión, todo un reto teniendo en cuenta que ya van en traje al trabajo salvo los viernes informales, por supuesto.

Júlia recopila formas en las que empezar a conversar con él sin parecer desesperada. Decide ir acercándose de manera paulatina a su zona, y se toma las *small talks* con las personas que se encuentra por el camino, a las que odia y que dejaría morir si solo quedara un paracaídas y el avión estuviera a punto de estrellarse, como niveles de un videojuego. Hable con quien hable, hay dos posibles tramas en todas las conversaciones: el Euribor y los bebés. Y las dos le aburren. ¿Qué le pasa? ¿En quién se ha transformado, en la protagonista de *Una rubia muy legal* al principio de la película? Solo quiere sentir algo real, algo pasional. Alcanza a vigilar la posición de Raúl, a menudo valiéndose de leves movimientos de cuello, como si le doliera o lo tuviera cargado del estrés. Intenta que la vea, estupenda y sonriente, y entonces recuerda que está gorda; después piensa que ya lo ha superado, que se acepta, que se quiere, que está monísima, que esos pantalones blancos de pata de elefante le sientan fenomenal porque le hacen buen tipo. Justo cuando va a entrarle, cuando abre la boca para saludarlo, Dani llama la atención de su grupito desde el medio del rocódromo y los saluda con vigor. Mierda.

Júlia cierra los ojos y se dirige a la barra.

—¿Qué ibas a decir, Júlia? —salta Raúl, a su lado.

—Ah, nada —balbucea ella—. Os he oído hablar de Tailandia y es que a mí ese viaje me cambió la vida.

No ha ido. Ni siquiera sabe situarla en el mapa.

—¿¡A que sí!? —exclama su jefe—. Es brutal. ¿Cuándo estuviste?

—Hace dos años. Fui sola, en plan espiritual.

—Es lo mejor. Luego conoces gente allí. Además, es un país superseguro para las mujeres —afirma, rotundo—. ¿Y qué ciudad te gustó más?

—Todas —suelta ella—. No podría decantarme por ninguna.

—Pero si tuvieras que elegir una…

—A ver yo te diría Bangkok, pero es lo típico. Así que Chiang Mai.

—¡Buah, te lo compro al cien por cien! —Raúl le sonríe con los ojos brillantes de entusiasmo.

¿Qué os pensabais? Júlia es mentirosa, no gilipollas. La charla monotemática se extiende hasta hartar a los demás oyentes; solo queda la pareja. Júlia apura el vino y alcanza otra copa llena. Se fija en las primeras canas de la barba de Raúl. El silencio podría provocar que se despidieran con sencillos pretextos, pero él se acerca más a ella. Úrsula pasa por detrás del jefe hacia el puesto del DJ. No se fija en Júlia y eso a ella le jode. Va vestida como se espera de una becaria: estilo sueco corporativo. Le queda bien. Demasiado. Tanto que, por un momento, olvida que fue ella quien quiso que mantuvieran una distancia profesional.

—¿Cómo estás? —Su jefe la trae de vuelta de sus pensamientos—. Quiero decir, ¿cómo estás de verdad? ¿Por qué una chica como tú ha acabado en esta sede?

—¿Qué le pasa a la sede? —Júlia se hace la ingenua.

—Venga ya, sabes bien que si no tienes algún vínculo con el sur, esta ciudad no es algo que elijas por placer —dice Raúl.

—Me mandaron aquí, pero el primer día que llegué pedí a Recursos Humanos que me devolvieran a Barcelona —admite ella conteniendo una sonrisa.

—Y ahora que llevas un tiempo, ¿has cambiado de idea? ¿Qué tendría que pasar para que te quedaras? —El jefe se aproxima peligrosamente.

—Nos está mirando todo el mundo —dice Júlia con un tono más de satisfacción que de advertencia.

—Es lo que tú te crees —balbucea Raúl con la mirada entornada.

—Vas bebido y no lo sabes —le pincha ella.

—Tú vas bebida.

—Es verdad, voy muy bebida —le concede.

Y ojalá sí que la viera ahora Úrsula. ¿Cómo puede pensar en este momento en ella, con ese nombre de tatarabuela? Se acerca más a Raúl. Él le toca el ombligo. Le da un pellizco al top y la atrae hacia sí para luego volver a alejarla.

—Espera —dice, como si la ebriedad hubiera dado paso a un momento de revelación repentina—, ¿tú no tenías novia?

—No —resopla Júlia. ¿Cómo es posible que le haya llegado esa información a él? ¿Habrá sido Dani?

—¿No eres tortillera? Solo para asegurarme. —Raúl se toca la nariz e inspira con fuerza.

—Vamos a bailar un rato —propone ella, seductora, haciendo caso omiso a su duda.

El DJ deja de pinchar música house con tintes africanos para pasar directamente a Pereza y Taburete. Al instante, la pista se llena de esmaltes inmaculados y de mucho alcohol caído. Júlia y Raúl saltan al ritmo de versos sin sentido. Él se desabrocha los tres primeros botones de la camisa azul, lo que deja a la vista la cruz dorada que le cuelga del cuello. ¿Es un hombre conservador que no entendería la sexualidad de Júlia? Joder, piensa, ya se está dejando influir por la vocecilla de Amaia. No. Es un buen jefe. Por edad, podría ser un buen padre de adolescentes. Ayuda al equipo en todo cuando está en su mano. Está buenísimo. Raúl... está besando a Júlia. Ahora mismo. O Júlia está besando a Raúl. No los vemos bien, aunque los compañeros que los rodean, sí, y se quedan boquiabiertos. ¿Qué más da? Nunca ha sido una persona escandalosa, ¿no puede permitirse serlo por una vez? Ha pasado a ser de la élite, a gustar al hombre más poderoso y atractivo del lugar. No sabe si son las siete copas de vino tinto o si se trata del espíritu del *team building*, pero la estética del poder la ha abducido y rige su lógica. Ha dejado de tener el control de su cuerpo y de sus decisiones. Solo baila, besa y se siente de puta madre.

Úrsula se acoda en una de las mesas altas, taciturna. Ve, como lo hacemos nosotras, que Júlia se sigue comiendo los morros con Raúl, que la abandona en la barra un instante para ir al baño. Esta observa al resto como si fueran sus súbditos, aunque pierde el equilibrio y no le queda más remedio que apoyarse en el tirador de cerveza. Se recompone como puede, se echa el aliento en la mano, se lo huele y sigue bebiendo. Camina hacia ella.

—Deberías dejar de beber —le dice.

—No te acerques —responde Júlia, intentando tenerse en pie sobre los tacones de salón—. Solo lo dices porque te da rabia verme con Raúl.

—Estás haciendo el ridículo.

—Me tienes envidia. Le tienes envidia a él.

—¿Al pajero de Raúl? —Úrsula resopla—. Ya.

—Te gustaría estar en su lugar, pero eres muy pequeña todavía para entender cómo va el juego. Yo voy a escalar —afirma Júlia, contundente.

Por supuesto que va a escalar. Va a promocionar a una velocidad imparable, como ninguna otra persona en la compañía. ¡Ah, no! ¡Que se dirige al rocódromo! ¡Que alguien la detenga!

—¡Eh! —Úrsula la agarra de los hombros al entender sus intenciones—. No vas bien para subirte ahí.

—Quita.

De un arranque, se zafa y le entrega su copa tambaleante.

Júlia camina hacia el muro donde algunos valientes esperan para escalar, se cuela y le exige al monitor que le pongan los accesorios que necesite. Va a subir y a bajar en tiempo récord. Ella está hecha de otra pasta. Es capaz de todo. El arnés le aprieta los muslos y le marca los glúteos. Se abrocha el casco, toma impulso y sube. Primero la pierna izquierda y luego la otra.

Úrsula llega hasta la pared y le pide al monitor que la baje. Este le explica que es ella quien tiene que soltar el asegurador, si no, no puede hacerlo. Júlia sigue, persevera en su empeño, sin atender —sin oír— las burlas y comentarios de sus compañeros que, a sus espaldas, la han criticado tantas veces como ella a ellos.

Finalmente, Júlia toca la campana, gloriosa. Enseguida, desde arriba, en lo más alto de la más alta torre, pide que la bajen. No lo hacen y no entiende por qué: no ve cómo sus compañeros le piden al monitor que se espere un poco, por hacer la gracia.

—*Baixeu-me d'aquí* —dice varias veces con un hilo de voz. Al fin, grita—: *Baixeu-me d'aquí!*

—¡En español! —responden desde abajo, entre risas. El monitor les sigue la broma.

—Tengo miedo —musita ella, al atender a los ocho metros de altura—. Tengo mucho miedo.

—Por favor, bájala —reprende Úrsula al monitor desde abajo.

—¡Raúl! ¡Raúl! —grita Júlia. Pero su jefe no está. Se ha ido a su casa con su mujer y sus hijos.

—¿No ves que no se encuentra bien? —reclama Úrsula desde abajo, su única aliada.

—Está mejor que tú y que yo —dice Dani con una carcajada.

—¿Cómo se llama? —pregunta el monitor.

—Júlia.

—Julia —proyecta la voz, sin éxito—. ¡Julia! —La otra lo mira—. ¿Te bajo entonces?

—¡ME LLAMO JÚLIA!

De pronto, una arcada le recuerda que el vino tinto nunca le sienta bien. La contiene y respira. Se propone bajar, pero da un par de pasos en falso y se queda colgando. La bocanada es inminente y vomita el resultado de casi digerir más de cinco croissants de carrilleras sobre el monitor, Úrsula, Dani y el resto de los compañeros que hacen cola.

En el cuarto de baño para mujeres y personas con discapacidad, solo hay tres váteres con puertas. Vemos a Júlia sentada en uno, con los pantalones bajados y la cabeza en todas partes. Con torpeza, consigue meter la mano por el hueco inferior de la puerta. Úrsula termina de limpiarse los restos de comida del brazo y le pasa un tampón. Nuestra chica, ortopédica, se lo introduce y abre la puerta sin llegar a levantarse.

—Si te pido que me subas las bragas, ¿te lo vas a tomar como una invitación? —Antes de acabar la pregunta, sonríe—. Es broma, es broma.

—¿Me vas a dar las gracias? —responde Úrsula, seria.

—¿Por qué?

—Eh... ¿Por todo?

—Gracias. —Júlia se encoge de hombros—. Supongo.

—Al menos te has librado del pimpollo ese.

—Joder, Raúl... Es verdad. Soy subnormal. Me lo podría haber tirado.

—¿Sabes lo que me ha dicho? «¿No sería divertidísimo que los tres siguiéramos la fiesta en tu piso?».

No puede creer lo que oye.

—Qué gilipollas.

—¿Ahora te parece un gilipollas?

Júlia asiente.

—¿Y qué le has contestado tú?

—Que en mi casa no cabíamos tres —sonríe Úrsula—. Si casi no quepo yo.

Júlia comienza a reír sin parar. Úrsula la sigue.

—No dejes que me duerma así aquí —le pide Júlia—. Es indigno.

—Sería la cosa más decente que harías esta noche.

Al final, la becaria se apiada y la ayuda a recomponerse. Ese acto de amabilidad genuina provoca que Júlia se lance sobre ella en busca de un beso. Pero ¿qué espera? La otra se aparta con rapidez, la rechaza. Enseguida la acaricia, como si le diera lástima, qué coño, con evidente pena, para luego decirle:

—Tía, estás fatal....

28

Abre el paquete, saca la bolsa interior y dobla el cartón. Lo deja entre los cubos de basura de reciclaje sin llegar a tirarlo. Mery comprueba que no presente ningún desperfecto y lo encaja en el poyete de la cocina. Se trata de un soporte para el móvil. Muy útil cuando, de un día para otro, ha decidido convertirse en booktoker y mostrar su vida calmada. Ya sabéis, rentabilizar la rutina.

Decide empezar con algo sencillo: «Una mañana conmigo». Graba tantas tomas del exprimidor de naranja que acaba haciendo más de cuatro vasos de zumo. Este ruido infernal despierta a Júlia, que estaba intentando dormir la mona, pero se rinde y se dirige como un muerto viviente hasta la cocina y se hace con uno de ellos. Se lo bebe de un trago.

—Para la resaca es mejor el zumo de tomate —dice Mery.

—No tengo resaca. —El pelo de Júlia es un cuadro, encrespado y con mechones pegajosos entre sí—. Solo hambre.

—¿Te traigo churros?

—¿Harías eso por mí?

—Claro. Bajo un segundo.

—¿Por qué eres tan amable?

—Porque soy así —responde Mery con convencimiento, así se siente muy bien consigo misma—. Luego quiero contarte mi plan para triunfar en redes gracias a los libros. Creo, de verdad, que tengo una propuesta rompedora que nadie ha hecho. Superoriginal. Pero no te agobies. Tú siéntate en el sofá, que hoy yo soy tu madre.

—No me cae genial mi madre.

—Pues simplemente seré yo.

Júlia la mira, agría el gesto y va al salón. Mery coge el móvil y graba clips cortos de sus deportivas, de los pasos que da, de Gata, de cómo abre y cierra la puerta del piso. Se observa sonreír muy recatada al espejo del ascensor, caminar por la calle y entrar a la churrería a través de la pantalla. También capta al churrero cortando los churros y la mano que le da el cambio. Seguramente, esta sea la última vez en la historia de la humanidad que alguien paga en efectivo. Al volver a casa, con el azúcar tamborileando por el movimiento de la bolsa, graba el despertar de Júlia, que se ha vuelto a quedar frita en el sofá, con la baba caída. Titulará el vídeo como: «Ser una buena amiga». Probablemente acabará con unas tomas de ella leyendo, porque se ha informado bien y sabe que su contenido siempre debe estar relacionado con el tema principal de su cuenta.

—Déjalo ya —se queja su compañera y le aparta el móvil de un manotazo—. Pásame un churro.

—He cogido también chocolate para ti.

—¿Para ti no?

—Lleva leche.

Júlia asiente con comprensión. Cada una sentada en un sofá, tapadas con las mantas, disfrutan del silencio del domingo. Es puente. A Coral la han llamado para trabajar dos días en una sustitución y Amaia ha subido al norte a ver a sus padres. Júlia siente una culpa tremenda al pensar en la noche anterior y esa quietud la deprime. Mery no habla, pero la mira, muerde el churro y se encoge de hombros. «Es increíble —piensa Júlia— cómo alguien puede diferir tanto entre persona y personaje». Sabe bien que Mery está rumiando miles de ideas que nunca llevará a cabo, formas de autoboicotearse, pero por fuera parece dueña de sí misma, templada e imperturbable. Acaricia a Gata.

—A veces me gustaría ser un animal para no pensar —dice.

—Yo creo que sí que piensan. En plan, no pensamiento lateral —se explica Mery—, pero sí que razonan y eso.

—Al menos no me sentiría tan... ¡Dios! —Júlia se lleva las manos a la cabeza, desesperada—. Ayer la lie mucho. No puedo volver al trabajo.

—Qué exagerada. Todo el mundo la lía en las cenas de empresa, seguro que no fue para tanto.

—¿A qué podría dedicarme?

—Júlia, tu carrera no se va a arruinar por... ¿qué? ¿Haber enseñado las tetas?

—No enseñé ninguna teta.

—¿Ves? Y no hay nada peor que eso... Piénsalo así: si todos estos tíos del «me too» vuelven en nada a dirigir pelis, lo tuyo también pasará. Y tú no has acosado a nadie.

—No, eso no... —musita Júlia, pensando en Úrsula.

—Además, está bien volverse loca de vez en cuando. —Mery se come el último churro para dar por zanjada la conversación.

—Ojalá ser una monja.

—Oye, ahora está muy de moda. La vida contemplativa, el *cottagecore*... Estaría bien ver qué se siente. En plan, ser monja por un día.

Júlia se bebe el chocolate. Está tan caliente que se quema la lengua y apenas aprecia el sabor. Mira a Mery con intención.

—¿De verdad te molaría? —Mery estira la comisura de los labios y asiente con curiosidad—. Porque sé de un sitio al que podríamos ir.

El abrazo entre una monja llamada sor Ángela y Júlia confunde a Mery. «¿Serán familia?», se pregunta. Su compañera le ha propuesto ir en autobús hasta este pequeño convento a las afueras de la ciudad y la monja, que por cierto está extrañamente musculada, les ha abierto las puertas con alegría, como si fueran viejas amigas. La verja se cierra tras ellas. Las recibe un pequeño jardín y los restos de una fuente de mármol que funciona a duras penas. Hace frío. El sol no abriga.

—Nos conocimos en el tren —aclara Júlia al ver la mirada de desconcierto de la otra.

—Cuánto me alegro de verte de nuevo —exclama sor Ángela, que está claro que no la recuerda y, de hacerlo, pensaría de ella que es una chica olvidable.

Mery asiente como si la explicación que acaba de recibir tuviera sentido y luego pregunta:

—¿Puedo grabar?

—No. El uso del teléfono móvil está prohibido.

—¿Y vosotras cómo os comunicáis?

—No, para nosotras no lo está, claro. Pero, chica, si quieres la inmersión completa... Daos prisa, casi es la hora de comer.

Se adentran en el edificio principal; por el camino se cruzan con otras monjas que las miran con una mezcla de curiosidad y benevolencia. En la cocina, dos novicias preparan el plato principal: estofado de ternera. No llevan el hábito, pero sí una modesta falda grisácea. Ardilosas, cogen especias de la alacena y las echan a la cazuela. Saludan a nuestras chicas con simpatía y les cuentan cómo es su rutina.

—Además del rezo y de las actividades en común, cada una aporta algo suyo. Mi don siempre ha sido la repostería. Y aquí estoy, más feliz que unas pascuas —dice una de ellas.

—Sería genial tener tiempo de desarrollar mi don... Soy escritora —le explica Mery.

—Qué maravilla. ¿Y qué escribes?

—De todo. Novela, poesías.

—Qué regalo del señor. —Mery asiente, como si su carrera literaria no estuviera aún por narrarse—. Pues aquí hay muchas horas libres para escribir.

—Ya imagino. Lo que pasa... —Mery no puede esconder su preocupación—, es que no puedo comer de esto. No quiero sonar desagradecida, pero soy vegana.

—¿Eres vegana? —salta la otra—. ¡Yo también!

—¿Que tú también eres...? —Mery se tapa la boca, emocionada.

—Tenemos unas zanahorias exquisitas, recién cogidas del huerto. Voy a preparar una crema.

—Oh, enséñame tu huerto, por favor.

—Nuestro —enfatiza— huerto. Es de todas nosotras.

La novicia se enjuaga las manos en la pila y se las seca en el delantal. A continuación, les pide que la acompañen a un gran terreno abastecido gracias a un antiguo pozo. Un par de gallinas campan libres por allí.

—Esto es el paraíso —dice Mery al verlo.

—Te gustaría mucho la vida dentro del convento. ¿Lo habías pensado? Es un sacrificio muy hermoso.

—No, pero tal y como está el mundo... Es un ideón. ¿A que sí, Júlia?

Pero nuestra Júlia anda distraída contemplando el paisaje. El ambiente allí es tan puro que se siente defectuosa, fuera de lugar. Algo no está bien en ella.

Mientras comen, las monjas les cuentan que pasan muchas horas al día rezando en una humilde capilla. Son apenas una docena, por lo que el espacio da de sí para todas. Una vez han terminado, sor Ángela da libertad a las chicas para hacer lo que les plazca. Pueden pasear por el convento o subir a una de las habitaciones libres a descansar. Mery elige esta opción.

—¿Puedo leer algo que no sea la Biblia?

—Lo que te apetezca, niña.

Júlia opta por entrar en la sala de rezos, atraída por una especie de fuerza mayor. Desconoce de si se trata de Jesucristo, del espíritu de sus ancestros o de la calefacción interior, pero pasa y se arrodilla en uno de los bancos de madera. Necesita respuestas, un mapa. Una guía. Convertirse en mujer adulta le está suponiendo un reto para el que ella se creía preparada. Observa las cabezas agachadas y hace cuentas sobre el número de mujeres que ha albergado el convento a lo largo de la historia. Centenares, ¡miles! La mayoría eran pobres, de eso está segura, pero el resto eligió entregar su vida a Dios. Amar a Dios. Siguiendo esta estela, no puede evitar preguntarse: «¿Cuál es el propósito de mi existencia? ¿Es Dios una mujer? De serlo, ¿a quién se parecería?». La tos flemática de una monja anciana la trae a tierra de nuevo. Ahora divisa la imagen de Jesús crucificado. Todo el mundo dudó de su potencial, pero ahí sigue, presente en todas partes, colgado de millones de paredes. Ahí mismo tiene una epifanía: por más que la sociedad se empeñe en hacer de ella un mar de dudas, Júlia sabe quién es. Con esa visita ha conseguido lo que creía imposible: vislumbrar su destino. Se levanta, se persigna e, ilusionada, sale de la sala.

Mientras tanto, Mery está en una de las austeras habitaciones, tumbada encima de un camastro duro como el hierro. Observa el techo y a una pequeña Virgen plantada encima de una repisa. No dista mucho de sus vistas en el piso compartido. Muebles desvencijados y sexualidad cuestionable. Acuerda consigo misma no leer ni dormir. Intentará mantenerse quince minutos sin estímulo alguno, «a ver qué onda». Piensa en el color blanco y luego en el negro. Prueba ejercicios de respiración. Se acaricia los brazos y el abdomen con lentitud. Apenas llega a la pelvis cuando comprende qué le está pasando. No logrará su transverberación intentando que la atraviese Dios ni cuando se masturbe. Ojalá fuera tan simple. Ella ha tenido su propia revelación. Las cosas cambiarán cuando corte con su novio. Si lo reflexionamos un poco, alejarnos de ciertos hombres puede convertirse en el éxtasis que llevábamos mucho tiempo esperando.

29

De vuelta en la ciudad, las hojas de los árboles caducos caen al suelo. Los autobuses turísticos obligan a las dos amigas a pegarse a las fachadas para evitar la muerte por atropello. A Mery casi le vuela la cabeza un espejo retrovisor. Las calles están abarrotadas y a ellas ya no les quedan fuerzas: demasiado misticismo.

—Roscos de naranja, pastafloras de cabello de ángel y tortas de anís. Han sido muy generosas —dice Mery con entusiasmo al examinar la bolsa de papel que les han entregado las monjas a su partida.

—He tenido una revelación. —Júlia cambia de tema.

—¡Y yo!

—Empiezo yo.

—Joder, siempre vas tú primera.

—Vale. Va. Tú.

—Voy a dejarlo con Manu.

—¡Eso no es una revelación! —se queja Júlia—. Eso es una consecuencia. Tarde o temprano lo ibas a acabar dejando. Si nos hubieras escuchado alguna vez…

—¿Cuándo habéis hablado mal de Manu? —se sorprende Mery.

—Literalmente todos los días. Es la persona a la que más criticamos. Más que a Amaia. Más que al casero. Por favor, ¿disocias?

—Puede ser...

—Bueno, ahora lo mío —dice Júlia, y respira hondo antes de anunciar—: Voy a emprender.

—¿Guay, no? —responde Mery, que no tiene claras las implicaciones de esa decisión—. Y... ¿sobre qué?

—No lo sé todavía, pero me he dado cuenta de que no voy a esperar a que me promocionen o, peor, a que me despidan —asegura la otra, sin querer admitir que se espera lo peor tras la desastrosa cena de empresa—. Yo soy mi propia imagen, mi propia identidad de negocio, mi propia empresa.

—Si te puedo ayudar en algo o dar ideas... —responde su amiga, dispuesta a apoyarla en cualquier caso.

—Gracias. He pensado en organizar una tarde de *brainstorming*. —Júlia parece otra, tiene un brillo renovado en la mirada.

—Enhorabuena. Has empezado el día al borde del coma etílico y ahora fíjate. Steve Jobs estaría muy orgulloso de ti si estuviera vivo.

—Entonces ¿crees que puedo hacerlo?

—Eres la persona más válida que conozco —asegura Mery—. Podrías ser ministra del PP si te arrimaras un poco más a los opositores de Judicatura. ¿Sabes que cenan todos los viernes en El Provincias? Ahora están casi calvos, pero en un futuro...

—Seguirán calvos.

—Pero gobernando muy de vez en cuando el país.

—¿Crees que ganaré dinero con el emprendimiento? —le pregunta Júlia con preocupación.

—Según de lo que sea —responde Mery, que sigue sin saber muy bien cómo funciona lo de emprender, pero no quiere bajarle los ánimos a su amiga ahora que por fin parece ilusionada con algo—, aunque supongo que sí.

Júlia sigue caminando, pensativa. Eso no es lo único que le ha sido revelado mientras reflexionaba en la capilla del convento.

—¿Y crees que puedo ser... —baja la voz— bisexual?

—¿Lo dudas? Pareces milenial —se mofa Mery.

—Responde —insiste su amiga.

—A ver, yo no concedo los carnés del colectivo. Ni yo ni

nadie. Tú te lo concedes a ti misma, Júlia. Todo es un espectro, todo es fluido. Te lo digo por experiencia: no te martirices demasiado. Tener la cabeza llena de interrogantes no es nada envidiable. Sigue siendo la persona que eres y no conviertas tu existencia en una especie de «anatema». Para eso ya están otros. Sé feliz, como esas monjitas tan simpáticas, y con tu emprendimiento, aunque no sepas aún de qué.

—No quiero que los demás dejen de verme como soy.

—Es que así es como eres. —Júlia enarca las cejas—. ¿No te gustas?

—A veces, sí; a veces, no.

—Ya, hija, como todas —responde Mery.

—Es como cuando vas al gimnasio y de repente te pones fuerte. Tú sabes a conciencia que los demás te van a ver y van a deducir que has estado haciendo deporte: eso es lo que quieres, que lo sepan. O cuando te compras un vestido colorido, muy estrambótico. Buscas hacerte notar —continúa Júlia mientras se recoge el pelo en un moño bajo—. Y hay mucho placer en esa sensación de control. ¿Sabes? Es como: yo he favorecido a que ese pensamiento ajeno se dé. Pero ¿qué pasa cuando no lo he buscado? O peor, ¿cuando no me gusta el resultado, lo que piensan de mí?

—Quieres dominar por completo las opiniones de los demás sobre ti, ¿no? —pregunta Mery.

—Ese hecho lo arreglaría todo, sí —afirma Júlia.

—Es lo que crees. Luego te rayarías tanto... ¿Estaré siendo manipuladora? ¿Me quieren por quien soy o porque los obligo? —dice Mery, que a veces tiene sus momentos de sabiduría.

—No veo a ningún dictador de Oriente Medio preocupado precisamente por esas cosas —refunfuña Júlia.

—Mira, lo mejor es pensar en que si tú no juzgas a nadie, nadie te va a juzgar a ti.

Júlia sonríe, incómoda porque a ella lo de no juzgar a los demás no se le da muy bien.

—Ya, claro...

Mientras Júlia y Mery comparten sus respectivas epifanías, cae la tarde. No muy lejos de allí, Amaia se despereza estirando los brazos hacia arriba y luego se deja caer para al fin tocarse los dedos de los pies. Siente una relajación instantánea en la lumbar. Unos labios suaves, sin barba, la besan por la espalda al seguir la estela de sus lunares. Amaia cierra los ojos sin llegar a excitarse.

Es un sitio muy cálido el lugar donde se encuentra. Las cortinas en tonos tierra, las alfombras turcas, los cuadros paisajísticos de las paredes, las lámparas de pie y el suelo radiante encajan en su idea de hogar. Al menos, de un hogar adulto, como el de sus padres. Se levanta de la cama y va a la cocina.

—¿Tienes sed? —pregunta alzando la voz.

—Sí —responde Cayetano.

La parquedad de sus frases la ofusca, a pesar de su voz, tan imponente. Nada entre ellos es complejo. Nada la remite a la reflexión. Llena dos vasos de agua. Mientras tanto, él pone una canción de Sabina, «A la orilla de la chimenea». A ella le parece bien. Han prometido no reírse el uno del otro durante unas horas. Pacto de neutralidad política, pero no territorial, pues, mientras sus compañeras creen que se ha marchado al norte durante el puente, la realidad es que lleva tres días en el piso de Cayetano, donde han pasado todo ese tiempo revolcándose entre las sábanas, haciendo el amor en el sofá, duchándose juntos, desayunando, comiendo y cenando tortitas con miel.

Amaia le entrega un vaso y le repeina el pelo, ese mechón negro que siempre que suda se riza. Él la abraza y le hace cosquillas. Ella se queda bocarriba, pensativa, apoyada en su pecho.

—Háblame —dice él, acariciándole la mejilla—. Te has quedado alejada de repente.

—Estoy bien —le asegura ella—. Estoy a gusto.

Él le besa la cabeza y ella se siente culpable, porque es cierto: se siente bien allí.

—Espera —dice él—. Voy a poner otra más animada. —Entonces, canta—: «¡Entre la cirrosis y la sobredosis andas siempre muñeca!».

—Sí —ironiza—, ¡¡es mucho mejor!!

—«Cómo no imaginarte, cómo no recordarte... hace apenas dos años...».

Ella le acompaña al karaoke durante unos versos. Luego, ambos se levantan y bailan desnudos por la habitación, satisfechos y sin complejos.

Ahí la vemos, amigas, en todo su esplendor, distrayéndose de nuevo con el amor. Pero la geopolítica sigue cambiando: Amaia quiere disfrutar de este momento de euforia, aunque no puede evitarlo... Se acaba de enterar de la caída de al-Ásad, y eso le recuerda a la ruptura con Iván. ¿Es Cayetano un fundamentalista que viene a reemplazar a un tirano? ¿Un clavo saca a otro clavo?

30

Aunque parezca mentira, ya ha llegado el momento de regresar a casa y reunirse con la familia para las fiestas. Volver al pueblo siempre es un trance agridulce para Coral. Supone reencontrarse con el pasado, saludar a todas las personas que la quisieron y también a las que le hicieron mucho daño. Sabe que coincidirá con el padre de uno de sus compañeros de colegio, a quien le ha dado un derrame y no puede valerse por sí solo; con la mujer de la tienda de chuches, que siempre le regalaba un chicle de melón; con la que le hacía bullying en el instituto y que ahora es concejala en el Ayuntamiento. Sea como sea, la idea de compartir tiempo con su familia la anima. Eso y que Mery y Gata la acompañen.

Son las dos de la tarde, no hay ni un alma por las calles. La fricción de las ruedas de las maletas contra el asfalto deteriorado suena chirriante, pero no detienen su marcha. Han pasado más de tres horas en un BlaBlaCar, tienen hambre y también calor. En Cádiz no necesitan chaquetón.

—Si mi madre te agobia, me lo dices, ¿vale? A veces es mu pesá —advierte Coral a su amiga.

—No te voy a decir nada, aunque lo sea.

—Yo la he avisao de que no comías carne.

—Si no, compro algo precocinado —la tranquiliza Mery.

—No, no —se niega Coral—. Estando en mi casa, no vas a pagar na.

Mery sonríe. Está emocionada: nunca ha pasado una Navidad al uso, como se supone que debe ser, esto es, como la representan en las películas. En su imaginario, una gran familia se reúne a cenar en una mesa decorada de manera exquisita, canta villancicos y no discute. O si lo hace, ocurre de manera pacífica, porque el amor consigue aglutinar cada opinión. Sus fiestas han sido muy solitarias desde que su madre murió. Su padre y ella. Ella y su padre. Últimamente, la familia de Manu los invitaba por una cuestión de compasión, pero el ambiente era tan aburrido que su padre se quedaba dormido y ella anhelaba estar leyendo sola en otra habitación. Con honestidad, no cree que vuelva a cenar con ellos nunca más, pero Manu aún no lo sabe. Todavía no ha reunido el valor para romper con él, aunque lo hará pronto. Espera.

Consuelo las ve llegar a lo lejos, desde la acera. Lleva un chándal y un delantal de lunares encima. Coral aguanta la emoción y no escucha las palabras de Mery, que le comenta algo. Nosotras tampoco la escuchamos: solo nos importa qué ocurrirá entre madre e hija.

—¿Qué pasa? —pregunta Coral cuando por fin se encuentra frente a ella, como si se sintiera desubicada.

—Déjate de mierdas. —Su madre la abraza, la estruja. Ella también la rodea con los brazos y solloza. Consuelo comienza a besarla sin parar en la mejilla y en la oreja.

—Mama, mama, me haces daño en el oído —se queja, aunque sonríe.

—Me da igual porque eres mi hija y te quiero. —Consuelo sigue dándole besos sonoros hasta que cae en la cuenta de que Mery se ha quedado aguardando unos pasos atrás, tímida—. Y tú, ven p'acá ahora mismo. Que también hay besos pa ti.

Mery se acerca y la abraza entre risas: esa muestra de cariño de una desconocida le resulta rara, pero agradable.

—Me puedes llamar «ma», «mama», «Consuelo»... Como te salga —le dice la mujer—. Me lo puso mi madre. No tenía otro más bonico que ponerme, ¿sabes?

—A mí me parece precioso —asegura Mery.

—Ay. —La mujer la coge del mentón y le acaricia la cara—, ya me caes divinamente. ¿Qué llevas ahí? ¿Al gato?

—Es una gata, mama —explica Coral.

Su madre trata de cargar con las maletas de ambas.

—Hala, qué burra eres —dice la hija; trata de arrebatarle una de ellas.

—Estoy más fuerte que tú, qué te crees —resopla Consuelo—. La jaula sí, cógela.

Al entrar, Mery comprueba que la casa es más pequeña que su piso en Granada. Las recibe directamente el salón. Algo que llama sobremanera su atención es la cantidad de marcos de fotos dispuestos por toda la estancia; en las paredes, alrededor de la mesa de la televisión y encima de la mesa camilla, junto a una fuente de plata llena de dulces caseros. Hay retratos de comunión y también de fiestas, aunque todo el protagonismo se lo lleva la foto de graduación universitaria de Coral.

—Niña, estás en tu casa —dice Consuelo. Después, vuelve a hablar con su hija—: He dejao en tu cuarto un par de toallas limpias. Dejad las cosas arriba y bajarse, que se enfría la comida.

—¿Qué hay pa comer?

—Lentejas. Tranquila, que no le he echao chorizo. Mery, me vas a tener que contar qué es esa tontería de no comer carne —añade, volviéndose hacia la invitada—. Un chuletón, bueno, pero un trozo de jamón, un trocico queso... Eso no le hace daño a nadie.

—¡Mama, por el amor de Dios! —exclama Coral.

—Luego te lo explico, Consuelo —dice Mery con una sonrisa y una serenidad inusitada en ella.

En la segunda planta hay dos habitaciones y un baño. Pasan al dormitorio de Coral, muy sobrio. Paredes claras, un gran armario marrón y dos camas individuales.

—Qué sosa. No te pega nada —dice Mery.

—Mi antigua habitación no era así. Y como cuando se divorciaron mis padres, yo ya era mayor, pues... no decoré mucho esta.

—¿Y con tu padre? —le pregunta su amiga.

—No tengo mucha relación. Vive en Francia, pero no lo echo de menos, la verdad. Mi madre siempre ha ocupao el lugar de los dos. —Las tripas de Coral rugen—. Vamos a lavarnos las manos, que me voy a desmayar de hambre.

La tarde de Nochebuena es tradición ir a la terraza de un pub del pueblo a cantar zambombas. Después, la gente apura los licores para pillar el puntito de borrachera y pasarlo mejor en la cena. Coral y Mery han quedado allí con Esme, la del refugio. Una vez se encuentran con ella en la puerta, se saludan con efusividad. Avanzan entre el gentío para ver al grupo en primera fila. Mery no se sabe ninguna letra, pero da palmas con entusiasmo y el mismo ritmo que una guiri. Después, se sientan en una mesa de dentro. A Esme le cuesta adoptar una postura cómoda.

—¿Es mi impresión o cada vez hay menos gitanos? —pregunta.

—Qué va. ¿Por qué lo dices? —pregunta Coral.

—Lo noto. Nos miran mal.

—Nadie nos ha mirao mal.

—A ti no, porque tú sí puedes estar aquí, Coral. A ti sí te aceptan. Para ellos, tú... eres la excepción —dice Esme.

—No creo —interviene Mery—, aunque es verdad que ese grupito de ahí fuera —señala a la terraza tras la cristalera— nos ha mirado mal desde que hemos entrado.

—No les hagas caso —sugiere Coral.

—Prima, esas te tiraban pipas, ¿no te acuerdas? —pregunta Esme. Coral asiente, apenada, mientras Esme le explica a Mery—: Se sentaban detrás de ella en el banco, pelaban las pipas y se las tiraban a la cabeza. Y ella le decía: «Que paréis». Pero ellas seguían to el rato. Hum. Me acuerdo bien. Eran pipas Tijuana. ¡Ah! Y me acuerdo de otra vez que le tiraron una copa entera en el vestido. Bueno, y cuando a la salida del instituto le pegaron un chicle en el pelo.

—¿Y no las mataste a palos? —pregunta Mery, horrorizada.

Coral niega con rotundidad, haciendo evidente que ella jamás actuaría así.

—Luego —continúa Esme—, que si nosotras somos violentas, pero hay cada paya mala...

Coral mira al suelo.

—¿Por qué te hacían eso? —dice Mery, que mira a su amiga con compasión.

—Por envidia —contesta Esme—, porque era la más guapa y la más lista de to la escuela.

—Eso no es verdad —protesta Coral, aunque contiene una sonrisa.

—¿Ah, no? Porque un payo amigo suyo te tiró ficha, tú le dijiste que no y el muchacho se obsesionó. Y a una de ellas le jodió y ya te cogió manía pa los restos.

—Menos mal que ya somos mayores —dice la chica para cerrar el baúl de los recuerdos—. Qué horror.

—Yo las tengo que ver casi todos los días —responde Esme—. Me miran con unas caras de superioridad que me dan ganas de decirles, ¿qué? Pero bueno, me río de ellas, les echo maldiciones y cada una con lo suyo.

Mery ríe y dice:

—¿Sabéis qué? Me encantaría tener una pelea física con ellas. Con alguna, aunque sea. A mí no me conocen. Yo no cogería mala reputación.

—Quilla —le dice Coral—, a ti te hacen así con el dedo —interpreta el gesto— y te caes pa'trás. ¿No ves que eres mu poca cosa?

—Yo engaño, ¿eh? —asegura Mery—. ¿Quieres verlo?

—No, no —exclama Coral al ver que se levanta—. ¿Qué vas a hacer, loca?

Mery sale de pub sin el abrigo. Se acerca a un bazar de alimentación y, decidida, busca una bolsa de pipas con sal.

—¿Tienen pipas Tijuana? —le pregunta al dependiente.

—Puede ser que haya una caja sin abrir en el almacén.

—Gracias. Es que las prefiero. Están más buenas.

Cuando regresa, Mery no va directamente a la mesa de Coral y Esme, sino que se queda en la terraza. Las otras dos observan desde dentro cómo abre la bolsa de pipas y comienza a comérselas; tira las cáscaras al suelo. Paulatinamente, se acerca a la mesa de Las Malas —un grupo de cuatro chicas con abrigos de pelo heredados cuyas conversaciones consisten en recordar sus locuras de instituto ahora que ya están casadas— y les tira pipas a cada una de ellas en el pelo con un tinte perfecto. Primero con disimulo; después, sin mesura.

—¿Qué coño haces, tía? —salta una cuando se da cuenta de lo que ocurre.

Corren las sillas para evitar que las pipas las alcancen, pero Mery sigue persiguiéndolas hasta que se levantan y le gritan. Una de ellas la empuja.

—¿No os gustaban tanto las pipas Tijuana? —dice Mery, amenazante.

—¿Qué hablas? —contesta otra, completamente estupefacta.

Mery opta por dejar de chupar las pipas y tirárselas secas desde la bolsa. También las llama «hijas de puta». Como dos linces, Coral y Esme aparecen por allí y detienen a Mery, que está descontrolada y ríe como una posesa, y hacen el amago de alejarla.

—Me cago en tus muertos —musita una de Las Malas.

—¿Perdón? —salta Coral, que se atreve a encararla—. Repíteme eso que has dicho, pero aquí a la cara.

La chica se acobarda y ordena al grupo marcharse de allí.

Durante el camino de vuelta a casa, Coral y Mery no pueden dejar de revivir el momento mientras imitan las expresiones de asombro y asco de cada una.

—No puedo creer que hayas hecho eso.

—Se lo merecían —dice Mery, feliz. Allí, donde nadie la conoce, puede transformarse en la clase de persona que se atreve a todo con tal de defender a sus amigas.

La risa acaba antes para Coral, que respira profundo, porque ve a Antonio pasear en dirección contraria. Primero lo reconoce ella; luego, él. Se acercan el uno al otro.

—Hola, Antonio.

—Hola.

—¿Cómo estás?

Es corpulento y alto, de ojos grandes y azules. Lleva un jersey de rombos y una bufanda oscura. Mery se aparta. Es como si no existiera en esa línea que se ha formado en la mirada entre ambos.

—¿Cómo estás tú? —pregunta Antonio.

—Bien —responde Coral, seca.

—Pues yo igual.

El chico se despide con un gesto fugaz.

—Oye —dice Coral antes de que marche. Él se vuelve, pues alberga cierta esperanza—. Gracias por cuidar de mi madre.

—Siempre va a ser como de mi familia —dice—. Igual que tú.

Coral sonríe con pesadumbre y regresa con Mery. Él sigue calle abajo.

—Pues ya está, ¿no? —Coral está a punto de echarse a llorar—. Supongo que se ha acabao todo.

—Lo has hecho genial.

—A veces siento que no soy lo suficientemente gitana, como si fuera a decepcionar a todos —confiesa Coral.

—Estoy segura de que no es así —dice Mery.

—No lo entiendes.

—Lo entiendo —le asegura, aunque no está convencida de que sea cierto.

—No, porque no eres gitana —responde Coral.

Mery, que no puede consolar a su amiga con las palabras, se limita a rodearla por la cintura y la estrecha. Quizá Coral tenga razón y nunca llegue a comprenderla, pero ¿acaso hace falta para apoyarla pase lo que pase?

La cena tiene lugar en el exterior, en una gran carpa, en mitad de un patio compartido con otras viviendas. Hay una fogata y varias estufas repartidas alrededor de la mesa, conformada por más de seis tableros de madera apoyados sobre varios caballetes. A Mery le han presentado a tanta gente que apenas recuerda ya la mitad de los nombres. Una vez sentadas, la mujer más anciana agradece a Dios los alimentos que van a tomar.

Coral apenas prueba bocado, pero Mery no puede parar de comer habas fritas y guisantes frescos.

—¿Y tu padre? —le pregunta Consuelo—. ¿No te da pena dejarlo solo?

—Mama, oleora, su padre se ha ido a Argentina —la reprende Coral.

—Es que hace muchos años que no ve a su familia —explica Mery.

—¿Y cómo que tú no has ido? —pregunta uno de los tíos de Coral.

—Porque no tengo tantos días de vacaciones.

—Mery trabaja en una librería —dice Coral con orgullo—. Y también es escritora.

—Madre mía, qué dos pedazos de tías tenemos aquí —continúa él—. Una enfermera y una escritora.

Ambas se sonrojan, pero ninguna de las dos niega la evidencia. Consuelo hace hincapié en que su Coral ahora está atendiendo a niños muy pequeños. Y que, además, se le dan muy bien.

—Bueno, me van rotando. También he estao en Cirugía.

Mery la mira con extrañeza, pero Coral le implora con la mirada que le siga el rollo: nadie se puede enterar de que está en paro. El banquete transcurre con mucho griterío salvo en los momentos en que recuerdan la cantidad de sillas vacías que hay.

Muchos no han terminado de comer cuando aquellos con dotes musicales sacan los instrumentos y se arrancan a tocarlos. La lista de villancicos es infinita. Coral se alegra porque, de alguna manera, esa música no solo conecta con sus mejores recuerdos, sino que crea unos nuevos.

—Es mi momento favorito del año, te lo prometo —le dice a Mery.

—¿Por qué?

—Me encanta cantar sin que se note que canto.

Tras «Los campanilleros» y «Los peces en el río», le toca al turno al «Burrito sabanero». Justo en la parte en la que cantan «Si me ven, si me ven, voy camino de Belén…», comienzan a jalear con alegría. Para Mery, en cambio, la Navidad es una época agridulce. Los recuerdos borrosos de su madre acaban apareciendo y empañan cualquier vivencia nueva. No puede evitar que se le escapen las lágrimas. Conforme los músicos se dan cuenta, deja de tocar primero la pandereta, luego el cajón y finalmente la guitarra. Coral le da la mano y Consuelo se levanta a socorrerla.

—¿Qué te pasa, mija?

—Que —intenta hablar, pero no lo consigue—. Que... —solloza— esto es mejor que en las películas.

31

A la mañana siguiente, la calma reina en la casa. Consuelo friega los platos en la pila y los coloca encima de un paño seco. Coral baja las escaleras, aún en pijama. Huele a café recién hecho. El canto de las golondrinas se cuela por la ventana abierta. Le da un beso rápido a su madre, que continúa su tarea. Comprueba que sigue habiendo café en la cafetera. Está llena.

—¿No has desayunao todavía? —le pregunta a Consuelo.

—Te estaba esperando —dice ella.

—¿Hago tostadas?

Su madre asiente.

—Hay tomates buenos en la nevera.

Mientras va a por ellos, Coral respira hondo y le anuncia:

—Ayer vi al Antonio.

Consuelo cierra el grifo y se vuelve hacia ella.

—¿Y qué te dijo?

—Na. Está triste.

—Está mu deprimío, pero me alegro de que lo hayas visto. ¿A que no ha sío el fin del mundo? —Coral niega con la cabeza—. Ves. —Se seca las manos y vierte el café en dos tazas.

Ponen un par de platos y unas servilletas en la mesa.

—Es una mierda cuando...

—¡Eh! Esa boca.

—Cuando —retoma Coral— tienes ya tu vida hecha con una persona y de repente se te cae to el tinglao. Hay que volver a hacerla sabiendo que los sueños no han cambiao porque yo no lo he hecho. Sigo queriendo lo mismo, solo que no con él.

—Sí has cambiao —dice Consuelo.

—No.

—Has crecío.

—Eso puede ser. —Se sienta.

—¿Por qué te lo dejaste? —pregunta su madre—. Dime la verdad. ¿Te has enamorao de alguien en Graná? —Coral niega, casi con burla, y observa los azulejos limpios, la bayeta que se seca encima del grifo, la cafetera. Recuerda que la suya acabó volando por los aires y le parece un recuerdo muy lejano—. Cuéntamelo. ¿Por qué?

—Porque me controlaba todo el rato —suelta—. A todas horas. Se enfadaba si la última hora de conexión del WhatsApp no coincidía con la del último mensaje a él. Porque tenía que ser la última persona con la que hablase antes de dormir y la primera al despertar. Antes que contigo. Si llevaba un vestido corto y salía con él, bien, pero sola, nanai. Si subía una foto, es que yo quería provocar. Y sé que el Antonio tiene buen corazón. Y sé que te ha cuidao mucho, pero... yo no quería eso pa mí.

Consuelo se encoge y le da vueltas al café con la cucharilla. Luego, mira de nuevo a su hija.

—Perdóname —dice.

—Mama, no me pidas perdón.

—¿Me dejas que te dé un consejo? —Su hija asiente—. No te eches más novio. Ni gitano ni payo. Todos los hombres son iguales.

—Hay de to —responde Coral, poco convencida.

—¡No hay de na!

—¿Y si me enamoro, qué? —pregunta.

—Te desenamoras —afirma su madre.

—¡Como si fuera tan fácil!

—Hazme caso.

Coral apura su café y siente cómo una herida se cierra en cuestión de segundos.

—Creo que yo sería mu feliz aquí —confiesa.

—Yo también lo creo, pero esto ya lo conoces.

—Por eso me gusta más.

—No seas tonta —dice su madre—. Te queda mucho mundo por ver.

Gata aparece por la cocina y ronronea en busca de atención. Coral se la sube a la falda, pero la gata escapa y corre a rozarse contra las piernas de Consuelo, que sigue de pie.

—¿Vas a estar bien sola? —pregunta Coral.

—Yo nunca estoy sola. —Se sienta—. Es raro el día que no come aquí alguien conmigo.

—Me refiero a si me vas a echar de menos.

—Hija mía, eso siempre. —Muerde la tostada y le da un sorbo al café—. Déjame a la gatica, que me haga compañía.

—No es solo mía, es de todas.

—Es tuya, Consuelo —dice Mery desde el pasillo—. Nadie la va a cuidar como tú.

La mujer se levanta con rapidez y le pide a Mery que se siente. Va a tostar más pan para ella y a preparar más café, pero la chica le asegura que puede hacerlo ella misma.

—¿Es que esta no es mi casa también? —pregunta con énfasis.

Coral secunda la idea y coge del brazo a su madre para que siga a su lado. ¿Cuándo más van a desayunar así, juntas, sin prisa? Consuelo acepta a regañadientes y después dice:

—Contadme cosas vuestras. Es bonita Graná, ¿verdad?

La única forma de comunicación ante la distancia física es el móvil, pero en realidad a nadie le gusta llamar por teléfono, mucho menos escuchar audios. Esa es la razón por la que las chicas no han dejado de escribirse por WhatsApp durante las fiestas. Algunas cuentan sus novedades. Otras, como Amaia, mienten. Teóricamente, solo se dedica a estudiar y a olvidar a Iván. Aunque, tras el fin de semana secreto en el piso de Cayetano, debe reordenar sus prioridades, porque hay un claro conflicto de intereses. Si sigue liándose con él, se terminará de enamorar, porque ya ha empezado, para qué negarlo. ¡No la culpéis! Si ocurre, entrará a formar parte de una familia burguesa que nada tiene que ver con ella, y eso no es lo peor: sabe que sus compañeras la matarían si se enteran de que está trabando relación con el enemigo, esto es, el hijo de su casero. ¿Y si se entera de que han metido a Mery en el piso? Pero eso tampoco es lo peor. No puede evitar pensar en que, por más que Cayetano sea adorable, a la larga su relación no es viable. ¿Cómo sería una noche electoral para ellos? Pensamientos tan dispares solo pueden conducir al aborrecimiento y no soportaría detestarlo a él también. Sobre todo, porque —lo reconoce ante ella misma, no ante nadie más— es un chico estupendo. Sus citan han sido secretas y él ni siquiera ha protestado. ¿Cómo decirlo? No se meten el uno con el otro como muestra de cariño y cuando surge cualquier tema, él le pregunta por su opinión con un interés genuino. Amaia teme pensar que pueda ser una distracción rebelde para él. Se imagina lo que dirían sus padres: «Oh, qué desastre, nuestro querubín se nos ha radicalizado a la izquierda». Pero prefiere no darle demasiadas vueltas.

A la vez, tiene que estudiar para los exámenes de enero. Una no puede gestionar tantas emociones en un periodo tan breve. Así que se agobia y no lo hace. Solo escribe a sus compañeras. Y a Cayetano, que también está estudiando para el curso preMIR. A todas horas, desde que se levanta hasta que se acuesta. Se mandan fotos de los apuntes y de sus caras largas. Sí, debe admitirlo: se ha pillado por un niño pijo.

Coral es la típica que constantemente manda *stickers* y enlaces a todo tipo de contenido y que responde a cada mensaje por muy intrascendente que sea. ¿Por aburrimiento? Quizá. Desde que ha vuelto a Granada, pasada la Navidad, el piso le queda demasiado grande la mayor parte del tiempo y se siente incómoda al transitar ese momento valle en el que nada le sucede, así que se conforma con emocionarse con los acontecimientos que las demás le narran.

Uno de estos es que, para sorpresa de todas, Mery ha conseguido romper con Manu —¡lo celebramos!— por medio de un largo mensaje. Al principio, se excusó en que necesitaba encontrarse, que se sentía muy perdida, que habían pasado los años y no sabía qué clase de mujer era. Él no lo aceptó y tuvo lugar una serie de intercambios de reproches no muy agradables, pero no pasa nada, porque Mery tomó la clásica estrategia de ignorar deliberadamente los dirigidos a ella y centrarse en potenciar los suyos. No fue una lucha justa; Mery tenía armas químicas y el luto más que superado dentro de la propia relación. Entre otras perlas, le dijo que para ella no había nada peor que ser un ignorante y que, a diferencia de la carrera prolífica que le esperaba a ella, orientada al recuerdo en los futuros anales de la historia, él se vería sumido en la desidia hasta que acabase siendo otra persona anónima y arrepentida antes de morir. En el último mensaje que le envió él, le confesó que le sorprendía todo el odio que albergaba dentro, pero que aun así la quería y que esperaba que se encontrara a sí misma. Esta experiencia le dio gasolina y decisión para escribir la que, según anunció a las chicas, va a ser su obra magna.

La que está desaparecida en combate es Júlia. ¿Se habrá cambiado de país? ¿Habrá renunciado a su trabajo? Viajemos hasta Barcelona, donde se encuentra ahora, y que ella misma nos lo cuente porque, al fin y al cabo, hoy es Nochevieja y nadie escapa a las preguntas clásicas. Sus padres le han regalado por anticipado un secador Dyson para que se haga ondas en el pelo, ya que no estará el día de Reyes en casa. Ella ha pensado que lo probará después de las uvas, por si le da por salir. Pero, de momento, prefiere quedarse en casa con su numerosa familia. En concreto, con su *iaia*, a la que han recogido de la residencia para esa ocasión especial.

—¿Y qué tal el trabajo? —pregunta una de sus tías, la que lleva botox en cada una de las líneas de expresión de cara—. ¿O en Andalucía solo saben echarse la siesta?

—Más o menos —ríe Júlia—. No, bien, bien. Ahora estoy de vacaciones, me quedaban dos semanas.

—Si por ella fuera —interviene su madre—, no descansaría ni un día.

—Oye, eso no está bien, ¿eh? —dice su tía—. Hay que disfrutar de la vida.

—Nada —sentencia su padre—. Hija, tú sigue esforzándote así, que al final...

—Llegarás cerca —suelta la prima de Júlia, su mayor aliada y a la vez su peor enemiga. Nuestra chica sonríe y le da una patada por debajo de la mesa. La relación con ella es extraña. Apenas se llevan unos años, pero nunca han sido amigas. La mayor parte del tiempo no tienen contacto, pero de repente, le escribe pidiéndole ayuda para obtener el certificado electrónico.

—De hecho, quiero emprender —anuncia entonces con una mezcla de orgullo y temor.

—¿Ah, sí? —pregunta su tía—. ¿En qué exactamente?

—Me he dado estos días de vacaciones para descubrirlo. En plan, para ver qué me gusta y hacer estudios de mercado sobre eso. —A su alrededor todos asienten, impresionados, orgullosos—. Sea como sea, quiero ser mi propia jefa. Y me gustaría contar con vuestro apoyo.

—Eso siempre. —Su madre posa la mano en la de Júlia y la aprieta.

—Y con vuestra ayuda económica.

La mano se separa con parsimonia. Alguien carraspea.

Han acabado el consomé. Ahora es el turno de las piernas de cordero. Las mujeres de la familia se levantan a cambiar los platos de la vajilla mientras los hombres echan más vino en las copas. La madre de Júlia manda callar a la mesa de los niños, sus primos pequeños, que, bajo el criterio de sus propios padres, deberían haberlos abortado y a los que, sin embargo, Júlia adora de manera irracional. No les debe nada y viceversa. Este hecho la distrae de su postura siempre intachable y le recuerda que, de no tener una ambición desmedida, sería una madre estupenda.

—Mamá, el cordero está exquisito —señala con la boca medio llena.

—¿A que sí?

—Y tú estás como una vaca —afirma la *iaia*—. ¿Quién te va a querer si pesas un tonel?

Nuestra chica deja los cubiertos en la mesa que, al chocar con la vajilla de porcelana, hacen un ruido característico que paraliza las conversaciones individuales. Se vuelve hacia su madre, quien con la mirada le ruega contención.

—Mira, *iaia*.

—Júlia... —advierte su madre cuando escucha ese tono—. No sabe lo que dice.

—¿Que no sé lo que digo? —exclama la anciana con indignación—. ¡No soy gilipollas!

—Sí lo sabe —la apoya su nieta—. Y me entiende perfectamente. Pero voy a tratar de ser asertiva. —Coge aire—. *Iaia*, me hacen daño esos comentarios. ¿Sabes la ansiedad que da pensar día sí y día también en mi peso, en mi aspecto? Veinticuatro horas. Siete días a la semana. En serio, la cabeza no para nunca. Cuando creía que lo había superado, pum. Otra vez. Me levanto, me miro al espejo, me repugno y elijo no desayunar. Luego, recuerdo que ya no tengo un problema con la comida y como lo que me apetece. Me veo en el reflejo del escaparate y me gusto. Pienso: soy guapísima y, además, soy brillante. He heredado los mejores genes de la familia. —Mira a su prima con retintín—. Tengo una mente prodigiosa y dentro de unos años ganaré cien mil euros al año para solventar todas vuestras deudas. ¿Eh? Vuestras —remarca—. Porque a esta puta familia no le da la gana poner a la venta sus propiedades por el miedo al qué dirán. El caso es que al final llega la noche, me relajo después de mucha presión y me pego un atracón que me hace sentir culpable, pero nada. En realidad, me da igual porque, en fin, ya estoy curada. Curadísima. ¿Estoy como una vaca? ¡Claro que no estoy como una vaca! Porque yo, miento, ¡nosotros!, somos todos unos muertos de hambre.

Tras un largo silencio, la abuela pregunta con fingida inocencia:

—¿Me he metido yo con alguien?

—Ah —prosigue Júlia—, y me lío con chicas. Con mujeres. Y con hombres. Soy una pedazo de viciosa.

—Muy bien —dice su *iaia* con retintín.

—¿Sí? —sigue en ese tono malicioso—. ¿Te parece bien?

—Te creerás que estás inventando la pólvora. Anda que no me he comido yo coños. Las mismas veces que le han dado por culo a tu abuelo.

Júlia se queda sin habla y mira a sus padres y a sus tíos, que tampoco atinan a pronunciar palabra. La abuela pide que le sirvan más cordero.

—¿¡Dónde está la criada!?

—¿Y si pelamos ya las uvas? —pregunta la prima de Júlia, en un intento de ignorar lo que acaban de oír—. Solo queda una hora y media para el 2025.

32

A una media hora por carretera de Granada, cerca de un viñedo marchito, hay un palacete de principios del siglo pasado que se alquila para celebraciones importantes, como las bodas. Solo es accesible mediante autobús porque no dispone de aparcamiento suficiente para los invitados y, por el camino —aún cenagoso por la lluvia de anoche—, los tacones se entierran a cada paso. La entrada, una antiquísima enredadera de varios metros, pretende impresionar a quien pase por debajo de ella, como nuestras chicas, que ahora mismo la atraviesan con admiración. Es perfecta para tomarse una foto y sentir que han dejado su mohína vida por un rato, para meterse de lleno en un cuento de fantasía por el módico precio de ciento cincuenta euros el cubierto. O lo que es lo mismo, todos sus ahorros. Van a comer y beber como si no hubiera un mañana. Es mediodía. Dani se casa.

Se encuentran en la parte trasera del palacete, en un fastuoso jardín de césped bien cuidado donde han desplegado decenas de sillas blancas con lazadas, dejando en el medio un pasillo en dirección a una suerte de altar pagano plagado de peonías blancas. La ceremonia está a punto de empezar y las chicas se sientan en los últimos sitios, sin llamar mucho la atención. Además de sus respectivos abrigos, Mery lleva un traje de chaqueta de terciopelo azul comprado de segunda mano; Júlia, un vestido Jacquemus alquilado, negro y poco entallado junto a un chal dorado; Coral, un dos piezas entallado en tonos verdes y un *clean look*; y Amaia, un precioso vestido largo naranja —se lo ha prestado Coral— que le hace aparentar unas tetas que no tiene. Por sus trajes, podríamos pensar que son familia directa de Dani, pero a excepción de Júlia, la realidad es que apenas se conocen. Ella cree que las ha invitado porque en realidad está solo y su sueño siempre había sido sobrepasar los trescientos invitados.

—Me imaginaba una boda gay algo más disruptiva —dice Amaia mientras observa a los demás invitados, ya sentados y expectantes.

—¿Con carreras de tacones? —pregunta Coral, que usa la carcasa del iPhone como espejo para retocarse los labios.

—No, pero no pensaba que fuera exactamente igual que una boda heterosexual.

—Dani tiene derecho a casarse como quiera —dice Mery.

—Nadie está diciendo lo contrario, pero, chico, marca la diferencia. Es lo que tiene lo queer, ¿no?

—Por Dios, Dani no es queer —interviene Júlia—. Dani es una señora cristiana y decente y si pudiera, se casaría por la Iglesia.

—Algún día los gais se casarán por la Iglesia y será precioso —dice Mery—. Tendrá algo como de reparación, ¿no? De justicia.

Amaia niega para sí y pone los ojos en blanco. Luego mira el móvil con mucho disimulo. Está esperando la reacción de Cayetano a la foto que le ha enviado antes, vestida para la fiesta.

—¿Quién entregará a quién? —pregunta Coral.

—No seas tonta, entrarán los dos a la vez.

—Eh... Pues Tomás está ahí —dice Mery—, con el otro gay funcionario que los casa.

Las cuatro chicas a la vez alzan la mirada estirando el cuello y se dan cuenta de que, en efecto, Tomás está esperando vestido con un brillante traje negro de pingüino. Tres violinistas comienzan a tocar el Canon de Pachelbel, que despierta la emoción de Coral. A Mery también se le escapa una lágrima. Dani avanza firme cogido del brazo de su madre, compuesta con peineta y mantilla. Por un instante, Júlia siente simpatía al verlo, porque presenciar a una persona verdaderamente enamorada llevar a cabo un acto heroico y suicida como es casarse tiene algo de utópico, de ilusorio.

Durante la ceremonia, amigas de los novios leen poemas de Benedetti que Mery desdeña por lo bajo. Amaia se queda dormida. La despiertan cuando los novios se comprometen a través de los votos. Después se besan y, tras el altar, una hilera de fuegos artificiales vuela y estalla en el cielo. Los violinistas, ahora menos clásicos, interpretan una versión de «Todo contigo», de Álvaro de Luna. Los novios recorren de la mano el pasillo, rodeados por varios fotógrafos que trabajan bajo la amenaza de que, si el resultado no es un reportaje atípico y cinematográfico, no cobrarán. En contra de lo que piensa Amaia, si de algo está convencida la pareja es que su boda es del todo original. La mejor boda gay de todas. Qué coño, la mejor de todas.

En cada pasillo hay puestos de comida: pulpo a la plancha, tabla de quesos, expositor de sushi. Un cortador de jamón canta ópera a la vez que emplata.

—¿Habéis pasado al baño? —Mery se sienta en una de las mesas del patio interior, el lugar donde se celebra el cóctel—. Hay hasta compresas.

—También han puesto una cesta con bailarinas planas para cuando nos cansemos de llevar tacones —dice Coral—. Es tremendo to esto.

—Las bodas me dan un bochorno... —dice Amaia—. Pienso que casarse está obsoleto. Bueno, casarse como tal tiene un pase, pero celebrarlo de esta manera... Vosotras que entendéis más de modas y eso, ¿no os parece chabacana tanta opulencia? ¿En serio tienes que demostrarles a todos que quieres a tu pareja porque has alquilado un toro mecánico o un photocall que da vueltas sobre sí mismo? ¿No puedes simplemente decírselo por las noches antes de ir a dormir?

—¿Para qué has venido? —pregunta Júlia con ironía.

—No me lo iba a perder —resopla Amaia; le da un trago a su verdejo.

Los invitados pasan al gran salón, comprueban la mesa asignada —y su título— y se sientan. La de nuestras chicas se llama

«Sucedió una noche», en honor a la película de 1934 de Frank Capra. Encima de sus cubiertos hay un regalo o, más bien, una nota que les recuerda que no tendrán regalo porque la pareja ha decidido donar el dinero —*a priori* destinado a este— a la investigación contra el cáncer. Júlia es la «capitana de mesa», esto es, la encargada de «animar el cotarro» para que no decaiga nunca «el espíritu de la fiesta». Para su desgracia, las mesas redondas tienen el diámetro suficiente para una docena de comensales, incluidos Úrsula y también Raúl con su más uno: su mujer. Encontrarlo fuera del trabajo supone un tormento mayor que trabajar con él a diario por un sencillo motivo: en la oficina se comporta como alguien normal, como si no hubiera estado a punto de hacérselo con ella en el baño. También facilita las cosas el hecho de que la mayoría de los asistentes a la cena de empresa finge no recordar nada de aquella noche, aunque el sutil vacío que le hacen desde entonces le deja claro que nadie lo ha olvidado. Sin embargo, ambos se encuentran en una tesitura que puede dar alas a que, con un par de copas, se vuelva loca. El ambiente se torna incómodo para Júlia, pero no para el resto de las chicas, que, sabedoras de que su compañera hizo el ridículo de algún modo en la cena de empresa, pero ajenas a lo que realmente sucedió, atienden a cada ritual como si se tratara de un espectáculo.

Dani y Tomás entran al banquete al ritmo de una versión electrónica de una mítica canción italiana. Saltan y bailan mientras que los invitados corean y mueven unos tubos fluorescentes al ritmo de la música. Los novios llegan a la mesa principal y, antes de sentarse, un público absolutamente entregado e inclusivo les obliga a besarse.

Mery es fan de las bodas y, además, ha descubierto algo inesperado: está deseosa por volverse a enamorar. Cualquier persona cuerda aprovecharía esta etapa de soltería para descubrirse a sí misma, probar nuevas experiencias relacionales o incluso optar por el celibato, pero eso de los tiempos prudenciales no es para ella. Quizá porque no quería a Manu de la forma en que se debe querer a una pareja, ahora se muere por entregar su corazón a otro hombre desastroso y mediocre al que contemplar por primera vez como extraordinario. Romántica, busca entre los invitados el espécimen ideal. El aspecto físico no es fundamental; sí lo es la conexión. Es evidente que una cara bonita no ha necesitado un gran arco de personaje, esto es, un desarrollo de personalidad, por lo que se detiene en chicos feos, como el DJ, al que no deja de pedir canciones de Gracie Abrams que este nunca pone. Como sea, enamorarse es otro de sus propósitos de año nuevo. Para que os hagáis una idea, nuestras chicas lo empezaron plasmando sus metas en una cartulina, como en una especie de llamada a la atracción, de manifestación. ¿No es triste? Además de un nuevo amor, Mery también ha pedido ganar dinero publicando libros y que la seleccionen en concursos literarios, aunque sea de relatos. En eso piensa mientras observa a los novios abrir el baile con una canción de Pablo Alborán.

Júlia le da un trago a su gin-tonic recién servido. La comida ha sido copiosa y nada digestiva, por lo que casi todo el mundo elige beber de pie, con calma. Úrsula se acerca a Júlia y la sorprende por detrás.

—¿Qué tomas?

—¡Ay! Ah, eres tú. Ginebra. ¿Quieres? —Úrsula niega—. Ha estado rica la comida, ¿verdad?

—Sí, sí. Le he dicho a Dani que me pase el número del catering para no llamarlos cuando me case —dice en tono jocoso.

—Vaya, yo aún no he podido hablar con él —se lamenta Júlia.

—Saldrá en un rato. ¡Son muchos invitados que saludar!

—Ya. Total. —Júlia remolonea. Ha estado evitando este momento, pero sabe que tiene que enfrentarse a él—. Oye, quería darte las gracias por portarte tan bien conmigo este mes en el trabajo.

—No he hecho nada —dice Úrsula, quitándole importancia con un gesto.

—Podrías haberme hecho el vacío como el resto.

—No te hacen el vacío. Solo que ya no te tienen miedo —señala la becaria y se pide un ron cola. Júlia se queda rayada—. Me flipa tu vestido —añade, dando un trago a su bebida.

—Y a mí el tuyo —responde Júlia con una sonrisa tímida.

—Me han renovado otros seis meses —le anuncia—. Lo sabías, ¿no?

Nuestra chica asiente.

—Que sepas que propuse que te hicieran indefinida, pero nadie tiene ese privilegio sin pagar el pato un par de veces —dice.

—Tú sí lo conseguiste —responde Úrsula con retintín.

—Pero yo soy increíble —suspira Júlia, aunque enseguida aclara, nerviosa—: Es broma.

—No, no es broma.

—¡Obvio! —Ríen—. Y, sobre lo que dije aquel día, en la oficina... Sí que quiero ser tu amiga.

Úrsula brinda por ello y luego dice:

—¿Te puedes creer que sigo teniendo hambre?

Júlia ve cómo su jefe se acerca a ellas acompañado de su mujer.

—Y yo ganas de vomitar —responde.

Amaia orina fuera del palacete, detrás del autobús, porque a pesar de que comería encima de la porcelana de esos baños, la cola que hay es interminable. Coral la espera mientras echa un vistazo a las redes sociales. Le cuesta que cargue a causa de la mala señal.

—¿Me haces una foto? Antes de que anochezca —le pide Amaia.

—¿Una foto? ¿Para qué?

—Para mis padres, que están en plan pesados...

—Ah. Vale —responde la otra. Prepara el móvil—. ¿De cuerpo entero?

Amaia asiente y posa según le ordena Coral. Luego, revisa las fotos.

—¿Cuál te gusta más? —le pregunta a su amiga.

—Tus padres no van a notar la diferencia.

—Pero me interesa tu opinión, por si la subo a Instagram.

Coral la mira inquisitiva. ¿Desde cuándo sube contenido? ¿Desde cuándo tiene cuenta?

—Esta. —Señala una en la que sale de perfil—. Te da el brillo justo en la nariz.

—Genial —dice la otra mientras se pone el abrigo.

—Te deberías vestir siempre así.

—No, gracias. Lo de hoy ha sido una excepción. La moda me resulta frívola y precisamente es la industria más contaminante.

—¿No has visto *El diablo viste de Prada* o qué?

—Esa película es absurda y, además, reafirma mi teoría. Anne Hathaway eligió la esclavitud en lugar de a un marxista guapísimo con el pelo de Luigi Mangione que seguro que apoyaba la teoría queer. O sea, ponte en contexto. Tienes al mejor chico del mundo como novio, ¡tú misma eres puto periodista, se supone que estás comprometida políticamente!, ¿y te vas a lamerle el culo a una vieja frígida?

—Es Meryl Streep —justifica Coral.

—Ya... —Amaia se queda perdida en sus pensamientos—. ¿Un porro a medias?

—Claro que no. Amaia, nadie se droga ya.

—Eso lo dirás tú —dice su amiga y se saca un canuto del bolsillo del abrigo.

De repente, un ruido entre la maleza las pone en guardia. Tomás sale de entre los arbustos con la nariz algo enrojecida. Las chicas lo reconocen y le preguntan si está bien. La música de «Siempre así» suena de fondo.

—No sé quiénes sois —dice el novio con el ceño fruncido.

—Nos ha invitado Dani —se excusa Coral—. ¡Enhorabuena!

—¿Me dais un beso? —propone Tomás.

—¿Cómo? —dice Amaia, confundida.

—Que si nos damos un beso los tres. En plan, media luna.

Amaia tira del brazo de Coral quien, reticente, se mantiene en su sitio.

—Es solo por divertirnos —dice él.

Coral, que quiere acabar cuanto antes con lo incómodo de la situación, cede.

—Anda, si es una tontería.

Tira de Amaia y se acercan hasta darse un pico a tres bandas. Después, les entra la risa floja.

—¿Me das una calada? —le pregunta Tomás a Amaia.

Esta se lo regala y tira de refranero:

—Que uno no se casa todos los días.

—¿Vamos dentro? —propone Coral, algo perturbada todavía—. Hace frío.

—¿Y si jugamos al escondite? —dice el novio.

—¿Ahora?

—¿Por qué no?

—Perdona, Júlia, antes en la mesa me ha parecido escuchar que te gustaría iniciar un negocio.

«La mujer de Raúl es encantadora», piensa. Lo que le faltaba para sentirse todavía peor.

—A largo plazo, pero sí —responde con modestia—. Me interesa mucho el tema hostelería, catering... Soy muy *foodie.*

—¿Quieres montar un restaurante, entonces?

Raúl y Úrsula se quedan apartados de manera natural porque la mujer de Raúl y Júlia se embarcan en una conversación muy interesante en términos empresariales. Necesita ideas, información y toda clase de ayuda y le da igual de quién provenga porque su conveniencia no tiene fronteras.

—No exactamente. Verás, hay un vacío en cuanto a desayunos, que es la comida más importante del día y también la mejor.

—Estamos de acuerdo —sonríe la mujer, cómplice.

—Sin embargo, cuando te levantas de resaca y te apetece comer, pero no tienes fuerzas, no hay ninguna opción para pedir a domicilio.

—Es un buen inicio. Has sabido ver el hueco, la necesidad.

—Tengo un menú hipotético y unas primeras cifras —añade Júlia, entusiasmada.

—Dime, ¿qué es lo más útil que has aprendido en la vida? —La mujer de Raúl pronuncia cada palabra con peso, como si aquello no fuera una charla informal, sino una entrevista de trabajo.

—Qué buena pregunta... —dice Júlia, pensativa—. Pues...

—¡Hombre! —Dani aparece sujetando una espaldera con luces que se abre y se cierra simulando un exoesqueleto—, pero si está aquí mi Nagore. Ven que te abrace. —Júlia se deja querer—. Gracias por venir. Me hace tanta ilusión tenerte aquí. Tus cien euros de mierda no han alcanzado para pagar el menú, pero no pasa nada. Ya me invitarás a alguna copa. ¡O a veinte!

—Enhorabuena —dice Júlia, sonriendo—. De verdad. Tomás es genial y la boda está siendo preciosa.

Dani asiente con condescendencia y entonces parece darse cuenta de la situación.

—¿Qué os traéis entre manos? —les pregunta a las dos—. ¿Haciendo negocios?

—Quién sabe. —La mujer le guiña un ojo a Júlia.

—Si sale algo interesante, quiero comisión, ¿eh? Úrsula y tú, nada, ¿no? Mira que de una boda, sale otra boda. —Ríe y Júlia lo imita como si no deseara ahogarlo con sus propias manos—. Voy a buscar a mi marido; si no le pongo la correa, se me pierde.

Júlia sabe que Úrsula lo ha oído, pero ahora no puede centrarse en eso: tiene un futuro en el que pensar. Se vuelve de nuevo hacia la mujer de su jefe.

—¿Decías?

El puesto de maquillaje está bien equipado. Las mujeres pasan a retocarse y los hombres se sienten más liberados para juguetear con la purpurina y otras formas artísticas de expresión, como si estuvieran haciendo una locura, como si se estuvieran tirando por un puente. Mery observa los tatuajes falsos y recuerda su infancia. Se pega dos brillantes dorados al final del párpado con delicadeza, se termina el culo que le queda a la copa y sonríe ante el espejo.

—¿Me queda bien? —pregunta a una invitada.

—Sí —le responde esta con entusiasmo—. Puedes probar incluso a ponerte dos más a cada lado.

—Me gusta la idea. ¿Crees que atraeré al DJ con unas buenas pestañas postizas?

La mujer la mira con extrañeza.

—Pero si es monstruoso —le dice cuando le echa un vistazo—. Y tú eres una chica muy mona.

—Ya, gracias. Qué nervios. —Mery sonríe—. ¡Ojalá le guste!

El primero en esconderse ha sido Tomás. Amaia y Coral llevan media hora buscándolo sin éxito. Deciden parar para cambiarse los tacones por zapatos planos que, además, son gratis. Las chicas suspiran por el alivio instantáneo.

—Vamos a la barra y seguimos —propone Coral—. Estoy seca.

Echan a andar, pero no han calculado la extensión real del palacete.

—Estoy empezando a salir con un chico —dice Amaia—, pero no es nada serio.

—Hija, se te nota —responde Coral.

—¿En qué? —Amaia se pone a la defensiva.

—Estás más huidiza, como si escondieras algo.

—Vamos, como siempre es Júlia, y a ella no le decís nada —se queja.

—Y menos borde —añade Coral.

—Yo nunca he sido borde.

—Eres menos «tú», pero no lo digo como algo malo. —Amaia se queda pensando en que es la peor reacción que podía esperar. Si su esencia se diluye en el amor, ¿qué le queda entonces?—. Me refiero a que te noto más madura. Apenas ves películas de Disney ya. ¿Crees que Tomás estará en el baño?

Amaia echa un vistazo desde la puerta.

—No hay nadie aquí.

—Vamos a la planta de arriba.

Las chicas suben por las escaleras de mármol.

—¿Quién es? —prosigue Coral—. ¿Lo conozco?

—No.

—Ah.

—Y no creo que os lo presente, porque no vamos a durar.

—Como quieras.

—Le voy a dar pasaporte en cero coma.

—Muy bien.

—Vale, es Cayetano —se rinde Amaia.

—¿Qué Caye...? —Coral se tapa la boca, pasmada—. No me fastidies... ¿Estás saliendo con el hijo del casero?

—No se lo digas a nadie —suplica Amaia—. Por favor.

—Amaia, ¿y tus principios?

—¡Ya lo sé! —exclama ella—. ¿Se lo vas a contar a estas? A Júlia, ni se te ocurra.

Coral la mira con fijeza.

—No, pero se van a acabar enterando —termina por decir—. ¿Cuánto tiempo lleváis?

—Unas semanas —confiesa Amaia—. Lo que pasa es que lo odio. ¿Sabes? Es tan contrario a mí. Lo odio con toda mi alma.

Coral suspira, porque no se cree ni una palabra y decide centrar sus esfuerzos en algo más productivo, como encontrar a Tomás. Abre una de las puertas en su busca, pero en lugar de encontrarlo a él, ve a Raúl y a Úrsula besándose contra una pared.

Esta se despega de él en cuanto las ve y corre hacia ellas, seguramente con la intención de justificarse. Pero nuestras chicas ya han cerrado la puerta: retendrán toda la información como un potente disco duro.

Son las siete y los escasos rayos de sol que se filtran entre las nubes han desaparecido. Mery sigue bebiendo alcohol y fija la vista en el DJ. Convencida de que puede ligárselo, acude por quinta vez a la tarima.

—Oye, que quiero liarme contigo. ¿No te das cuenta?

El DJ, que asumía que simplemente sería la típica pesada que se cree con buen gusto musical, le da bola; ha sido una sorpresa agradable. Preselecciona varias canciones y las deja en la cola.

Se quita los cascos y acompaña a Mery a uno de los salones de la segunda planta, gélido y oscuro, pues su uso no estaba previsto. Una vez a solas, el DJ va a presentarse, pero Mery no quiere saber cómo se llama.

—Me interesan tus aficiones —dice ella—. ¿Te gusta leer?

—Me gusta mucho el cine.

—Cuéntame más. —Entorna los ojos a causa de la embriaguez; ve la escena difuminada. Se sientan en un sofá y ella se vuelve más seductora que nunca.

—Sé que decir que Tarantino es mi director favorito suena a meme, pero *Pulp Fiction* me marcó mucho.

—Te entiendo —dice Mery, comprensiva—. Bueno, es divertida y en su momento rompió moldes.

—Pero tengo mi corazoncito, ¿sabes? —añade él—. Mi película favorita es *Pequeña Miss Sunshine*.

Eso es suficiente para Mery, que se lanza y lo besa. Enseguida le desabrocha la camisa y le tira de los pelos del pecho. Él gime, quejoso. Ella se sube encima de él, se quita la chaqueta de terciopelo y la tira al suelo.

—Hace frío aquí —dice, con un escalofrío repentino.

Él asiente y sigue desnudándola. Se baja los pantalones hasta los tobillos y repite la operación con los calzoncillos de pata. Mery le besa el cuello. A continuación, se levanta, sin despegarse de él, se baja las bragas y se sienta sobre su pene. Él va a meterla cuando Mery le pregunta si lleva algún preservativo. Niega casi con sarna, como si tuviera frente a él a una novata.

—No es por quedarme embarazada —se justifica ella—. Es por las enfermedades.

—Eres la primera con la que lo hago sin condón y estoy sano, así que no te voy a transmitir nada.

—¿Seguro que soy la primera?

—Yo no miento —le asegura, como si la duda le ofendiera.

—Vale.

Se besan y se rozan con más intensidad para quitarse el frío. A Mery le gustan tanto esos efímeros momentos de pasión como los de profundo desánimo, cuando está sumida en el pozo. Ambos los siente como una leve febrícula. O arriba o abajo es su estado de ánimo. No existe punto intermedio. Ella es pura visceralidad. Manu era un bostezo seguido de otro.

—No la tienes muy grande —dice, impulsada por la borrachera.

—Lo sé —responde él para quitarle importancia.

El DJ le toca el clítoris mientras tanto y Mery le muerde la oreja a causa del placer. En poco más de cinco minutos, ella ha tenido un orgasmo satisfactorio y él se ha corrido en el sofá. Ambos tratan de recobrar la respiración. Mery apoya la frente sobre la de él y pregunta:

—¿Pondrás ahora las canciones que te pido?

—Es que no sé quién las canta.

Coral, Tomás y Amaia se han hartado de jugar al escondite. Tendidos en una de las camas del palacete, descansan de la juerga exterior.

—Me pregunto por qué en las bodas hay tantos viejos —dice Amaia.

—Porque suelen pagar los padres, que tienen la misma edad que ellos —responde Tomás.

—Tiene sentido.

—¿Y por qué te has casado con Dani? —le pregunta Amaia.

—Porque lo quiero.

—Ya, pero ¿por qué?

Él se encoge de hombros con total indiferencia. Coral asiste a la conversación en silencio.

—La vida, ¿no? —dice él.

Amaia asiente como si esa respuesta tuviera todo el sentido del mundo.

—¿Dónde te vas de luna de miel?

—A Estados Unidos.

—Tomás —Coral habla al fin—. ¿Qué haces pasando el día de tu boda con nosotras?

Permanecen en silencio. Él las coge de la mano y cierra los ojos.

—Cada vez me quedan menos tareas por tachar y sigo igual de triste —dice.

—¿A qué te refieres?

—Me he casado. Pronto vamos a adoptar. Y no siento nada.

—No haberlo hecho —le reprocha Amaia.

—Pero todo el mundo decía que así encontraría la felicidad. Me lo prometieron. Y me engañaron. Aunque... en realidad, no tanto. Joder, todos los cuentos se acaban cuando la princesa se casa con el príncipe. Cenicienta, con su príncipe. Blancanieves, con el suyo.

—Eres gay. No creo que esos ejemplos sean...

—¡El resto de la historia no interesa! —interrumpe Tomás, inmerso en su frustración—. La convivencia, las manías, las lavativas. Nadie te prepara para lo que viene después. En plan, ¿qué ocurrirá mañana? La nada.

—Lo has dicho antes: la vida —dice Coral.

—¿Y si al levantarme me siento vacío?

—¡Por favor! No tienes que optimizarte más —dice Amaia, incorporándose—. ¿Crees que así se consigue la plenitud? ¿Haciendo *checks*? No. Cuando te mueras, no te esperará una pava uniformada de Ryanair que contabilice los viajes que hiciste solo para poder afirmar que habías viajado. Ni tampoco habrá un medidor que certifique tu boda, tu paternidad o tu jubilación. Te mueres y punto. Y hasta entonces, vives y ya está.

Amaia vuelve a tumbarse y se cruza de brazos. Tomás se ladea y la abraza. Coral hace lo mismo con respecto a él.

—Vives y ya está —repite Tomás, con un asomo de sonrisa—. Pues también es verdad.

33

Los *vision boards* en forma de láminas siguen expuestos en una de las paredes del salón. Siempre que se sientan en el sofá, las chicas los miran largo rato, como si estuvieran contemplando las mujeres que serán. Han dejado al aire libre sus sueños y ambiciones, sin juicio ni burla de por medio. Por ejemplo, Amaia no condena el de Júlia. Se centra en aquello que ella misma pretende atraer. Hablamos de, sorprendentemente, hacer ejercicio físico dos veces a la semana o concretar su estilo de vestir. ¿Qué la estará haciendo cambiar? Sus amigas, desde luego, no. Mery, en su caso, desea con fuerza «crear», así como ganar el concurso literario al que envió su relato. El premio apenas alcanza los ochenta euros, pero esa podría convertirse en su primera publicación en una revista literaria. En esta línea, manifiesta al universo la paciencia y la perseverancia necesarias para no decaer en sus empeños creativos. También pide alejarse de los ansiolíticos. En esto coincide con Coral, quien para este 2025 pretende dejar atrás todos los miedos respecto al futuro. Lo sabemos: tarea imposible. Júlia ha pedido recibir mucho dinero para poder invertir en su empresa de catering. Tampoco le importaría alterar el orden de las cosas y recibir una ya montada que le reporte beneficios.

De alguna forma, estas peticiones se convierten en propósitos. Al igual que el calendario les muestra las fechas por llegar, estas láminas las animan a no decaer en sus aspiraciones, por más desalentadas que se encuentren, por más que el sistema las entristezca, por más que ellas mismas se hundan por el peso de la coherencia; incluso cuando la meta resulte imposible de alcanzar o escape a su control, porque el éxito reside en la valentía de haber colgado ahí esas láminas.

Pero ahora no hay nadie en el salón. Ni en todo el piso. Tras la boda, enero terminó de asentarse como un nuevo comienzo donde nada cambia en realidad. La rutina es inexcusable.

Amaia se ha encerrado en la biblioteca de la facultad de Teología porque siempre está vacía y ponen la calefacción a la temperatura perfecta. Los exámenes están a la vuelta de la esquina y haber entablado una relación en secreto no la ayuda a concentrarse. Decide doblar la dosis de anfetas que ya se toma para el déficit de atención, pero no le comenta nada a Cayetano porque no quiere que sepa que piensa en él. Le ha contado que ha memorizado estupendamente el temario porque le jode admitir que no puede centrarse por su culpa. Piensa en la injusticia que supone tener que estudiar mientras te estás pillando de alguien. ¡Son ocupaciones incompatibles! No hay espacio para tanto. Ahí está, acodada en una mesa menuda, con la barbilla apoyada en la palma de la mano, mientras suspira por un hombre que, sí, la trata como un ser humano, pero a la vez es el enemigo. Entre los *déjà vu* de Cayetano y el golpeteo nervioso de unos dedos a pocos metros de distancia, le es imposible estudiar. Ya ha asumido la verdad: él le gusta. Ahora toca la otra realidad: asumir que los van a descubrir. Pero, para entender mejor la preocupación de Amaia, viajemos a la primera vez que quedaron, antes de que ocurriera nada, antes de que ella empezase a mentir a todos sus conocidos, y veamos cómo afecta este hecho a su relación.

Se han citado a las cuatro de la tarde en la terraza del hotel Monasterio, una cafetería en la última planta, con unas vistas panorámicas del Monasterio de San Jerónimo, para aprovechar la oferta café más copa por cinco euros. Es un sitio concurrido por la juventud en general, pero entre semana suele haber sitio. Contra todo pronóstico, Amaia ha llegado antes y espera a Cayetano en una mesa aislada que linda con la barandilla. No se quita el abrigo de paño marrón —que le ha cogido a Mery sin su permiso— porque aún no han encendido los calefactores exteriores y estos primeros días de diciembre ya se sienten como si fueran de invierno. Está a punto de fumarse un cigarro, pero no quiere que le entren ganas de cagar en plena conversación. No sabe muy bien qué siente ni qué la ha llevado a aceptar. Decide improvisar.

Ve a Cayetano aparecer y preguntarle a un camarero, así que levanta la mano para que la vea. Él la distingue a lo lejos, sonríe y se dirige a la mesa, no sin antes dar las gracias al hombre. Por la cabeza de nuestra chica nunca se han intercalado tan rápido las frases. No está nerviosa, está histérica.

—Perdona por haberte hecho esperar —dice él.

—No pasa nada —responde Amaia, pero enseguida añade—: O sea, sí que pasa, es mi tiempo. Pero como es la primera vez en mi vida que llego pronto, pues... no pasa nada.

Ninguno hace el amago de darse dos besos. Ella no se levanta a recibirlo como muestra de provocación; él no cede a su juego, se sienta directamente. Lleva unos chinos oscuros y un jersey gris de cuello alto sobre una camisa blanca. Tampoco se quita el abrigo, de estilo tres cuartos, ni la bufanda de Scalpers. El camarero acude a tomarles nota antes de que puedan iniciar una conversación.

—¿Quieres que nos cambiemos de mesa? —propone él—. En aquella, las vistas son mejores.

—Aquí corre menos el aire.

—¿Crees que no me afecta el hecho de que no quieras que te vean conmigo? —suelta Cayetano sin reparo.

—No...

—Sí me afecta. Yo también tengo sentimientos.

—Me refiero a que no es que no quiera que me vean contigo —aclara Amaia—. Es que no quiero que mis amigas se enteren.

—¿Qué diferencia hay?

—¡Mucha! Te recuerdo que eres el hijo del tío que nos duplicó el alquiler y que por poco nos deja en la calle. Te odian.

—No me odian —dice él con un resoplido.

—Crees que porque tienes carillas en los dientes, te vas a tirar a alguna. Déjame decirte que no. —Amaia sabe que sí.

—Solo me odias tú.

—¡No! —Levanta las manos como para mostrar su inocencia—. Ya no. Me estoy volviendo tolerante, ¡hasta las chicas me lo dicen! He superado mi fobia, mi miedo a que me vieran con... alguien como tú, así que valóralo.

Cayetano está a punto de echarse a reír. Aún no les han servido los cafés y Amaia ya está con la escopeta cargada.

—¿Te tengo que dar las gracias? —dice con sequedad.

—No, porque a mi familia no creo que pueda presentártela nunca.

—Me juego el cuello a que es la mentira más grande que has dicho en tu vida.

—Y a nuestros hijos les harían bullying por tu culpa —sigue Amaia, que ya parece desquiciada por completo—. Aunque seguro que tú los llamarías Borjita y Rodrigo y con eso bastaría para que se metieran con ellos.

—Yo no quiero tener hijos.

—Ah. —Amaia se corta—. Yo tampoco.

—«Nuestros hijos»... Lo has soltado muy a la ligera.

—Es lo típico que se dice —refunfuña ella.

—Cuando te gusta alguien —sonríe él.

A Amaia le da rabia que le termine las frases y tergiverse el discurso a su favor, pero al menos no le hace quedar como una ignorante con preguntas del tipo: «¿No sabías que todos compartimos el ADN de Gengis Kan? Espera, ¿cómo has estado toda la vida sin saber quién es Mobutu?».

—No me gustas —dice ella.

—Porque no me conoces —contraataca él.

—Sé lo suficiente. Ya lo dice la canción. No votas al PP, votas a Ciudadanos.

—Vayamos a cara perro —suspira Cayetano—. Yo voto al PSOE.

Amaia se tapa la cara y niega con ímpetu. El camarero llega con los cafés. Un bombón y un descafeinado.

—Eso es peor —se le escucha decir con un sonido amortiguado.

Él le pregunta por qué mientras aparta el sobre de azúcar. Tras una mirada furtiva, ella le sonríe. Un momento, ¿qué le pasa? En otras circunstancias, esa respuesta le habría bajado toda la libido, pero ahora está más interesada que nunca. Solo quiere picarlo, pero no como un ataque ni a la defensiva. En la misma medida en que se muerde a alguien con suavidad cuando no se aguantan las ganas de besarlo.

—Somos muy distintos —concluye Amaia.

—Eso es verdad. Yo soy más culto que tú y menos arrogante. También soy más guapo. Y tengo más dinero —sonríe.

—Eso no lo sabes.

—Ya te has encargado tú de hacérmelo saber.

—A lo mejor mis padres tienen pasta.

—Eso te convertiría en una de esas niñas que aparenta ser pobre porque está de moda. No hay nada peor que eso.

Enseguida, Amaia pone freno a esta deriva.

—¿Por qué te gusto?

—Porque eres espontánea —dice Cayetano, pero Amaia insiste con un gesto, esperando alguna razón más—. Ahora eres tú la que luce insegura.

—Al contrario. Es que me lo llevo preguntando todos estos días, desde un punto de vista objetivo.

—O sea que cuando tardabas tanto en contestarme, no era porque pasaras de mí, sino porque te estabas haciendo la dura...

Amaia asiente y da un trago a su leche condensada con un toque de café.

—Te va a petar el corazón —advierte él.

—Ah, perdona, no he caído en que estoy ante un estudiante de Medicina, ¿no?

—En prácticas, sí. Último curso.

—¿Qué opinas del feminismo? —dispara ella sin paliativos.

—No tengo opinión. Quiero decir, siempre a favor —añade él enseguida.

—¿Y de Eurovisión?

—¿Qué es esto, un test de la *Superpop*?

—¿A quién votaste el año pasado? ¿A Chanel o a Rigoberta?

—A Rigoberta.

—O sea —Amaia se cruza de brazos, inquisitiva—, que te gusta ver tetas.

—Tía, estás loca —se rinde Cayetano—. La leche condensada te está afectando. —Ríen—. ¿Y tú a quién votaste?

—Yo sabía que Eurovisión no dejaría que Rigoberta Bandini se sacara las tetas en una canción que habla literalmente de la belleza de las tetas, así que voté a las gallegas.

—Te gusta decir «tetas», ¿eh?

—Tetas-tetas-tetas-tetas-tetas-tetas-tetas.

—Ya —dice él, consumido por el dinamismo de la conversación—. Lo he pillado.

—Es que no dejan de censurar nuestro cuerpo en todas partes. ¡Nuestros pezones!

—Es una mierda, sí. Amaia, no vas a conseguir una opinión polémica por mi parte. Políticamente soy muy correcto.

—Mira —ella se exaspera porque le jode que sea tan perfecto—, tengo que encenderme un cigarro.

—¿Me das uno?

—¿Fumas?

—Si tú fumas, yo fumo.

—Así olemos mal los dos.

—Básicamente.

—No lo entiendo —confiesa ella mientras le ofrece uno de su pitillera—. Te trato como el culo y aun así sigues aquí. ¿Cómo es posible? No es por mis tetas.

—No las he visto, no puedo opinar...

—Tengo pocas. Pero si me diera por enseñarlas aquí, ¿qué pensarías?

—En general, lo vería innecesario porque hace frío.

—Lo censurarías —salta ella, victoriosa.

—En absoluto.

—Me respetarías menos —deduce entonces.

—No —resopla Cayetano—. Estás generalizando sobre una hipótesis que no se va a dar, que es imposible. Y lo haces solo para fastidiarme, para que me vuelva loco, pero te diré una cosa: tengo mucho aguante.

Amaia, que no tiene buen perder en las batallas dialécticas y que está empezando a pensar que Cayetano parece, de verdad, un buen tipo, decide seguir una estrategia más radical seguida por la incrédula mirada de él: se levanta el jersey, la camiseta interior y el sujetador de la talla setenta y cinco para mostrarle el pecho a su público. Se contonea al ritmo de la música de fondo moviendo los dedos con los que sujeta el cigarro en forma de infinitos. Las personas de alrededor se la comen con la vista; desde la calle, seis pisos más abajo, la señalan con sorpresa.

—¿Vas a pedirme que me baje la camiseta? —le pregunta a su acompañante.

—Haz lo que quieras —dice Cayetano con serenidad, como si fuera el hijo hippie de algún millonario.

—Es para demostrarte que me da igual que me vean contigo. ¿Te da igual a ti?

Cayetano va a hablar, pero el camarero acude a llamarle la atención.

—Oye, eso no lo puedes hacer aquí. ¡Tápate! Por favor, un poco de respeto...

—Es que... no sé por qué dan tanto miedo nuestras tetas —afirma ella haciendo caso omiso al camarero y mirando fijamente a Cayetano.

El camarero intenta bajarle la ropa, pero Amaia se resiste.

—Quita. Déjame.

Este respira hondo y vuelve a pedirle que deje de dar el espectáculo. De lo contrario, no les quedará más remedio que echarla. Entonces Cayetano se pone de pie, se coloca el cigarro en los labios y se sube la camisa y el jersey, dejando al descubierto su pecho inmaculado y sus abdominales bien marcados.

—Ya sé lo que pretendes —suspira el camarero, que se ha cansado del jueguecito—. Y no, tú tampoco puedes ir sin camiseta. Si casi tienes más tetas tú que ella.

Amaia se indigna, pero admite la derrota y ambos terminan por marcharse de la terraza bajo la mirada del camarero, harto de los chavales y de las cosas raras que hacen para ligar.

Abajo, en la puerta del hotel, Amaia se mete las manos en los bolsillos e inocente, pregunta:

—¿Dónde me vas a llevar ahora? ¿A comer una smash burger?

Cayetano permanece impasible, como si ambos estuvieran jugando a aguantar a mirarse a los ojos sin reírse. Ella nota cómo se le ruborizan las mejillas. Y ya está. Aquí acaba. Esa fue su primera cita. ¿Qué creemos que pasó? ¿Que se dieron dos besos y no volvieron a hablarse más? ¿Que les pudo la timidez y siguieron alargando la conversación por el móvil? No. Eso es impropio de Amaia.

—Podemos quedar otro día —propone él.

—O podemos seguir. Hoy. Es que, a ver, no quiero que te vayas. En plan, no quiero alejarme de ti —se sincera—. Y como no sé cómo acabará el resto de la tarde, te lo pregunto ya: ¿puedo dormir contigo esta noche?

—Claro.

—¿Y mañana?

—Yo tampoco quiero que te vayas —responde Cayetano a modo de confirmación.

—¿Porque soy la mejor? —lo pincha ella una vez más.

—Porque eres la mejor —afirma él y le muestra su perfecta sonrisa.

Amaia interioriza esas palabras como una victoria de clase. La admiración de un burgués le vale como para perdonar a toda su estirpe. ¿Entendemos ahora por qué, entre apuntes de «evaluación de intervención psicológica en el ámbito de familias y parejas, y los de trastornos afectivos y de ansiedad», es imposible que no le venga Cayetano a la memoria? Lo cierto es que, venga de donde venga, nunca ha conocido a nadie como él.

34

En el piso, Coral descarga lo que ha comprado del supermercado. Hoy es un día tranquilo, de esos en los que no pasa nada pero que resultan estimulantes precisamente por el contraste entre prisa y calma. Ha amontonado la compra en un perfecto tetris dentro del carro y ahora saca uno a uno los productos y los posa en el poyete porque necesita tener un enfoque global de todo. No solo por una cuestión de organización —de esta manera, puede prever el menú semanal—, sino por pura satisfacción visual. Mete primero los congelados y los alimentos frescos como el yogur o las pechugas de pollo en el frigorífico. Después, destina los cinco paquetes de macarrones y las conservas en aceite de girasol a su alacena, contigua a la de Júlia. Lo sabemos por la pegatina con su nombre.

De pronto, escucha un goteo. Deja de hacer ruido y aguanta la respiración para centrarse en la procedencia de ese sonido. Viene del fregadero. Se agacha para comprobar el estado de la tubería y descubre que la junta pierde agua y que el tapete de plástico que protege el suelo del armario está encharcado. Se pregunta asimismo por qué siempre le toca a ella enfrentarse a estas situaciones. ¿Es que las demás no ven los putos desperfectos? ¿O sencillamente los ignoran y se hacen las locas, como si la cosa no fuera con ellas? «No merece la pena ofuscarse por eso —piensa—. Hay que arreglar el desastre». Y, para qué engañarse, le encanta poseer las habilidades precisas para resolver problemas domésticos. Así que se sirve de un cuenco para recoger la gotera y de una bayeta para absorber el agua. Trata de acoplar la junta de forma correcta apretando ambas tuberías, sin éxito. Se da cuenta de que necesita un material que amortigüe el posible roto. Entonces envuelve la junta con cinta aislante negra y se congratula a sí misma por la maña, pero enseguida abre el grifo y comprueba que la gotera sigue. «No pasa nada», se dice.

Se toma un Lexatín y un buen vaso de agua y, a su vez, mira el extractor resquebrajado. Todo está mal. Se masajea las sienes mientras asume que tendrá que llamar a Adolfo, o peor, a un fontanero cuya factura ascenderá a una millonada y que tendrá que pagar porque, por más que se la pase al casero, este se hará el remolón, el hombre ocupado, y en la situación de desempleo en la que se encuentra, no le viene demasiado bien. Pero no pasa nada. El tic en el ojo parará algún día.

En otro punto de la ciudad, en el cuarto de baño de la librería donde trabaja, Mery se rehace la coleta ante el espejo. Comprueba que su perfil bueno siga siendo el izquierdo y se suelta un par de mechones porque siente que el flequillo no le tapa la cara lo suficiente. Le encantaría echarse agua helada como ocurre en las películas cuando los personajes están alterados o se disponen a vivir un momento traumático, pero ella no puede por dos motivos. El primero es evidente: se le mojaría el flequillo. El segundo también lo es: lleva maquillaje y se le correría el rímel. El único gesto factible sería mojarse la nuca. Cosa que tampoco hace porque tiene frío.

El baño está al final del almacén, junto a varias pilas de cajas y un par de mostradores viejos. A lo largo de los metros que lo separan de la tienda, se convence de que lo que está a punto de suceder es una terrible idea. Pero no puede echarse atrás. Ya no, porque fue ella quien propuso a Gloria organizar un *slam poetry* y quien movió toda la logística para hacerlo realidad. ¿Se trata de una verdadera competición como motor de creación poética? ¿O solo quiere demostrarle a su jefa, que la está ayudando a mover la novela, que ella también tiene tablas dentro del mundillo literario? Porque no solo es organizadora, también va a recitar. Ha memorizado el texto y se ha puesto su mejor jersey.

—Podríamos poner algo de beber, ¿no? —propone Gloria al verla salir—. Para los participantes, por si se les seca la boca.

—Son tres minutos como máximo —señala Mery—. No va a dar tiempo.

—Luego una se pone nerviosa —le advierte su jefa—. ¿Tú no lo estás?

—Sí, pero no voy a parar de interpretar para beber agua.

—Tú, no. Quizá el resto, sí.

—Vale, vale. Tienes razón —dice por contentarla—. Y puedo poner algún picoteo como unos frutos secos o unas galletas.

Orienta las sillas del público en dirección al escenario —una alfombra victoriana—, donde un foco apunta a un pie de micro. A pesar de haber echado a un lado las estanterías, el espacio sigue siendo minúsculo, por lo que los asistentes tendrán que quedarse de pie.

—¿Cuántas personas recitan? —pregunta Gloria.

—Al final, ocho.

—O sea, que vendrán tres.

—No creo que sean tan impresentables —se horroriza Mery—. Me habrían avisado.

—Puf, es que los miedos escénicos son muy traicioneros y a este tipo de cosas, o estás muy familiarizado con ellas y te resultan un paseo o te cagas las patas abajo y no sales ni a la de tres. ¿Tú llevas mucho?

—He ido a unos cuantos —dice, sin revelar que ha sido como espectadora.

—Entonces lo sabrás bien.

Mery asiente y traga saliva, confía en que no se le desmonte el chiringuito. Seamos justas: da igual la picardía con la que haya tramado el evento, es muy torpe y se le da fatal creerse sus propias mentiras. Sabe bien que necesita un golpe de suerte.

Tal y como había predicho Gloria, solo aparecen dos personas al *slam* dispuestas a recitar: un treinteañero con barba, boina, ojos cansados y pinta de hacer rimas con «cerveza», y una adolescente que no calla ni debajo del agua porque está desesperada por caerles bien. Mery los recibe y los acompaña a sus asientos en la parte delantera. Les explica cómo irá el asunto, a lo que ellos asienten repetidamente, haciéndola sentir inútil. Ella guarda la esperanza de que aparezca alguien más y, sobre todo, de que las actuaciones de estos dos no sean sobresalientes para que ella pueda destacar. ¿Confía en su obra? No, pero finge que sí porque lo ha escrito desde el corazón, desde la verdad.

Asimismo, ninguna presentación de libros en la historia de la librería ha acogido a tanto público, lo que es casi peor. Gloria le ha exigido a Mery que se concentre en lo suyo y que la deje a ella a su aire mientras atiende y vende libros. Aún queda media hora para empezar. Un tiempo corto y eterno a la vez.

De pronto, ve a Abde, el chico que le pidió un libro para su novio, entrar en la librería. Con alivio al ver una cara conocida, se dirige a él para abrazarlo.

—¡Abde! ¿Has podido venir?

—Claro, no me ves —dice él, extrañado por la repentina muestra de afecto. Tampoco se conocen tanto.

Abde se dirige al chico que lo acompaña:

—Ella es Mery, fue quien me recomendó *Crónicas Marcianas* —y, volviéndose hacia ella, añade—: Este es mi novio, Hugo.

—Me está encantando el libro —dice el aludido.

—Que no te engañe, no se lo ha empezado.

—Es que no aguanto más de un párrafo seguido —confiesa Hugo—, me duermo enseguida.

—Te entiendo. Me pasa. —Mery advierte que las chicas no han llegado aún y que no lleva el móvil encima—. Sentaos, coged sitio antes de que se llene. No pensaba que fuera a venir tanta gente.

—Es que lo ha puesto Sol Trigueros en su Instagram.

Sol Trigueros es una editora y escritora potentísima que salió elegida hace cinco años como una de las mejores narradoras jóvenes por la revista *Granta*. Acaba de cumplir los treinta y cinco y ha decidido volver a su ciudad natal para disfrutar de una vida más contemplativa. Todo el mundo lo sabe porque usa su perfil de Instagram como un cuaderno de bitácora, pero Mery lleva muchas horas sin actualizar las redes.

—¡No jodas!

Abde asiente y, con una sonrisa, le desea suerte y la deja libre.

La vida de Mery puede estar a punto de cambiar: siente que todo es gracias a los objetivos que manifestó al principio de año. ¡Sabía que estas cosas funcionan de verdad! La vemos emocionada y distraída, como si no conociera la tienda, como si su alma estuviera en otro lugar, en la fantasía de una vida mejor donde todos la admiran. Lo va a hacer genial.

—Gloria. Gloria. —Esta deja de atender a unos clientes con una mueca incómoda.

—¿Qué quieres?

—¿Sabes quién va a venir? —dice emocionada—. Sol Trigueros.

—Ah, sí, la he invitado yo —responde Gloria sin darle importancia.

—¿La conoces?

—Lleva comprando aquí desde que era un moco —dice la mujer. Mery alucina con la de pequeños pero poderosos contactos que pueden existir en una librería provinciana—. Hazlo bien. No me dejes en ridículo.

—Te lo prometo. —Nuestra chica le guiña un ojo.

Alcanza su móvil del mostrador para escribir a sus amigas porque todavía no han aparecido. Le jode tanto tener que preocuparse por ellas justo en ese instante en el que debería estar concentrada. ¿Por qué coño no pueden ser puntuales por una vez? Después, piensa en algo peor... ¿Y si no vienen? ¿Y si se han olvidado de ella?

Sale a la calle para airearse porque si sigue dando vueltas, se volverá loca. En el grupo de WhatsApp, lee que Júlia está agobiada porque el autobús se retrasa y andando no llega a tiempo. Amaia sigue estudiando en la biblioteca, arriba en Cartuja, porque su prioridad es sacar buena nota para sorprender a su brillante profesor. Coral ni siquiera se ha metido a leer el grupo. Mery escribe un tocho reprochándoles su ausencia, comunicándoles que, aunque ella no sea especialmente cariñosa, hoy las necesitaba. Pero se arrepiente y en su lugar, envía el emoticono de un corazón herido envuelto en una gasa y vuelve a la librería.

Así, los minutos pasan. Al fin, Sol Trigueros hace su aparición: los asistentes le piden firmas y fotos mientras Mery, decepcionada y amargada, observa el panorama desde una pared. No se acerca a Sol porque se ha quedado sin fuerzas, como si le hubieran chupado la energía, la alegría de vivir. Quizá la amistad le importe más que la literatura.

Justo antes de salir, en un autoboicot, piensa en Manu. Se pregunta si le habría apoyado en esto y probablemente, sí, pero ¿querría ella contar con ese apoyo? ¿Habría llegado él a entender la profundidad de sus emociones? No respecto a él, sino hacia el mundo y sus complejidades. Puede que no. Por eso ahora siente miedo y un ligero temblor en las piernas; es la primera vez que se expone en directo, que se enfrenta al exterior sin la tutela de alguien más mediocre que ella. ¿Y si ahora, que no tiene vara de medir, ocupa ella el lugar de él?

Gloria vuelve a presentarla.

—Un aplauso, por favor, que la niña necesita la aclamación popular primero —bromea.

El público obedece y Mery, sonriente, se endereza y sale a escena.

La luz del foco se recorta hasta centrarse en su cara. Hay un silencio absoluto. Carraspea, a punto de iniciar la actuación y, justo entonces, alguien aporrea la puerta.

—¡Está abierto! —grita Gloria desde su asiento.

Mery se desconcentra y respira hondo para volver a empezar.

Es ahí cuando las ve, su salvación: nuestras tres chicas con la cara roja y sin aliento se quitan el abrigo a toda prisa. El resto de la gente las observa con antipatía, de la misma forma que se mira en el cine a los impuntuales. Aparatosas, hacen mucho ruido al sentarse.

A Mery se le relaja el cuerpo de golpe. Es cierto que ha utilizado el *slam* para lucirse y que podría salir mal porque es una novata, pero incluso anticipando el desastre, siente que ya ha ganado. Ha hecho avances innegables en estos meses: está en otra ciudad, soltera, rodeada de amigas y con una carrera por construir. Es curioso cómo encuentra más consuelo en este futuro vacío que en una certeza, como era su relación.

—Qué vergüenza —musita Amaia—. Lo va a hacer fatal y no podremos borrarlo de nuestra memoria.

—Sí —dice Coral—, pero la vamos a apoyar igual.

Júlia mira a su alrededor y no logra comprender por qué personas que visten faldas largas y americanas pretenciosas, que abrazan los libros como si fueran bebés y que ocupan las tertulias de radio, son los que determinan en última instancia lo que es o no la superficialidad. ¿Se han mirado en un espejo?

—Esto va a ser desastroso —sentencia—. Menos mal que dura poco.

Abde las manda callar. Mery retoma su intervención y parpadea para reconectar con el momento presente. Respira y empieza:

—Me llamo Mery y he roto tres corazones a lo largo de mi vida. / Tres. / El primero lo destrocé cuando tenía solo trece años...

En un par de párrafos, Mery resume su caótica vida amorosa cuando era adolescente y le aporta un toque de humor. Es algo impropio en ella. Sin embargo, ante los oídos de los demás, parece una maestra, como si tuviera un don para dar con ese tono del que tanto tiempo ha estado huyendo, entre la ternura y el cinismo. Las chicas se extrañan porque, contra todo pronóstico, no sienten bochorno. Al contrario, quieren seguir oyéndola. Ellas conocieron al tercer amor y les parece que tuvo el final amargo que se merecería.

—Me percibiréis como una engreída, / una de esas chicas que no valora lo que tiene, / pero sabed que / a mí también me rompieron, / me rompieron el corazón. Y no / No una vez. / Me ocurre a diario. Cada día lo rompe / una mujer, / una mujer que ya no está porque ya no vive, / no vive, / a la que apenas conozco y de la que lo único, / lo único / que me queda es el nombre.

El recital termina. El público aplaude y Mery, aliviada,

muestra su falsa modestia metiéndose un mechón de pelo por detrás de la oreja. Cruza una mirada con Sol, lo que la llena de satisfacción, y luego, con las tres caras sonrientes que vitorean al fondo. Son sus chicas.

35

Nuestras chicas se apean del autobús 32, que las deja en la Torre de las Cabezas. Se dirigen al palacio de Carlos V, una de las zonas gratuitas, para hacer tiempo hasta que sea la hora de entrar. Se han puesto sus mejores galas porque, ¡al fin!, han conseguido entradas para visitar la Alhambra, y lo mejor es que coincide con una fecha importante: es el cumpleaños de Amaia. Hace un maravilloso día de febrero, perfecto para una sesión de fotos y una larga caminata por la medina.

—Mi profesor me ha dicho que si quiero sacar matrícula —cuenta Amaia—, tengo que exponer una presentación en su despacho. Mi turno es esta tarde.

—En resumidas cuentas —interviene Mery—, se la tienes que comer.

—Qué bruta, hija —se queja la otra, indignada—. No. No es un viejo verde que necesite aprovecharse de sus alumnas para meterla en caliente. Es un tío de puta madre. Incluso nos invitó a unas cervezas al acabar el examen. Os caería genial.

Coral no la escucha, solo atiende, maravillada, a las naranjas que cuelgan de los árboles y a las que han caído y se pudren entre las raíces.

—Y ahora necesita verte a solas. —Mery sigue sin estar convencida.

—A mí y al resto de los aspirantes a matrícula, entre los que se encuentran también hombres.

—La gente como ese profesor tuyo no le hace ascos a nada —opina Júlia—. Pero, oye, te felicito. Me parece estupendo que focalices tu vida en algo útil. Solo te falta dejar los porros.

—¿Gracias?

Que Júlia la felicite no es un buen augurio, piensa Amaia. Quizá no debería ser ambiciosa respecto a las notas porque no necesita una media alta para conseguir ninguna beca que le pague los estudios, ya que sus padres tienen dinero de sobra para hacerlo, pero le puede la idea de dejar boquiabierto a su maravilloso profesor.

—Ya es la hora —dice Coral—. Yo iría primero a la Alcazaba, luego a los Palacios Nazaríes y al final a los jardines del Generalife.

—Yo tengo un poco de angustia —dice Mery—. Creo que quiero vomitar.

—¿Te ha sentao mal algo? —pregunta Coral—. ¿Has desayunao? —Mery niega y repasa lo que ha tomado: dos cafés con leche de avena—. A lo mejor necesitas echarle algo al cuerpo. Un poco de fruta.

—Puag —exagera una arcada—. Me muero del asco si tomo fruta.

—Vale, pues nos sentamos.

Las chicas se acomodan en un banco, excepto Júlia, que, harta de parones y de no poder disfrutar de un paseo mágico porque sus compañeras son unas vagas redomadas, decide adelantarse y no perder el tiempo.

El guía turístico les relata decenas de historias y leyendas que se sucedieron antes de la toma de Granada. Nuestras chicas viajan al pasado mientras pasean por la sala de las Dos Hermanas. Contemplan el tratamiento del mármol y la cúpula mozárabe y se hacen pequeñas. Esta sensación no la causa el síndrome de Stendhal, sino más bien la confirmación de que no son nadie, lo que las alivia y les escuece a partes iguales. Tanto que retornan al piso en completo silencio. No hablan, no diseccionan, no opinan. Solo otean desde el cristal del autobús y reparan en lugares, pintadas o seres vivos de los que nunca se han percatado, aunque hay que decir que este acto ecoísta les dura poco.

En cuanto abren la puerta de su edificio, las chicas se topan con un paquete, que está ahí porque es demasiado grande y el cartero ha optado por dejarlo en el suelo. Júlia se acuclilla para cogerlo. Amaia alberga la esperanza de que sea para ella. Al fin y al cabo, es su cumpleaños.

—Es para ti, Mery. —Se lo da. No tiene remitente.

—¿De quién será? —pregunta extrañada.

—¡Ábrelo! Llevará una nota dentro.

—Lo abriré cuando lleguemos al piso.

Se montan en el ascensor, hacinadas, y Coral saca una foto en la que las cuatro salen muy feas. Las chicas se quejan: «Oh, por favor, la luz es horrible, tengo un grano en la frente que parece una segunda cabeza, no la vayas a subir a ningún lado, ¿no puede ser en otro momento?».

En cuanto llegan al salón, sin quitarse la ropa de abrigo, las chicas rodean a Mery, que se ha sentado en el respaldo del sofá. Intenta abrir con delicadeza la caja, pero como no lo consigue, tira de fuerza bruta y lo hace añicos. Dentro hay otro paquete. Es más bien un envoltorio de rafia que atesora un libro protegido en papel de burbujas. Se trata de *El alquimista*, de Paulo Coelho.

—¡¡Qué horror!! —exclama Mery—. Alguien me odia y quiere matarme. O hacerme mucho daño.

Júlia se lo quita de las manos.

—¡Anda! Pero si es un libro superbonito. ¡Y muy regalado! Quien te lo haya mandado, es porque cree en ti y en tu potencial.

—¿Será tu padre? —pregunta Coral.

—No. No, no, no. Imposible. Mi padre tiene mejor gusto. Puf. Me cago en todo. —Se vuelve hacia Coral—: Tía, ¿tendré mal de ojo?

—¡Yo qué sé! ¿Por qué me preguntáis siempre eso? —se queja esta—. No tengo poderes.

—¿Lo tengo?

—Creo que sí —dice Coral al final—. Pero ya desde antes. Dudo que este libro tenga algo que ver.

—Si no te gusta, véndelo —propone Júlia.

—Joder, gastarse pasta en un libro es un detallazo tal y como están las cosas. —Amaia está tratando de ser menos vehemente en sus opiniones—. Me parecería de hija de puta que lo vendieras. —Tampoco es que le salga genial—. ¿Lleva dedicatoria?

Mery abre la cubierta y pasa las primeras páginas hasta que la encuentra. Se muerde las uñas al leerla: «Ojalá te encuentres a ti misma».

—Muy romántico. Eso quisiera yo, encontrarme a mí misma. Es que... ¿qué clase de psicópata regala hoy en día a Pablo Coelho? ¿Quién se ubica en la vida leyendo a ese señor?

—Ya podría haberte regalado un viaje al sudeste asiático. —Júlia se quita la bufanda de lana y la posa en la mesita.

—Habrá sio Manu —responde Coral.

Las chicas se petrifican y permanecen en silencio, atando cabos. Mery atina a decir:

—La cabeza no le da para tanto. No es tan retorcido. —Ella misma entra en una contradicción si se para a reflexionar un poco—. O sí... Dios, ¡tira eso a la basura!

—Que no —se defiende Amaia—. Me lo quedo yo.

—No quiero que ese libro esté aquí. Esto —señala *El alquimista*— es el pasado. Y ya lo dejé atrás.

En la consultora no hay servicio de catering. Júlia pudo negociar que le incluyeran el transporte, pero el táper se lo tiene que preparar cada noche y portar en su bolsa térmica cada día. Esta vez se ha hecho una ensalada de pepino y un revuelto de verduras con salmón ahumado. Anoche sacaba las lonchas del paquete engañoso y las cortaba en piezas aún más pequeñas; procura no gastarlas tan pronto porque el pescado se está convirtiendo en un lujo para su bolsillo. En esto piensa ahora, sentada en la última mesa del comedor, sola y marginada, mientras se mete en la boca un trozo de salmón casi asado por el golpe de microondas que le acaba de dar a la comida. Quema. Y encima le ha restado sabor. Cómo desearía volver al pasado y deshacer decisión tras decisión de la dichosa cena de Navidad. O borrarla de la memoria de sus compañeros. O quizá no. Júlia odia a toda esa gente que la rodea, así que, más allá del horario laboral, ¿por qué debería fingir que le caen bien? Ella no vino a Granada a hacer amigas. No le importa tanto.

Úrsula aparece por el comedor sin mirarla, como si no se conocieran. Desde la boda de Dani y Tomás su actitud ha cambiado por completo, y a Júlia le cabrea porque parece que es ella quien ha hecho algo mal, que es ella quien se ha liado con su jefe casado a diez metros de su mujer. Ella lo hizo a algunos metros más. La ve sentarse en la mesa de al lado y centrarse en su comida, así que decide aprovechar que no hay nadie demasiado cerca.

—Esto es ridículo —se queja, haciendo aspavientos con un yogur en la mano—. Pensaba que tú y yo nos llevábamos bien.

Úrsula la mira con una cara de póquer indescifrable.

—Mis compañeras de piso me contaron que te vieron —continúa—. En la boda.

Con un largo suspiro, Úrsula responde:

—Se me fue la pinza.

—Ya.

—Gracias por no contarlo —murmura—. Te prometo que me arrepiento mucho.

—¡Me la suda que te liaras con Raúl! —exclama Júlia, aunque enseguida baja la voz, mirando alrededor—. Es un gilipollas. Pero esto de que te hayas unido a hacerme el vacío sí que no lo entiendo. Otra persona, tú misma, ya se habría tirado por la ventana.

—O habría renunciado al puesto —admite Úrsula.

—¿Crees que es lo que tengo que hacer?

—No —responde rápidamente—. La gente se acabará olvidando. Solo tienes que ser más agradable.

—Tanta sororidad y tanta hostia… —resopla Júlia—. Al final eras tú la que quería escalar.

—¿Qué te crees que es esto? ¿Wall Street? —Úrsula la mira con dureza; espera una reacción, pero Júlia se queda callada mientras saborea una cucharada de yogur. Tras cavilar unos instantes añade dolorida—: Me porté genial contigo y tú me trataste como un desecho.

—Que sepas que Úrsula es un nombre de mierda —salta Júlia, que ya no sabe cómo defenderse.

—Me llamaron así por mi madre.

—Pues qué mala suerte.

Úrsula se levanta de un arrebato. La silla chirría contra el suelo. De inmediato, Júlia se arrepiente.

—¡Tía, perdona! Perdona —dice en voz más baja. La otra vuelve a su sitio paulatinamente, porque en realidad, seamos claras, Júlia le sigue gustando—. Estoy harta de pelearme contigo.

—Y yo.

—No suelo ser así. —Úrsula la mira con las cejas enarcadas—. Bueno, vale, un poco.

Júlia se fija en su peinado nuevo. Ondas para venir a la oficina. ¿Buscará llamar la atención de alguien? Si es así, desde luego con ella lo ha conseguido.

—Esta noche celebramos el cumpleaños de Amaia —dice de pronto—. ¿Quieres venir?

36

Amaia sube las escaleras de la facultad algo acalorada por la calefacción. Se pierde en los pasillos laberínticos hasta que llega al despacho de su profesor. Toca dos veces en la puerta entreabierta.

—¿Se puede? —pregunta con cautela.

El hombre le hace un gesto desde la mesa.

—Pasa, pasa. Y cierra.

Nuestra chica obedece.

—¿Qué tal, Amaia? —le pregunta él con una sonrisa amable.

—Bien, gracias.

—Cuelga el abrigo si quieres.

Lo deja en un perchero de pie y se sienta frente a él. No es una sala particularmente lujosa o rústica, tal y como imaginaríamos un despacho de facultad en la Ivy League o en una escena de *Twin Peaks*. Es más bien brutalista: armarios de resina, mesa metálica, lapiceros de aluminio. La presencia de Amaia, joven, idealista, ilumina ese ambiente tan mortecino. Piensa en lo pequeña que es la única ventana de la habitación, donde un cactus ve la vida pasar desde el alféizar.

—Entonces ¿crees que la compasión no es positiva? —pregunta él, alzando su examen.

—¿Qué es lo positivo y qué lo negativo? —formula a su vez Amaia—. ¿Para quién?

—Tienes razón. Lo plantearé de otra manera. ¿Es la compasión una herramienta para identificarnos con el dolor de la otra persona?

—Creo que es un concepto católico que al final redunda en la autocomplacencia. No quieres ser compasivo como un acto genuinamente generoso, sino como ejercicio de egocentrismo.

—Pero la compasión busca reducir el sufrimiento ajeno —sugiere él.

—No estoy de acuerdo —dice Amaia—. Algo similar pasa con la caridad. Quiero pensar que la intención primigenia es benévola, pero... ¿para qué existe el Estado? El Estado de bienestar, quiero decir. Que, si lo pensamos un poco, no es una alternativa con la que me sienta del todo cómoda, pero digamos que la puedo tolerar.

—Entonces —dice el profesor— estás diciendo que, como comunidad, no podemos ayudarnos entre nosotros de manera altruista sin intereses de por medio. ¿Qué pasa con las asociaciones vecinales, con las plataformas de afectados...? ¿Están destinadas también a reforzar el ego de quien las impulsa?

—Yo no he dicho eso —se defiende ella.

—¿Has pensado en explorarlo más en profundidad? —El profesor se levanta y se acerca a Amaia.

—Bueno, casi me he marcado un TFM en este examen...

—Lo sé —ríe él y se apoya en la mesa frente a la silla de ella—. Y ya tienes la matrícula de honor en tu expediente. Mandé las notas ayer.

—¿En serio? —se sorprende Amaia, feliz, pero también confusa—. ¿Y por qué he venido?

Un escalofrío le recorre el cuerpo cuando recuerda las palabras de Mery, y no puede evitar mirar a la puerta que ella misma ha cerrado.

—Bueno —carraspea él—, creo que tienes mucho potencial.

—¿Potencial?

—Sí. Eres una chica muy inteligente y con un pensamiento crítico como pocas veces he visto.

—Gracias.

—Es la verdad.

—Pero entonces ¿qué pasa?

—Verás. Me gustaría que hicieras algo más. —Amaia asiente, aunque no sabe a dónde quiere llegar. Empieza a sentirse mal—. Y estaría bien que quedáramos otro día para que conozcas a unos colegas que te pueden aportar ideas interesantes. —El profesor se apoya en la mesa y la mira fijamente a los labios.

Ella piensa en las veces en que ha deseado llamar su atención, que la viera como una alumna diferente, más brillante, mejor. Piensa en eso y también en que le da igual lo que haya pensado antes: no quiere estar en esta situación en la que siente que no tiene el control de nada de lo que pueda pasar. Lo reta con la mirada y aguanta la respiración. Al final, pregunta:

—¿Qué colegas?

—Mis compañeros de departamento. —Se yergue, imponente—. Iré al grano… Amaia, ¿te has planteado hacer un doctorado?

Nuestra chica saca todo el aire que lleva dentro y se queda vacía. El profesor vuelve a su asiento y le sonríe, esperando una respuesta.

—No… Bueno, sí, pero luego no. En realidad, no tengo muy claro mi futuro.

—Piénsalo. Puedes hacer la tesis conmigo o con cualquier otro, pero personalmente, considero que estás preparada y que serías una gran aportación a esta universidad. —Le tiende la mano—. Enhorabuena por tu trabajo.

Ella se la aprieta y le da las gracias, le dice que se lo pensará. Se coloca el abrigo y, con un suspiro que no sabe si es de orgullo o de alivio, se marcha. Ya sabía ella que no tenía de qué preocuparse.

La fiesta (si es que puede llamarse así, porque en realidad, si dejamos a un lado las decoraciones, podría ser una tarde cualquiera en el piso: nuestras cuatro chicas bebiendo y charlando), puede parecer demasiado anodina, pero es la clase de celebración que le gusta a Amaia. No quiere discoteca, ni tampoco cenita elegante con hoguera ficticia en la televisión. Quería una pre con cervezas, pintxos, música en aleatorio y una banda rosa en su torso en la que se leyera: CUMPLEAÑERA.

—Tráela ya. —Coral manda a Mery a buscarla. Júlia está grabándolo todo desde el móvil. Amaia aparece en el salón y sonríe mostrando los dientes. Las chicas cantan el «Cumpleaños feliz». Coral se acerca a ella con una tarta de supermercado y las velas con los números dos y cuatro encendidas. Cuando terminan de cantar, Mery salta:

—¡Pide un deseo!

Amaia cierra los ojos y sopla.

—¿Qué has pedío? —pregunta Coral.

—No se dice —responde Amaia.

—Dímelo, anda —suplica la otra—. Al oído.

—Si tú ya lo sabes... —A Coral le cambia la expresión. Sabe bien por dónde va a Amaia y con la mirada trata de exponerle que es una malísima idea—. Vamos a partir la tarta, va. Dejad un trozo aparte.

—Yo no puedo comerla —advierte Mery—. Lleva leche.

—No, no lleva —afirma Coral.

—Mira. —Coge la caja de plástico y le muestra los ingredientes—. Leche en polvo.

—Tampoco puedes, ¿no?

Mery niega.

—Pero no te preocupes, tengo el estómago muy revuelto. Desde hace días.

—Eso es que te va a bajar la regla —dice Júlia.

—Puede ser. —Se queda pensando en cuándo fue la última vez que le bajó—. Puede ser...

—Júlia, ¿no iba a venir tu amiga? —recuerda entonces Amaia.

—¿Quién? ¿Úrsula? —pregunta Mery, que abre una cerveza y se sienta en el suelo.

—Parece que no. —Júlia se muestra decepcionada, como si se hubiera ofrecido a organizar esta fiesta no por Amaia, sino por la posibilidad de volver a ver a Úrsula—. Pero no me ha avisado ni nada... —Desbloquea el móvil y le escribe para preguntar sin rodeos dónde está. Si cree que la puede dejar tirada así como así después de lo maja que ha sido con ella, va lista.

Coral corta la tarta y va colocando los trozos en platos de

cartón. Amaia aprovecha el momento de silencio para hacer lo que lleva esperando toda la tarde:

—Chicas —respira hondo—, dado que estamos celebrando mi cumpleaños, creo que es un buen momento para anunciaros una buena noticia... ¡Tengo novio!

Júlia y Mery la miran, sorprendidas. ¿Cuándo ha tenido tiempo de echarse un novio?

—A ver, tanto como novio... —interviene Coral con nerviosismo.

—¿Tú lo conoces? —le pregunta Júlia—. ¿No habrás vuelto con Iván?

—No. No —dice Amaia rápidamente—. Lo conocéis todas, en realidad. Le he dicho que se pase para tomar tarta. ¿Os parece bien? —Júlia y Mery se encogen de hombros con cara de no entender nada—. Voy a abrirle la puerta.

—Ah, pero ¿que está aquí ya? —pregunta Mery.

—Digamos que le pilla cerca...

Ahora sí, a Júlia se le despierta la curiosidad.

Amaia recorre el pasillo hasta la puerta de entrada. Cuando abre, ahí está Cayetano, tan guapo como siempre, con el pelo echado hacia atrás, ligeramente en relieve, como si llevara un tupé natural. Se inclina hacia sus labios y le susurra:

—Feliz cumple.

Luego se besan. Desde el salón, las demás no pueden ver nada porque Amaia no ha encendido la luz del pasillo: más que una pareja, parecen dos sombras alargadas a causa del contraluz. Cuando se acercan, Coral evita mirarlos, a Mery se le sale la cerveza por la nariz y a Júlia le entra la risa floja.

—Hola —saluda Cayetano con seguridad—. ¿Qué tal, chicas?

37

Con el pretexto de dejarle una sudadera a Coral, Júlia va con ella a su dormitorio. Allí, se tumba en la cama y, sin dejar de chatear con Úrsula, saca todo lo que lleva dentro:

—¿Me explicas cómo coño se ha fijado un tío así en ella?

—Quilla, es tu amiga —protesta Coral.

—No lo es, y menos ahora que se ha liado con el enemigo.

—Bueno, pero ¿quiénes somos nosotras pa juzgar? —intenta defenderla Coral débilmente.

—¿En serio no había otro tío en toda la ciudad que el hijo de nuestro casero? —exclama Júlia—. Ese hombre que no sabe que hemos subarrendado el piso para hacer frente a su subida del alquiler. ¿Quieres saber qué va a pasar cuando se entere? Que nos va a echar a la puta calle. Sin avisos y sin hostias.

—¿Tú crees que se lo habrá contao? Amaia no haría eso —dice Coral, horrorizada—. Tenemos que volver al salón.

Cuando nuestras chicas vuelven a la fiesta, encuentran a los tres conversando con normalidad.

—Pues sí, resulta que Sol Trigueros, que es una editora muy importante, está interesadísima en leer más de mí —le está explicando Mery a Cayetano con una mezcla de entusiasmo y petulancia—. Le he mandado mi blog, mi TikTok, mi Twitter… y algunos relatos.

—Te ha faltado mandar el diario —dice Amaia, aunque se le ve en la mirada que está orgullosa de su amiga.

—¿Y dices que podría llegar a publicarte? —le pregunta Cayetano con interés.

—Cayetano —interviene Júlia—. Te tienes que ir dentro de poco, ¿no?

—No —ríe—. No tengo prisa. Y, oye, Mery, ¿cómo te sientes? —le pregunta, volviéndose de nuevo hacia ella—. Me contó Amaia que dejaste la oposición por vivir todo esto que te está pasando.

—Como no gano dinero, es como si no estuviera pasando de verdad —admite Mery.

—¿Qué más te ha contao Amaia de Mery? —pregunta Coral, que empieza a enfadarse.

—No os rayéis, chicas —las tranquiliza ella mientras mira a su novio con embeleso—. Caye lo sabe, pero no va a decirle nada a su padre. No es como él.

Ahí es cuando Júlia pierde los papeles.

—Pero ¿tú eres subnormal o qué coño te pasa? Ahora que te tiras a un aristócrata resulta que no eres tan anticapitalista, ¿no?

—Ay, si no sabes ni relacionar términos, cállate —se queja Amaia.

Cayetano intenta calmar las aguas.

—Chicas, de verdad que os entiendo. Mi padre se aprovecha y todos los años sube el alquiler de todos sus pisos, que no son pocos, es verdad. Pero yo, en vuestra situación, habría hecho lo mismo que vosotras.

Las chicas no terminan de confiar, pero ¿qué otra salida pueden tomar?

—No soy un chivato —les asegura.

Coral lo procesa unos segundos hasta que finalmente se rinde.

—Vale. Eso espero.

—Yo también —añade Júlia con dureza.

Cayetano ríe ante la sutil amenaza y retoma la conversación como si nada hubiera sucedido.

—Y vosotras, chicas, ¿tenéis novio?

Júlia resopla y vuelve a mirar el móvil, a la espera de nuevos mensajes. Coral y Mery fingen que no lo han oído.

—Mery se lio con un DJ hace poco —ofrece Amaia.

—Eso no cuenta —protesta la aludida—. Estaba borracha y acababa de dejarlo con Manu. Es azúcar.

De hecho, Mery trata de recordar cómo pasó aquello y no logra encajar las distintas fases en su esquema mental. ¿Cómo se conocieron? ¿En qué momento se quedaron solos? ¿Lo hicieron hasta el final? Dejémosla. Se ha quedado ensimismada mientras mira a un punto fijo. De seguro, está experimentando otra de sus revelaciones relacionadas con la narratología. O no, porque de pronto se pone pálida y enseguida pasa a coger un color verdoso.

—¿Qué te pasa? —le pregunta Coral, preocupada.

—Quiero vomitar —dice.

—No me extraña —salta Júlia sin apartar la cabeza del móvil—. Tanta cerveza...

—¿Habrá alguna farmacia de guardia cerca?

—Hay de to, ¿eh? Toma Primperan —sugiere Coral.

—No... Creo que necesito un test de embarazo.

Cayetano se ahoga con un boquerón y tose, lo que interrumpe el silencio atónito que se ha creado. Todas observan a Mery, que no se atreve a levantar la mirada del suelo.

Ha pasado una hora desde que pidieron un test por Glovo. Mery ha estado a punto de comprar dos, pero no tenía tanto dinero en la cuenta corriente. Están nerviosas. Amaia ha mandado a Cayetano a su casa y ahora tanto ella como Coral y Júlia están asegurando a Mery que esto será una falsa alarma mientras ella intenta contener las lágrimas. Al final, sí que han puesto la hoguera de Netflix en la televisión.

El timbre suena. Todas se ponen en alerta. Coral se levanta para abrir la puerta, pero Mery le pide que se mantenga al margen: le toca a ella resolver este asunto. En cuanto tiene el test en las manos, se mete en el baño. Es en estas situaciones límite cuando olvida romantizar su vida, cuando no se mira en el espejo como si una cámara la estuviera grabando, cuando no piensa más de la cuenta. Solo actúa. Abre el paquete, lee las instrucciones en diagonal y se sienta en el váter. Orina sobre el test y lo deja encima de las instrucciones.

En el salón, ha quedado un ambiente más bien raro. Nadie se atreve a romper el hielo o a comentar el hecho de que su compañera pueda estar embarazada. Amaia se niega a acabar su fiesta de cumpleaños de este mal humor.

—Va a salir negativo —dice—. Ya lo veréis.

—¿Cómo estás tan segura? —pregunta Júlia.

—Porque tengo una corazonada y nunca fallo. Me apostaría todo lo que tengo a que solo es un retraso por la montaña rusa emocional en la que está desde hace unas semanas.

Mery sale del baño con el test de embarazo. Coral se acerca a ella y se cubre la boca con la mano. Es positivo. Júlia explota y, como si hubiese estado destinada a ello, señala el *vision board* de Mery que, más que una llamada a la buena suerte, se ha convertido en un muro de las lamentaciones.

—¡Ves! —exclama, desquiciada por la situación—. ¡Ves! Escribiste «crear».

—¿Y qué tiene de malo? —pregunta la otra, casi sollozando.

—Es demasiado genérico. Puede ser crear vida. O crear un feto. Le estabas pidiendo al universo engendrar un bebé.

—¡Ha sido *El alquimista*! ¡Ha sido Manu!

—Has sido tú, tía... —dice Júlia.

Coral intenta poner orden y les recuerda que aún no saben con certeza si está embarazada o no.

—¿Te parece poco un test?

—A veces fallan. —Su amiga busca una excusa que la consuele.

—Es que lo noto... —Mery se tira al sofá bocabajo para imaginar que no existe. Amaia se sienta a su lado y le acaricia la espalda.

—¿Qué vas a hacer?

—Abortar, por supuesto —dice ella.

—Eh. Mantengamos la calma. —Coral no quiere adelantarse a los acontecimientos.

—¿No lo vas a meditar, aunque sea? —pregunta Júlia.

Mery saca la cabeza de los cojines. Se le ha quedado la marca de una borla y se ha despeinado las cejas.

—¿Qué medito? —pregunta—. ¿Traer al mundo a un niño que no quiero?

—A lo mejor es una niña —responde Júlia.

—O no binarie —salta Amaia.

—Da igual lo que sea porque no va a ocurrir. Coral, ¿me acompañas al centro de salud? No quiero esperar hasta mañana. —Esta no responde porque sigue asimilando lo que está pasando—. Por favor, no me digas que estás enfadada conmigo…

—¡Cómo me voy a enfadar! —exclama ella—. Es solo que, madre mía, quilla. No sé qué decirte.

—Que me quieres, que soy tu amiga, que solo he cometido un error.

—No has cometío ningún error. Venga —suspira—. Ponte el chaquetón, que nos vamos.

Júlia propone quedarse recogiendo. Amaia se ofrece a ir con ellas, pero Mery insiste en que no es necesario, así que se marcha al cuarto para escribir a Cayetano y contarle cómo ha terminado la noche.

Coral le abre la puerta a Mery y la ayuda a ponerse el abrigo. Desesperadas con la lentitud del ascensor, deciden bajar por las escaleras. Mery va delante, casi corriendo, mientras que Coral le grita desde atrás que pare, que no les va la vida en ello, que no llevan prisa, que…

De pronto, a Coral se le duerme uno de los pies, de tal manera que, al apoyarlo, no aguanta su peso y cae un par de escalones. Grita de dolor mientras se aprieta el tobillo. Mery da la vuelta y sube a por ella. Amaia y Júlia salen del piso al oír los chillidos y Cayetano también aparece unos escalones más arriba. Con su ayuda, Coral consigue incorporarse, pero no deja de padecer una horrible punzada.

—Un taxi —reclama—. Pedid un taxi.

38

A la escayola le han dibujado corazones y flores. También algún mensaje de ánimo que se tuerce conforme se lee. Casi todo lo ha hecho Amaia, atraída por la textura del molde. Vemos a Coral en el sofá con la pierna en alto. No deja de lamentarse. En primer lugar, por el malestar físico que le ha causado el revés en sí. Por más analgésicos que tome, cada pinchazo es peor que el anterior. En segundo lugar, por la fecha tan inoportuna. Es cierto que nunca es buen momento para partirse un hueso, pero ya podría haberle pasado en el trabajo o, al menos, bajo el amparo de unas condiciones laborales. ¿Qué pasa con las pocas semanas —a veces días— que se suceden sin estar asegurada? Su vida está hecha de eslabones que no llegan a unirse, por lo que jamás será una cadena, jamás tendrá un sentido. Además, está aburrida. Solemnemente aburrida. Quizá este golpe tenga más que ver con una necesidad de parar que con una caída aparatosa. Las células de su cuerpo le piden calma, pero no es capaz de ser una buena enferma. Qué ironía. Ella solo piensa en que debería estar trabajando o, al menos, en un curso de fermentación de masa madre para elaborar pan. No puede desperdiciar el tiempo así. Ni siquiera un esguince de tercer grado lo justifica. La única parte positiva del asunto es que su madre ha viajado por primera vez a Granada, no como una turista, claro, sino a cuidar de su hija.

Consuelo se ha instalado en su habitación y tiene pensando pasar una semana en el piso. Eso le da derecho a ser una más con lo que ello implica: ejercer la amistad de la manera más sanguinaria. Ha preparado manzanilla y un listado de reprimendas.

—No podías estarte quietecica —le dice a Mery, que está tumbada en el otro sofá mientras se toca la barriga como si fuera a parir ahí mismo.

Con todo el lío del esguince, el problema de Mery pasó a un segundo plano; cuando volvió al día siguiente, se dio cuenta de que terminar el embarazo no iba a ser tan fácil como pensaba. Había listas de espera, colas kilométricas y médicos saturados con pacientes más urgentes que una veinteañera preñada.

—Mama… —advierte Coral.

—Consuelo, ya no tengo dieciséis años —protesta Mery.

—Por eso mismo. Si tienes edad pa follar, también pa lo que viene después.

Mery suspira. ¿Y si tiene razón? ¿Y si la única forma de perpetuarse no es la literatura sino la maternidad? Quizá no está viendo las señales.

—Entonces ¿vas hoy? ¿Al hospital de mi Coral? —pregunta Consuelo.

—No. Voy a una clínica privada —dice Mery.

—¿Por qué? —Coral se extraña.

—Porque me están dando largas.

—Es que según el médico que te toque…

—Me dan cita para dentro de una semana y yo necesito quitarme esto de encima ya. —Da un sorbo a su manzanilla, pero se quema la lengua y gime—. Me jode gastarme trescientos euros que no tengo en esto.

—Más te costaría un bebé, ¿no? —bromea Coral para destensar el ambiente, pero Mery no se ríe—. ¿Has hablao con tu jefa?

Mery asiente y les cuenta que ha sido muy comprensiva. Le ha dado el día libre sin prácticamente preguntar nada.

—Será porque ella también abortó. Mierda —rectifica Mery—, era secreto. No digáis nada, porfa.

—¿Y con quién vas? —pregunta Consuelo.

—Sola.

—Yo puedo acompañarte, de verdad —dice Coral—. Casi no me duele. —Apoya la escayola en el suelo y ve las estrellas.

—Tú lo que tienes que hacer es quedarte en reposo —le responde su amiga.

—¿Estas dónde están?

—En la facultad y en el trabajo, pero no saben que voy a ir hoy. Es que no quiero ser una carga para nadie.

—Te acompaño yo —sentencia Consuelo—. Y punto.

—Mejor que no. No te molestes, pero no voy a cambiar de idea por mucho que vengas —advierte Mery.

—Eso ya lo sé, pero no voy a dejar que pases por este trance tú sola. Por encima de mi cadáver.

Un café no es suficiente, así que Júlia deja el Mac hibernando y se levanta hasta la máquina Nespresso de la oficina. Ve que Dani la está ocupando y lejos de evitarlo, acude a él. Cómo cambian las tornas. No han hablado tras la boda porque él ha juntado las vacaciones que le restaban del año anterior con las de este, además del permiso de dos semanas por haberse casado. Júlia ha echado de menos su irreverencia y su desprecio hacia los demás. Siente que ella misma se está volviendo demasiado tierna.

—¿Qué tal esa luna de miel? —le pregunta.

Dani sonríe ligeramente, como si la timidez lo hubiera asediado.

—Ha sido increíble.

Se queda pensativo, mirando al horizonte por la ventana.

—Ey. —Júlia se acerca y posa la mano en el hombro de este—. ¿Todo bien?

—Antes pensaba que nunca iba a ser feliz. Me pasaba el día pendiente de los demás, atento a reírme o a criticar cualquier fallo. Y ahora todo me da igual. ¿Me comprendes? —Júlia vacila—. No me importa la ropa que lleves, tus imitaciones o las tácticas que uses para que pensemos que tienes más de tres cifras en la cuenta a partir del quince de cualquier mes. No me importa con quién se ha acostado una. O la otra. Solo quiero llegar a casa y hacerle una tortilla de tres huevos con queso y jamón a mi marido porque sé que él me recibirá recién duchado y me mojará al darme un beso; yo fingiré que me molesta y veremos juntos una película en el sofá hasta quedarnos dormidos.

—Ha ido muy bien, por lo que veo —sonríe ella.

—El amor está de puta madre. Es para lo que hemos nacido.

—Ya. A lo mejor le doy una oportunidad.

—Yo creo que deberías, Júlia. Y, a ver, uno no pierde su esencia. Que no me interese escuchar las tristes vidas de los demás, no quita que yo quiera dar de qué hablar. Tú y yo tenemos la responsabilidad de aportar algo de salseo a esta oficina. Que se mueran de envidia.

—Me has llamado por mi nombre —se sorprende ella.

Dani le guiña un ojo y se lleva el café a otra parte. Nuestra chica sonríe y se muerde el labio. Por primera vez, deja a su mente soñar a lo grande. Ya no contempla la posibilidad de besar a Úrsula como un escenario pasajero, como una distracción vaga. No sabe si se debe a la conversación con Dani y a su viaje catártico o, por el contrario, al ciclo menstrual, pero le apetece comprarse un Fiat 500 con Úrsula. O mejor, un Audi A3. Quiere acudir a un banco y pedir una hipoteca a plazo fijo a treinta años en una zona tensionada. Darle un masaje cuando le duelan los pies y que ella se lo dé en el cuello. Comprar una lámpara de sal para encenderla cuando se queden trabajando hasta tarde. En definitiva, le apetece enfrentarse juntas a los obstáculos del sistema y a las complejidades que se despertarán cuando les gusten otras personas y, aun así, decidan quedarse a compartir un proyecto de vida juntas. Porque es lo que pasará: que se elegirán. Todo esto es lo que quiere decirle.

Se dirige hasta su mesa.

—Úrsula, ¿puedes venir un segundo?

Pero no se lo dirá.

—¿Me echas un cable luego con las ayudas al emprendimiento? —le pregunta—. Las de la Junta de Andalucía que me comentaste...

—Sí —le sonríe su compañera—. ¿Te reenvío el enlace?

39

La fachada de la clínica de planificación familiar es más acogedora de lo que Mery esperaba, a excepción de un par de chicas a lo *Juno* que aguardan en la puerta con imágenes de fetos y lemas provida. Mery se sorprende porque creía que eso ya no se estilaba. Consuelo se detiene a escucharlas, pero Mery le insta a seguir.

—¡No seas maleducada! —dice Consuelo.

—Maleducadas son ellas —protesta Mery.

Las chicas la han oído.

—Oye —se excusan—, nosotras estamos aquí de forma pacífica.

—Pacífica, mis muertos —salta Mery, y Consuelo abre los ojos ante su tono violento—. Vamos. No estoy de humor para gilipolleces. —Retoman su camino.

—¡Podemos ayudarte! —exclaman las chicas a sus espaldas.

Mery se gira y vuelve hacia ellas.

—¡No les pegues! —exclama Consuelo a la desesperada.

—¿Por quién me tomas? —dice Mery.

Ahora vuelve a dirigirse a las chicas, que no tendrán más de veinte años, aunque por las faldas, que parecen sacadas del armario de una testigo de Jehová, y por los labios superiores casi imperceptibles, esos veinte años parecen de cotización.

—¿De qué manera podéis ayudarme?

Ellas se muestran felices y piadosas, como si el milagro al fin estuviera obrando.

—En lo que necesites —dice una; le da un folleto de su organización en donde una madre y un padre acunan a un bebé mientras miran a un rayo que proviene del cielo. Entendemos que es Dios. La rúbrica lo expone bien claro: «Nadie sobra. Ni siquiera tú. Estás a tiempo»—. Tanto ayuda económica como espiritual. Lo que te sucede es que estás perdida, pero eso que te ha pasado es una bendición. —Le toca la tripa a Mery, que está patidifusa.

—Es que, uf. —Se balancea sobre una pierna y la otra—. Sois muy amables, ¿eh? Pero yo necesito otras cosas.

—Dinos. Hemos auxiliado a muchas mujeres —le aseguran—. No seas tímida.

—Necesito que me publiquen un libro, pero no para que lo compren cuatro gatos, sino para que lo lea todo Cristo. Necesito prestigio para que me respeten en esta profesión y me aseguren contratos editoriales para el resto de mi vida. Necesito que me inviten a fiestas y codearme con gente inteligente. Necesito dinero de las regalías y de los derechos de autor y, gracias a él, acceder a una vivienda en la que quizá, en un futuro muy lejano, tenga a un hijo deseado. Pero para todo eso ¿sabéis lo que necesito y que ni vosotras, descendencia de los Austrias, ni nadie podéis darme? TIEMPO. No es buen *timing* para mí tener un bebé. Me viene de puta pena.

—Eres una egoísta. —Una de las chicas no puede evitar saltarse el protocolo. La otra la regaña con la mirada, pero se ha venido arriba—. Y una asesina.

—Cariño, un consejo. Ahora que se llevan mucho los cuadros, vende esa falda en Vinted.

Con eso, Mery respira y se marcha del brazo de Consuelo. A lo lejos, las chicas provida gritan:

—¡Puedes escribir un libro sobre maternidad!

Por un instante, Mery flaquea ante el hipotético escenario de mercantilizar su experiencia. Consuelo les saca el dedo y la abraza. Juntas, entran en la clínica.

En otra parte de la ciudad, dos chicas salen de trabajar y deciden que les vendrá bien un poco de ejercicio para acabar la jornada. Ataviadas hasta el último detalle con ropa transpirable y accesorios deportivos, como brazaletes y riñonera, Júlia y Úrsula corren siguiendo el recorrido del río Genil. El mes de marzo comienza y con él los primeros indicios, todavía tímidos, de la primavera que está por venir. Aguantan el ritmo al nivel de un treintañero al que su novia acaba de dejar y que, en lugar de salir de fiesta por antros frecuentados por chicas con aspecto de menores de edad, decide correr medias maratones. En el puente romano, Úrsula va frenando hasta detenerse. Se apoya en las rodillas para recobrar el aliento. Júlia sigue dando saltos para no enfriarse hasta que cae en la cuenta de que su jornada de ejercicio físico ha finalizado.

—¿Ya? —pregunta mientras se sube las mallas hasta la cintura para disimular el michelín que detesta.

—Quiero echar una foto. —Úrsula saca el móvil y fotografía el paisaje. El atardecer deja una luz perfecta. A pesar de las caras enrojecidas, ninguna de las dos puede estar más guapa.

Llevan unas semanas en ese extraño y resbaladizo terreno en el que se comportan como amigas, pero saben que ambas quieren algo más. No les importa no saber cuándo estallará la burbuja: por el momento, están disfrutando del proceso.

—Ven —dice Úrsula—. Una juntas.

—¿Con estas pintas? —protesta Júlia.

—¿Qué más da? Es para mí.

Se la toman con la cámara exterior. Comprueban que ha salido bien.

—Pásamela —pide Júlia.

—Ah, ahora te ha gustado —la pincha la otra.

—No, pero la quiero tener igualmente.

—Ya... —Úrsula se la acerca hacia sí para llevarla a su terreno.

—¿Qué haces? —pregunta Júlia, de repente nerviosa.

—¿Te acuerdas de la primera noche que salimos? Me besaste como si nada.

—Porque no me importabas —dice ella, bajando la mirada—. Ahora me da vergüenza.

—¿Estás de coña? —Siguen cogidas de la mano.

Júlia mira a todas partes.

—Para —dice alargando la «a», sin querer ceder.

—Te suelto —se rinde Úrsula.

—No.

—¿Entonces?

—No sé. No esperaba que fuera a pasar nada aquí.

Úrsula permanece quieta, serena. Júlia titubea sin dejar de moverse. Parecen dos idiotas en plena indecisión.

—¿Qué crees que va a pasar? —Obliga a Júlia a parar.

—Deja de hacerme preguntas.

Úrsula sonríe. Nuestra chica reúne todo el arrojo que le queda y se lanza. Se funden en un beso dulce y tierno; a ratos delicado, a otros, atrevido por la intrusión de algún mordisco. Van a quedarse en el puente hasta que anochezca y, de ahora en adelante, se convertirá en el sitio en el que de verdad se dieron su primer beso.

En el piso, Mery se revuelve en el sofá. Se trata de una sensación incómoda. Las chicas le han colocado varios cojines para que pueda apoltronarse ahí toda la noche. No está acostumbrada a llevar compresas, por lo que le empieza a escocer. Le han advertido que sus hormonas pueden estar revolucionadas y que quizá esté más irascible de lo normal, o puede que no le afecte en absoluto. A ella estas precauciones le dan miedo porque siente que se acaba sugestionando y ya sabemos que ella es de intensidad fácil. Sin embargo, en esta ocasión no le afecta lo más mínimo. No siente ni padece. No se ha estremecido ni una vez. Primero, porque se nota aliviada y, segundo, porque tiene la cabeza dispersa gracias a las atenciones de Consuelo, que la trata como a una hija, y a sus amigas, que le han regalado varias cajas de bombones veganos.

Su compañera de padecimientos, Coral, descansa a su lado. Ella, por su parte, no disfruta de las atenciones como enferma: detesta despertar preocupación en las demás. Si el dolor no fuera tan incapacitante, haría todos los esfuerzos para ducharse, hacer la comida o limpiar el piso por su cuenta.

Amaia llega con un ramo de flores.

—Te estábamos esperando para cenar —le reprocha Júlia, aunque en realidad no parece enfadada; de hecho, esta noche está más contenta que de costumbre, aunque aún no les ha contado a las chicas por qué.

—No sabía qué se traía en estas situaciones —dice ella—. Es como una celebración, ¿no? ¿Cómo estás, Mery?

—Me duele un poco —responde esta—. Es un dolor extraño.

—Sigue acostada —sugiere Amaia—. ¿Y tú, Coral?

—Hasta el mismísimo coño —musita, para que no se entere su madre, que está en la cocina.

—¿Te han dicho cuándo te baja la regla? —pregunta Júlia a Mery.

—Solo que tardará —dice ella.

—¿Qué es lo que te han hecho exactamente? —Júlia siente curiosidad porque no cree que ella se encuentre nunca en esa tesitura.

—¡No me he enterado! Me han dormido, pero ha sido muy rápido. —Mery se siente abotargada y los ojos se le caen del sueño—. ¿Creéis que se lo tendría que contar a mi padre?

—¿Qué vas a solucionar con eso? —pregunta Amaia.

—Mi sentimiento de culpa.

—¿Culpa de qué?

—Me siento mal por no hacerlo. Es como cuando eras pequeña, te cortabas el pelo a escondidas y acababas confesándolo porque tarde o temprano te iban a pillar.

—No hay nada peor que la culpa cristiana —sentencia Amaia.

—Si tú supieras la de secretos que hemos guardao las mujeres a lo largo de los años, te caerías pa'trás. —Consuelo aparece con una fuente de nachos con tomate y queso.

A Coral se le escapa una sonrisa. La dicha de ver a su madre en su querido piso, que les prepare platos sabrosos a ella y a sus amigas, compensa un poco el quedarse estancada en el sofá, pero aun así le frustra no ver el fin de esta situación. Se ha prometido a sí misma que la recuperación será más o menos a ocho semanas y que, en cuanto se vaya su madre, se pondrá de pie, aunque le duela. Es cierto lo que dicen: las enfermeras son las peores pacientes.

—Mery, Coral —dice Amaia—. ¿Puedo robaros el protagonismo?

—Adelante —responde Coral con alivio.

—Vengo muy cabreada —prosigue la otra.

—Déjame adivinar. Cayetano te ha dejado —bromea Júlia a mala leche.

—¿Os acordáis de mi profesor?

—¿El que dices que es trotskista? —pregunta Coral—. El guapetón que en realidad es feo.

—Sí.

—Mmm —Mery vacila un instante—, ya. Pero no lo ubico.

—El que me ofreció hacer la tesis con él.

—¡Ah!

—Le han acusado de acoso sexual.

—¡Hostias! —exclama Júlia—. Qué buen ejemplo.

—Normal que te enfades —dice Mery, comprensiva—. Y que te decepciones. Esos abanderados del feminismo te la cuelan como quieren porque te pillan con la guardia baja.

—Son los peores. —Coral se muestra rotunda, como si no le sorprendiera en absoluto.

—No lo entiendo. —Amaia sigue en sus trece—. No consigo comprender cómo alguien tan lúcido y cultivado es capaz de hacer algo así. En serio, es un erudito.

—Un erudito asqueroso y más salido que el pico de una mesa —añade Mery.

—¿Y qué ha pasado? —pregunta Júlia.

—Por lo visto, el mismo día que me llamó a su despacho, también llamó a otras chicas. A una le tocó el pecho, le besó el cuello y no dejó que se fuera cuando ella quería irse. Lo ha denunciado. Y yo, sinceramente, alucino. —Las chicas la miran y asienten para darle la razón, porque es una violencia cercana y dolorosa—. O sea, yo también estuve ahí.

—Te podría haber pasado a ti —piensa Coral en voz alta.

En efecto, es lo primero en lo que ha reparado Amaia. Siente asco hacia el profesor, pero también alivio por no haber sido la víctima. Sin embargo, una pequeña parte de sí misma no puede evitar pensar que esto le plantea un problema: ¿quién llevará ahora su tesis?

40

La Semana Santa es todo un acontecimiento que atrae a muchos turistas, principalmente nacionales. De noche, las calles abarrotadas se oscurecen para dotar de más solemnidad a las procesiones, pero en la mañana, bajo la luz del sol, las flores de los tronos alientan hasta al más triste de los ciudadanos. Nuestras chicas han salido a verlas pasar mientras comen y beben en una terraza. Las bandas de tambores y cornetas apenas dejan ver la información de unas a otras. Tienen que gritar para entenderse. Coral no puede permanecer demasiado tiempo de pie. Además, le han salido heridas en las manos a causa del roce de las muletas. Pero cuando la Piedad pasa por su lado, se levantan y se hacen hueco entre la multitud para contemplarla. De pronto, Júlia sale del gentío porque necesita tomar aire. Amaia se percata y sale con ella. Tiene el móvil en la mano y la boca abierta.

—¿Qué es?

Júlia le muestra la pantalla. Es una conversación con su madre. Amaia la lee y la abraza con fuerza, una de las pocas muestras de cariño que se han dado en todo este tiempo, pero le sale de dentro. Mery y Coral aparecen también.

—Su *iaia* acaba de morir —les dice Amaia.

—Ay, Dios. Lo siento mucho, Júls —se lamenta Mery.

Ella niega para sí y se aleja para sentarse en unas escaleritas de piedra. Coral busca en el móvil combinaciones posibles para llegar a Barcelona cuanto antes.

—Nos vamos con ella —dice, como si no hubiera otra opción, y el resto asiente—. No hay trenes hasta mañana. Y en autobús vamos a tardar muchísimo.

—Pues alquilamos un coche —propone Mery—. Es la solución más rápida.

—¿Y quién lo conduce? —pregunta Amaia.

—Yo.

—Mery, ¿te has sacado el carnet de conducir? —Esta asiente como si su amiga acabase de decir una obviedad—. Le has fallado a toda tu generación. ¿Dónde queda tu conciencia ecologista?

—Cuando vives en un pueblo pequeño, es esencial —protesta—. La ecología te la dejo a ti.

Júlia se ha hecho un ovillo. No llora, pero tampoco levanta la cabeza. Las chicas la rodean mientras buscan el mejor modo de viajar al funeral. De nada sirve ya la prisa, pero las invade un sentimiento de premura, como si al actuar de una manera determinada pudieran aliviar el dolor de Júlia.

La suma del alquiler del coche automático y la gasolina les ha salido por un ojo de la cara, pero no todos los días se muere una abuela. De hecho, ¿cuál era la probabilidad de que la de Júlia muriera el mismo día que Jesucristo? Eso se pregunta Amaia, pero no obtiene respuesta, porque a ninguna les apetece hablar. Les esperan siete horas de coche en silencio. Júlia no consiente en poner música, cantar o jugar a juegos inútiles. De alguna manera, cada una aprovecha ese sonido de motor, similar al ASMR, para reflexionar sobre sus movidas. Un giro inesperado de los acontecimientos siempre logra que se replanteen la vida, al menos, por el tiempo que dure el trayecto.

—¿Os habéis fijao? —pregunta Coral, mirándose en el espejo retrovisor—. Vamos a llegar al entierro más pintadas que una puerta.

—A tu abuela... ¿Quién la pinta? —salta Mery alargando el cuello para cruzar la mirada con Júlia, en el asiento trasero.

—¿Van a maquillarla? —alucina Amaia.

—Claro —interviene Coral—. A los muertos hay que darles una capa de color.

—Han elegido tumba cerrada —explica Júlia con cansancio—. No voy a ver más a mi *iaia*.

—Quizá a los familiares sí os dejen —dice Coral.

—Yo prefiero que no. Y ya no voy a hablar más hasta que lleguemos a la misa.

—¿Tenemos que ir? —Amaia bufa y se deja resbalar por el asiento—. Pensaba que iríamos solo al tanatorio.

—Conducir sin marchas es incivilizado —opina Mery, que busca sacar otros temas de conversación más vigorizantes—. Si te gusta conducir, te gustan las marchas. No hay otra.

Lo único que consigue es que se callen hasta quedarse dormidas.

Tras un largo y silencioso trayecto, las cuatro amigas se plantan en el tanatorio, donde las espera la familia de Júlia. Se abrazan largamente, de una forma que pide intimidad, por lo que las chicas se alejan y entran en la iglesia por su cuenta.

Se sientan en tercera fila, detrás del banco de Júlia, como si fueran de la familia más cercana. No conocen los protocolos de los funerales, pero quieren estar cerca de su amiga. Amaia cree que deberían esperar fuera, pero en su ejercicio de convertirse en una socialdemócrata por amor, quizá también entre aceptar la aconfesionalidad del Estado por delante del ateísmo. En otro momento habría pensado de sí misma que sus valores se iban a la mierda, pero no puede evitar que lo teórico le dé igual porque ahora solo le preocupa reconfortar a Júlia. ¿Quién recuerda ya a Iván? Ya se marchó con su música a otra parte.

Cuando están todos colocados, el párroco sale de la sacristía y los recibe. Les explica por qué se han reunido hoy. Pero ¿qué sería una misa sin el tono de llamada del iPhone? Nuestras chicas miran al bolso de Coral que, entre el gloss, las llaves, el spray pimienta, la crema de manos y las toallitas íntimas, no consigue sacarlo, metido a presión.

Desde su banco, Júlia se da la vuelta.

—¿Qué te pensabas? —susurra iracunda—. ¿Que te ibas a una gala drag? —Coral aprieta varias veces el botón de bloqueo y cuelga. También se encarga de silenciarlo—. Quién lleva el móvil en sonido en 2025... —musita Júlia para sí.

—¿Era importante? —pregunta Mery.

—No. Era el casero. Luego lo llamo.

Se sientan para escuchar el evangelio. El ataúd de la abuela de Júlia está colocado en las escaleras que suben al altar. «¿Estará vacío?», piensa Mery. Sería mucho más cómodo para la familia a la hora de transportarlo.

Por lo visto, a Adolfo le corre prisa hablar con Coral: el móvil le vibra. Esta trata de ignorarlo mientras atiende al discurso del párroco sobre lo buena persona que era la abuela de Júlia, una mujer que siempre tuvo palabras amables para los demás y a quien, según dice, no le gustaba para nada emitir juicios de valor.

—Carolina, ¿vosotras os creéis que soy gilipollas?

La misa ha finalizado y las chicas se encuentran en una pequeña plazoleta. La familia recibe el pésame. Júlia no, que se acerca a sus compañeras para agradecerles el gesto y, por qué no, la amistad. Camina hacia ellas con la convicción de que estaba terriblemente equivocada. Va a resultar que sí que son sus amigas.

—¿Perdona? —Coral dilata el tiempo en busca de una escapatoria.

—Sí, te he hecho una pregunta. ¿Os pensáis que me chupo el dedo?

Las buenas intenciones de Júlia deben esperar porque Coral palidece y entra en un estado de shock que la paraliza y ocasiona la caída del teléfono. Entre las muletas y el bolso que se le resbala del hombro, es incapaz de agacharse. Mery lo recoge y pone el altavoz.

—Estoy en el piso —anuncia Adolfo.

Las caras de nuestras chicas son un poema indescifrable. Se sienten vulnerables porque, literalmente, el enemigo ha entrado en ellas, en su intimidad, pero, sobre todo, están cagadas.

—Y no me gusta lo que estoy viendo.

—¿Quién te ha dado permiso para entrar? —se atreve a preguntar Amaia—. No tienes derecho a estar en nuestro —subraya— piso.

—¡Y una mierda! Es mío y vosotras os vais a tomar por culo, hombre ya —grita Adolfo, que ha perdido del todo los papeles.

—¿Acaso lo pagas tú? —le responde Amaia, indignada—. ¡Cabrón!

Las chicas la apaciguan.

—Adolfo. Disculpa —Coral se hace la buena—, pero ¿qué hemos hecho exactamente?

—Lo sabéis de sobra. Me habéis metido a otra a vivir en el piso.

—Nooo —exclaman—. Jamás haríamos algo así.

—Que veo las facturas. Y os he estado espiando. —El silencio es atronador. Nadie quiere rebatirlo, ni siquiera Amaia—. Hablaremos en cuanto volváis, pero ya os digo que vais a acabar con las maletas en la puta calle.

Cuelga.

—Esto es por culpa de Cayetano —apunta Júlia enseguida.

Amaia se enfada.

—Él siempre ha querido ayudarnos, es imposible que se lo haya dicho.

—Ya está. Sabíamos que esto pasaría tarde o temprano, pero Adolfo me parece un hombre comprensivo —afirma Coral sin creerse sus propias palabras—. Solo tenemos que ser inteligentes y no perder los papeles. ¿Vale? Mery, ¿cómo lo ves? Estamos todas a una.

Nuestra Mery se encoge de hombros. Por su mente vertiginosa pasan mil pensamientos y todos ellos oscuros y catastrofistas.

De vuelta en el coche, le piden que no corra tanto porque su seguridad está por encima del enfado de un hombre, pero nuestra conductora no consigue tranquilizarse. Es lógico, si lo pensamos un poco. Es su dormitorio, es su futuro, aquel por el que lo arriesgó todo. No quiere quedarse en la calle, no tiene ahorros para alquilar otro piso y, sobre todo, no quiere volver a su pueblo.

—Cómo es la vida —dice Júlia—. Casi nunca pasa nada y eres feliz sin que te des cuenta. Y de repente, todo ocurre deprisa y te conviertes en una persona miserable.

—Te ha pasado una cosa mala. Solo una —insiste Amaia.

Por primera vez, Júlia no entra a discutir, porque tiene razón. Que fallezca una persona mayor es duro, pero es ley de vida, al fin y al cabo. Mientras tanto, ella sigue viva y enamorada, que es un poco lo mismo. Se recuerda que debe contestar a los mensajes de Úrsula, que se siente fatal por no haber podido acudir al tanatorio. Para nuestra chica, la ausencia está justificada siempre que el motivo sea entregar un proyecto dentro del *deadline.*

—No estés triste. —Coral le ofrece la mano entre el asiento. Júlia la aprieta con fuerza.

—Es que no me sale estar triste, ¿sabéis? Solo tengo... furia.

—Al menos tu *iaia* se murió sabiendo la persona que eres —opina Mery—. Eso te debería reportar cierta paz.

—Qué va. Estaba ida. Yo creo que ni se acordaba de que era su nieta.

En un intento de psicoanalizarla, Amaia pregunta:

—¿Te da rabia no haber estado cerca de tu familia en un momento como este?

—Me da rabia que me dé un poco igual. En serio. Me da igual. —Se detiene y vacila antes de continuar—: ¿Soy mala persona por ello? —La negativa de las chicas hace que Júlia quiera seguir hablando sobre sí misma—. No es que os quiera más, porque ellos en realidad son mi familia y los adoro, pero creo que me volvería loca si os pasara algo a alguna de vosotras. A veces pienso que sí, que os quiero más. —Enseguida se avergüenza se haberse mostrado tan sensible—. No quiero encontrarme a Adolfo cuando llegue. Si lo hago, le vomitaré encima, os lo prometo.

—Llegaremos de madrugá —dice Coral—. Dudo que haya abierto una de las camas y se haya echado a dormir.

Las chicas se quedan en silencio. No saben lo que pueden hacer, pero saben que no tienen muchas opciones.

—Yo no pienso irme —salta Amaia con rotundidad.

—Yo tampoco —afirma Mery—. Tendrán que echarme con agua caliente.

—¡Eso! —se une Júlia.

Las tres miran a Coral: ella es la madre del grupo, sin su aprobación no pueden seguir adelante. Ella sonríe.

—Adolfo se va a cagar.

41

—¡Abrid la puta puerta o la echo abajo! —exclama el casero desde el rellano.

—No solo no vamos a salir —grita Mery—. ¡Tampoco te vamos a pagar!

Sorprendida ante su actitud combativa, Amaia se viene arriba y olvida el argumentario político. Le apetece bronca.

—Eso, ¡cabrón!

Coral trata de poner orden. Es cierto que la primera victoria es suya: tras volver al piso de madrugada, cambiaron la cerradura para que Adolfo no pudiera volver a entrar. ¿Quién se ha creído? El problema es que no pensaron demasiado en lo que vendría después y, ahora, por la mañana, se están sosteniendo en la euforia de haberse rebelado contra su enemigo número uno.

—Queremos negociar nuestras condiciones —propone Coral.

Para que nos hagamos una idea, nuestras chicas están en la entrada del piso. Amaia y Coral, de pie junto a la puerta, ojean por la mirilla. Mery, sentada en el suelo, se tira de los pelos del flequillo y Júlia, apoyada en la pared, con ganas de tirarla abajo. Al otro lado, Adolfo, furioso ante la tomadura de pelo que ha sufrido por parte de cuatro niñatas. Cayetano, junto a su padre, intenta mediar de manera no muy fructífera; él puede defenderlas todo lo que quiera, pero por todas es sabido que la equidistancia no lleva a ningún lado.

—Voy a llamar a la Policía, va a ser más rápido —amenaza Adolfo.

—Llámala —dice Amaia provocadora—. Y a *Espejo Público* también. Que venga todo el mundo a vernos.

—Cállate —Júlia está intentando encontrar una salida a este lío en el que se han metido—. Vale, chicas. Podemos proponerle pagar lo mismo que pagábamos antes, pero añadiéndole la parte de Mery. Al final, es más dinero para él.

—Me niego a pagar lo mismo que vosotras —se queja Mery—. Mi dormitorio es un zulo.

—Pues un poco menos para ti.

—¿Y si no acepta? —pregunta Coral.

—Tiene que hacerlo. No le queda otra —insiste Júlia, aunque no está nada convencida.

—O también podría echarnos directamente.

—Si aguantamos..., no. —Júlia no parece ella, como si tras el fallecimiento de su abuela la hubieran sometido a una lobotomía y le hubieran injertado el cerebro de un maqui.

—¡Os estamos oyendo! —chilla el casero desde el rellano.

—Pues entonces ya sabéis nuestra oferta —sentencia Júlia con un tono calmado, pero mira a Coral con evidente terror.

—Me podéis comer los huevos por debajo. —El casero propina una serie de patadas a la puerta.

—¡Papá! ¡Para! ¡Papá! —Cayetano forcejea con su padre al otro lado.

—¡Pues olvídate de la mensualidad de mayo! —grita Amaia.

—Cariño, por favor —pide Cayetano—. ¿Qué estáis haciendo? Esto es una ida de olla. Abridnos y hablemos como personas adultas. Amaia...

—Ni Amaia ni hostias —interviene Júlia—. Nos hemos cansado. Que estamos lejos de nuestras casas, trabajando como animales, intentando cumplir nuestros sueños y siendo la versión más perfecta de nosotras mismas que podemos ser. Y en lugar de ayudarnos, nos lo ponéis muy jodido.

Júlia da puñetazos en la puerta para subrayar su discurso. Parece que, por hoy, se ha hartado de la mentalidad de tiburón.

—Tarde o temprano tendréis que salir. —Adolfo proyecta la

voz—. Si no es a trabajar, es a hacer la compra, porque digo yo que comida para toda la vida no tendréis ahí dentro. Agua, de momento, no tenéis. Os la acabo de cortar. Y luz, tres cuartos de lo mismo.

Las chicas se miran entre sí, apenadas y rabiosas. Esperanzadas y, a la vez, melancólicas. Coral ahoga una risa nerviosa porque objetivamente no puede evitar sentir felicidad por estar viviendo esta experiencia traumática con sus amigas. Ni siquiera piensa en tomarse un ansiolítico. Ellas son su remedio. Tras un rato, deliberan que la situación es insostenible. Sería interesante que todos los inquilinos de Adolfo se pusieran de acuerdo y no le pagaran; que, hasta negociar un precio justo y razonable, no abandonaran las viviendas. Pero lo cierto es que la única esperanza que albergan es la de pedir unas semanas de prórroga; con la ayuda de Cayetano, el casero las acepta de mala gana. Son solo cuatro chicas que, a pesar de su arrebato de coraje, pasan la mayor parte del tiempo asustadas ante un porvenir incierto y demoledor. Sin embargo, algo ha cambiado tras este breve episodio revolucionario. Ahora saben que están juntas en esto de intentar ser adultas.

Epílogo

La ciudad se prepara para celebrar las Cruces de Mayo. Bares, asociaciones e instituciones colocan en las fachadas grandes cruces repletas de claveles rojos y blancos. Amaia prefiere asociar ese primer fin de semana a una continuación del puente del Día del Trabajador, pero sea como sea, el ánimo festivo que se respira la pone de buen humor. Si encima camina de la mano de Cayetano, puede incluso olvidar por un rato que pronto deberá abandonar su querido piso. Podemos verlos tomarse un helado en Los Italianos, pasear por Gran Vía, cruzar hasta la plaza de los Campos. Se sientan en una de las mesas donde un bar ha montado una cruz. A Cayetano lo llaman por teléfono y Amaia aprovecha ese tiempo para pillar un par de cervezas.

—Voy a pedir —le dice. Él asiente.

Amaia recorre los metros que la separan de la barra metalizada. Espera su turno hasta que una voz grave le susurra al oído:

—Cuánto tiempo.

Se gira sobre sí y sonríe, creyendo firmemente que se trata de Caye.

Pero es Iván.

—Iván. —Apenas alcanza a emocionarse.

—Qué cambiada te veo, qué pijita —la pincha él con una sonrisa.

Con indiferencia, Amaia se mira de arriba abajo y comprueba de un vistazo lo que lleva: unos pantalones campana, unas deportivas, un top de licra de manga larga muy ajustado con un colgante dorado, regalo de Coral.

—Normal. Básica. Como siempre.

—No. Ahora estás dentro de la rueda del sistema.

—¿Qué? —Amaia no tiene ganas de jugar a su juego. Quiere coger las cervezas, sentarse al sol y olvidar que alguna vez se lio con esta persona insoportable—. Deberías salir a la calle, conocer gente fuera de internet y tocar hierba —le sugiere—. No fumártela. Tocarla.

—¿Tú ya no fumas? —pregunta él.

—A veces.

—Ahora en serio —dice Iván—. Estás muy guapa.

—Tú también —concede ella.

—Te veo de puta madre.

—No me va mal. ¿Sigues queriendo ser profesor? —le pregunta, e Iván asiente—. Yo quizá también, pero de la uni. Una de mis profesoras del máster ha accedido a llevarme la tesis.

Iván sonríe durante unos segundos al fijarse en las pestañas que, con el rímel que le ha prestado Júlia, tan cautivadora le hacen la mirada.

—Bueno —corta ella—, esto es muy incómodo. Me piro.

—Perdón por no haberte cogido el teléfono estos meses —dice él para retenerla.

—Todas las veces que te he llamado eran para darte las gracias —le asegura ella con sorna.

—Y para volver —añade Iván.

—Al principio. Luego ya no. Pero que sepas que... —Amaia titubea, sin atinar en sus palabras, pero es un discurso que ha ensayado muchas veces—. Déjame que te diga esto porque llevo mucho tiempo esperando encontrarme contigo. Para bien o para mal, creo que para bien, estar contigo ha cambiado mi criterio. Tú me has enseñado cómo funciona el mundo y gracias a ti observo todo lo que me rodea con otra perspectiva. A tu manera, te encantaba compartir conmigo tus obsesiones y tus movidas y... me hiciste muy feliz. De verdad. A pesar de todo, no te guardo rencor, no como mis amigas, que te odian. Yo te sigo admirando.

Iván se la queda mirando unos segundos.

—Amaia —dice al fin, con aplomo—, te he echado mucho de menos. Creo que encontrarnos aquí es el destino. Te veo tan madura... Quizá solo necesitábamos que pasara el tiempo.

Cuánto habría deseado escuchar esa frase de sus labios al mes de dejarlo, aunque para ello hubiera tenido que rogarle de rodillas diez veces más. Pero ahora se siente anestesiada. Será que ha cambiado, que es cierto que se ha convertido en mujer.

—Iván, ¿tengo yo cara de plan quinquenal? No te jode...

Amaia lo deja con la palabra en la boca y vuelve a su mesa sin poder aguantarse la risa ante su esperada venganza. Es consciente de que Iván, diga lo que diga, no se ha esforzado siquiera en ir tras ella. Pero la victoria es que ya no le importa.

—¿Dónde estabas? —pregunta Caye cuando la ve llegar.

—Había un montón de cola. —Está alterada y para autorregularse, no deja de rozar las piernas contra la mesa.

—¿Y las bebidas?

—En cinco minutos.

—Vale... —Cayetano parece nervioso—. Es que te quiero decir algo, pero me da corte que sea pronto.

—Entonces no me lo digas. —Amaia no está para más emociones hoy.

—Pero ¡lo necesito!

—Me lo puedo imaginar —sonríe ella.

—A ver.

—No, no. Dime.

—Da igual. —Cayetano alza las manos, rindiéndose.

—Te prometo que no me río —dice Amaia, cada vez más relajada tras ver la expresión suave y tierna de su novio—. Si sabes que soy un angelito absolutamente irreflexivo cuando estoy contigo.

—Yo no quiero eso, ¿eh?

—Me has entendido.

—Pero ¿me entiendes tú a mí? —le pregunta él.

—Ahora mismo no estoy entendiendo nada —confiesa Amaia.

—Que me gusta que te metas conmigo. Y que opines diferente a mí.

—Me quieres —Amaia va al grano—. ¿Es eso lo que querías decirme?

—Sí —dice él, aunque enseguida añade—: Pero no te asustes. Tampoco quiero asustarme yo. Es decir, más que te quiero, te estoy queriendo. Ahora mismo. En esta plaza. Quién sabe mañana. Quién sabe dentro de unos meses. Te estoy queriendo tanto que casi exploto.

—Yo también te estoy queriendo.

Amaia sonríe y le acaricia la mejilla. Ella también explota de amor.

Unos impolutos tacones rojos nuevos se descubren bajo el vuelo que los pantalones de traje anchos de Júlia producen al subir los escalones. Pisa con fuerza porque sabe que no es un día de trabajo normal en el que ya de por sí da todo de ella. Hoy el Departamento de Recursos Humanos la ha citado para comunicarle una noticia importante. Si como ella cree, por fin le suben el sueldo, quizá pueda irse a vivir con Úrsula. O quizá sea pronto y prefiera irse sola. Sea como sea, tendrá varias opciones para elegir y eso significará que su esfuerzo no ha sido en vano. Tiene tanta confianza en ella misma y en lo que está por llegar que le ha cortado la etiqueta al traje de rayas gris. No lo piensa devolver.

Cuando entra en la sala y saluda a las dos compañeras convocadas a la reunión, se cerciora de que Raúl está presente, a un lado, algo apartado, como un observador al que le han otorgado cierto poder de vigilancia. Decide no achantarse. Ella es más que un error. Ella lo es todo.

—Júlia, ya sabes por lo que estamos aquí. —Nuestra chica asiente, complaciente. Ellas abren una carpeta de cartón y le muestran una solicitud—. Hace más de seis meses aplicaste a un puesto senior. Nosotros valoramos mucho la antigüedad y ese requisito aún no lo cumples. Sin embargo, creemos que tu aportación supera con creces este escollo. Eres una trabajadora nata, una profesional en tu ámbito y cumples todos los valores de la empresa. Has aprendido bien y eso no es fácil. Por eso, nos encantaría seguir contando contigo en esta gran familia, solo que... en nuestra oficina de Barcelona.

Tanto las compañeras como Raúl le sonríen ampliamente, como si le hubieran anunciado que le ha tocado la lotería y esperan su reacción.

—¿En Barcelona? —Júlia entra de pronto en un fotograma congelado.

¿Habrá tenido Raúl algo que ver? ¿Qué gana él quitándosela de en medio? ¿Y si, por el contrario, se trata de un gesto simpático, de acercamiento? Las mujeres frente a ella se han echado demasiado perfume y comienza a sentirse un poco embriagada. Piensa en Úrsula y en que nunca le ha dado la oportunidad a una relación a distancia verdaderamente sana. Al final, le vienen a la mente sus amigas. Esos granos en el culo que tanto la cuidan.

—¡Como tú querías! ¿No?

—Sí. Sí, o sea...

Júlia se queda pensando en que no muy a menudo, pero sí de vez en cuando, tiene lugar esta clase de momentos. Esos en los que todo lo que ha ido deseando puede hacerse realidad de golpe, como si siempre hubiese estado en la palma de su mano. Pero ¿de verdad es lo que quiere? Después de todos estos meses, de todo lo que ha pasado, ¿sigue ansiando ese puesto en Barcelona?

—No —lo suelta como un suspiro—. Preferiría quedarme en esta oficina.

—Pero aquí no te podríamos subir de categoría —balbucea la mujer, confusa.

—No me importa —dice Júlia con su mejor sonrisa. De todos modos, piensa, no tiene ninguna intención de quedarse ahí: en cuanto su emprendimiento empiece a funcionar, se marchará sin echar la vista atrás.

Al salir de la reunión, no se atreve a contárselo a nadie. Necesita unos segundos más, un rato para procesar lo que ha ocurrido. ¿¡Qué clase de decisión acaba de tomar!? ¿Qué pensaría la Júlia de hace tan solo unos meses de ella? ¿Está loca? Puede ser porque, de repente, no se aguanta las ganas de llamar a Úrsula y a las chicas, porque sabe que estarán orgullosas de ella y porque ha tomado otra decisión. Al parecer, hoy no va a parar de sorprenderse a sí misma.

—Hola. ¿Puedes hablar un segundo?

—Sí, dime rápido —contesta una voz lejana desde el otro lado del móvil.

—Es para proponerte algo... ¿Te gustaría que viviéramos juntas? —le suelta a bocajarro—. En plan, buscar algo para estos meses. Coral y Mery ya han hecho sus planes y, no sé... Al fin y al cabo, lo de compartir no se nos da tan mal, ¿no?

Júlia calla y espera emocionada a que Amaia, su amiga, acepte. A pesar de que son el agua y el aceite, ninguna propuesta a lo largo de su vida le ha hecho sentir tan nerviosa como esta.

El 16 de mayo de 1964, Pizarnik escribió en su diario: «Me consuelo con un idealismo venido de viejas lecturas. La soledad, el amor. Nostalgia de la ternura, deseos de darla pero deseos impuros, pues no a cualquiera quiero darla y tal vez no se la quiero dar a nadie, sino que se trata de una ternura imaginaria, aquella que quisiera recibir. Tengo miedo y no hay de qué. Sí. Tengo miedo de mi monstruoso pensar en mí, de mi complacencia para conmigo y, a la vez, de mi extrema dureza. Quiero estar serena».

El 16 de mayo de 2025, Coral y Mery tienden la última lavadora en el tendedero del salón con reggaeton antiguo de fondo. La una se mueve dando saltitos para alcanzar el montón de ropa dispuesta encima de la mesa, mientras que la otra, más parsimoniosa, se centra en darle la vuelta y estirar los calcetines.

—Es fuerte, ¿eh? —comenta Mery—. Vuelves a tu casa.

—¿Te he dicho que me he abierto allí a la bolsa de enfermeros? —responde Coral con alegría.

—Ah, muy bien, ¿no?

—Por lo visto hay mucho trabajo. Mi madre ha escuchao que a las enfermeras se nos están rifando, que hacemos mucha falta.

—Y encima vas a ahorrar. —Mery la envidia.

Coral no se atreve a preguntarle qué pretende hacer a partir de ahora, así que piensa en distintas maneras de formular la misma pregunta.

—Oye, lo de la editora, ¿en qué quedó?

—Pues... la verdad es que me hizo *ghosting*. Le envié mis relatos, pero nunca me contestó a los mails.

—Menuda imbécil —se indigna Coral.

—Eso, yo —musita Mery.

—No te vengas abajo —le dice su amiga y le da un abrazo.

—Además, me han rechazado el relato en la revista. —Mery lanza las bragas a la mesa con un suspiro.

—¿Cuándo te lo han dicho?

—He visto la nueva edición y, sencillamente, no estaba entre las publicadas.

—Quizá para el siguiente número, ¿no? —sugiere la otra, intenta sonar positiva.

—Tía, te agradezco el esfuerzo, pero ni lo intentes —le dice Mery con un asomo de sonrisa—. Ya he pasado mi duelo. En plan, asumir que eres mediocre es una putada, pero también es reconfortante. No voy a triunfar en la literatura porque soy mala. Y no pasa nada.

—¿Qué dices, prima? Te estás cansando mu pronto.

—Han sido muchos «no» seguidos, pero va más allá. —Vacila y luego sigue tendiendo—. Lo de la librería está bien, pero la verdad es que el sueldo no me da para mantenerme. No tendría que haber dejado las oposiciones. Por estas fechas, estaría a punto de presentarme.

—Y habrías suspendío porque no es lo que te apasiona.

—Ya no sé qué me apasiona —admite Mery—. Pero sé que puedo encontrarlo.

—Tienes to la vida pa descubrirlo —responde Coral.

No ha terminado de decirlo cuando Mery le devuelve el abrazo. Permanecen unos minutos así.

—¿Sabes que Manu se ha echado novia?

—No me digas que estás de bajona máxima por él, que te meto un collejón —la regaña Coral.

—No —contesta Mery con rapidez—. Al contrario, me alegro mucho de verlo así. No me porté bien, tía. Y ahora está con una chica que, sinceramente, me parece tan aburrida como él, pero por lo visto lo hace muy feliz. Se lo merece. Y sé que no era para mí, pero siempre me ha tratado como a una reina y yo no estuve a la altura.

—A ver, cuando se presentó en Madrid porque te tenía geolocalizada... —le recuerda su amiga.

—Sí, no era perfecto, pero se portó bien en general. Y viendo el panorama de hombres que hay, qué quieres que te diga... Guardo un buen recuerdo.

—Es verdad —asume Coral, tristemente conformista, y se queda pensando—. Oye, ¿por qué no te pillas la puerta? Fuera de España.

Mery la mira como si le acabase de abrir el mundo.

—Por la anécdota, aunque sea —sonríe, y está claro que lo está considerando.

—Por la anécdota y por ti.

—En Irlanda hay muy buena literatura —piensa en voz alta—. Pero el inglés lo llevo fatal...

Ambas fantasean con otra vida mientras eternizan esa tarea rutinaria que antes detestaban. Ninguna de las dos quiere acabar de tender.

Ha pasado una semana, la última en la que las chicas vivirán juntas. El salón está ocupado por completo por cajas envueltas en cientos de metros de celo marrón para evitar el desprendimiento repentino de sus objetos personales. Júlia ha comprado cuatro tipos de noodles para cenar todas juntas la última noche. Aunque ella y Amaia seguirán compartiendo piso, algo de lo que ellas mismas son las primeras sorprendidas, echará de menos a Coral y a Mery, que se marchan de la ciudad.

A ella, a nuestra Mery, las despedidas no le producen la misma zozobra que a Coral. La explicación puede residir en que una está acostumbrada a decir adiós, a que todo salga mal, a empezar de cero. La otra tiene un sitio al que volver y desde donde puede construir la vida que tanto añora.

—Se ve más grande el piso así —dice Amaia desde el sofá—. Sin pósteres, ni fotos, ni libros.

—Casi no he leído este curso —piensa Júlia.

—Eso es porque has estado muy ocupada. —Mery se acerca la caja con los fideos y comprueba que no lleven carne.

—¿A estas alturas no te fías, Mery? Solo llevan tofu.

Ella respira aliviada y Coral posa su pierna, ahora solo vendada, encima de Júlia.

—¿Vendréis a verme al pueblo? —Las chicas se miran y se cohíben de manifestar lo evidente: que se verán menos, que conocerán de sus vidas a través de las redes sociales, que nada volverá a ser igual que ese microcosmos que un día crearon por necesidad y del que ahora no quieren desprenderse—. Ya vendré yo aquí.

—Y tenéis pendiente organizar un viaje —les recuerda Mery.

—Qué nervios, será el primero juntas.

—Luego no haremos nada... —dice Júlia con pesimismo. Amaia la empuja como protesta—. ¡Es verdad! ¿Creéis en serio que nos vamos a poner de acuerdo para ir a Australia?

—Y dale —retoma Mery—, que me voy a Dublín.

—Estas modas yo no sé de dónde salen —resopla Júlia.

—Eh... —salta Amaia—. ¿De la necesidad de los jóvenes de encontrar mejores oportunidades?

Nuestras chicas siguen comiendo mientras debaten sobre los mismos temas una y otra vez. Solo una de ellas, Mery, que no ha perdido la capacidad de salirse de sí misma y contemplarse desde fuera, se mantiene callada y con una media sonrisa al ver a estas cuatro amigas, que convirtieron un salón ajeno en un hogar cálido, discutir entre ellas para ver quién lleva la razón.

Agradecimientos

Este libro se ha podido escribir gracias a una compleja alineación de astros, pero, sobre todo, gracias a la presencia de muchas personas.

En primer lugar, se lo quiero dedicar a mis «mejores amigas para siempre»: Mayte Rodríguez, Elvira Toledano, Manuela Pérez, Cristina Soler, Minerva Casas, Ana Mar Mullor, Isa Collado, Ángeles Carmona, Selena Gerez y Fefi Uribe. A mis amigos en Vera. A Marina. A Jose Ignacio. Conocemos cada una de nuestras versiones y, quince años más tarde, aquí seguimos.

A mis amigas en TikTok. Yo no era más que una chica en paro que vendía libros en Vinted y hablaba de series cuando apoyasteis la idea de crear algo así.

De la misma manera, no sería quien soy sin los amigos que conocí en la Universidad de Granada —Alex, Laura, Irene y Rafa— y en mi año Erasmus —Julia, Ángela, María, Mery, David y Álvaro.

A mis queridas amigas del Ysabel.

A Claudia y a Miriam, por convertiros en mi hogar en Madrid. Nos quedan tantas aventuras juntas.

Gracias a mi editora, Marta Araquistain, por su mirada genuina y por luchar para que esta historia transcurriese fuera de las grandes urbes, en mi querida Granada. Esta novela es de las dos.

A mis amigas escritoras de las que tanto aprendo: Lara Losada, Noelia Cortés, Marta Mezgo, Júlia Oller y Elena Pastor.

A mi familia. A mi hermana Julia, que firmó su primer contrato como enfermera durante la escritura de este libro, que siempre mantiene mi mente clara y que es inspiración para esta historia. A mi madre, la heroína de todas mis aventuras, la mujer que aspiro a ser. A mi padre, que un día me transmitió el amor por las historias. Siempre encontramos en ellas nuestro lenguaje. A mi prima María, que me acogió en su piso de Infanta Mercedes cuando más perdida me sentía y con la que salté de alegría al enterarnos de que este libro sería una realidad. A mi primo Manuel, por soñar en común. Al resto de mis primos, tías, tíos y abuelas, vuestra esencia está presente en mi escritura.

A Juan Ramón, que siempre creyó en mí.

A Fran Soler, por la bondad.

A Juanfri, por el amor.

A María Sabiote, mi amiga del alma.

Escribí este libro mientras trabajaba como animadora de hotel y como ayudante de producción en un programa infantil. Gracias a mis compañeras del Zimbali y de Patito, que me cubrían y me quitaban trabajo para que saliera antes y tener así más tiempo para escribir.